小説　峰崎龍之介
挿絵　孫陽州
原作　アリスソフト

登場人物紹介

Characters

神《しん》騎《き》キリエル

人間の女の子で、継彦の後輩。致命傷を負ったところをエクシールに救われ一命を取り留める。エクシールの力を得たことで半神化してその後覚醒し、第二の神騎となる。

神《しん》騎《き》エクシール

天界より魔王誅滅のために遣わされた神騎（天使）。継彦の魔力を受けて半人化する。責任感が強く礼節を重んじる、優等生タイプ。

央《おう》堂《どう》継《つぐ》彦《ひこ》

悪魔の計略により力を奪われた魔王の転生体。人間の学生として生活する、エロゲーが大好きな青年。

第一話　迫る決戦の時

長大な階梯《かいてい》を上りきり、開けた場所へと出る。天空に浮かぶ堕天使の居城、フレナンジエロ城を構成するみっつの階層のうちのひとつ、『悪意』の階層だ。

「誰も……いませんね」

常人には立ち入ることすらできないその場所に、ひと気などあるわけがない。それはわかっていたが、神騎《しんき》エクシールは視界で捉えた情報を咀嚼《そしゃく》するように、小さく呟いた。蒼を基調とした聖鎧《せいがい》を身に纏《まと》い、同じく蒼の髪を腰まで伸ばした、絵にも描きようのない美女である。ぱっと見る限りでは温厚で柔らかな雰囲気に満ちているが、目だけは凛とした光を湛《たた》えている。その峻烈《しゅんれつ》な眼差しは、彼女を戦士――神騎であると証明するようだった。例えるのなら、伝承に伝わる戦乙女《ヴァルキリー》のようだとでもいうべきか。

「そうだね。……でも、油断はできない。相手はあのシェムールだ」

呟きに応じたのは、紅の戦装束を纏った少女――神騎キリエルだ。どこか忍者を思わせるいで立ちの彼女は、小柄な体にめいっぱいの警戒心を詰め込んだまま、目元を厳しくして『悪意』の階層を睨みつけている。その視線が左右に動くたび、サイドテールにした紅蓮の髪がさらさらと揺れた。

エクシールはそんなキリエルの言葉に、小さく顎《あご》を引いてみせた。ふたりが討とうとしている敵は、奸智《かんち》と魔術に熟達した堕天使、シェムールだ。どんな罠が待ち受けていても不思議ではない。

「彼女のことです。闇討ちくらいは平気でやってくるでしょうから、十分注意しないといけません――」

「あら、失礼ね」

――と。

唐突に。まったく唐突に声が聞こえて、ふたりの神騎は同時に身構えた。そしてその鋭い視線の先に、ずず……と紫色の影が現れる。影は徐々に人の形を取り始めると、やがて褐色の肌と漆黒の翼を持つ妖艶な美女へと変貌《へんぼう》を遂げた。そしてその女こそが、堕天使軍団グリゴリのナンバー2、シェムールだった。

「神騎如きに闇討ちなんて、いまさらしないわ。そんな面倒なことをしなくても、捻《ひね》り潰せばいいだけだもの」

ふたりを――いや、世界の全てのものを見下すような笑みを浮かべて、シェムールは嘯《うそぶ》いた。

「出たね、女狐。……今日こそ決着をつけるよ」

キリエルが吐き捨てるように告げた。

毒婦、蛇、女狐、裏切り者――シェムールから想起される言葉はいくらもあるが、そのどれもがろくでもないものだ。実際その印象は、なにひとつとして間違っていなかったりするが。

「ふふ……出来損ないの神騎の分際で、よく吼えるわね。……八つ裂きにしてあげたくなるわ」

シェムールは言うと、豊かな胸を持ち上げるようにして組んでいた腕を解いた。それを見て、エクシールは——

(——来る!)

そう内心で叫んだ時には、彼女は左に跳んでいた。視界の端には反対側へと跳躍するキリエルの姿も見えている。そして次の瞬間、ふたりが一瞬前までいた場所を、禍々しい魔力の弾丸が通り抜けていく。

「——うふふ、流石《さすが》にこの程度は避けるのね。ではこれはどう?」

微笑《ほほえ》んで、シェムールが何事か呟き始めた。するとその体がすぅと霞んでいき、やがてみっつに分かれた。

「さあ」

「三人分の攻撃」

「果たしてかわしきれるかしら?」

三人のシェムールは、まったく同じ顔、同じ声で告げてきた。感じ取れる魔力の強さもほぼ同等だ。正直、ぱっと見ただけでは見分けなどつかない。

そして敵が、じっくり観察する時間などくれるわけがなかった。

『死になさい、哀れな神の操り人形！』

三人に分裂したシェムールたちは、次々に手を掲げて様々な魔術を連続して発動した。たちまち『悪意』の庭園は、爆音と高熱、雷撃と氷柱が荒れ狂う地獄絵図へと変貌した。

「っ――なんて無茶苦茶な……！」

エクシールは小声で呟きながら、大小のステップを踏んで攻撃魔術の嵐をやり過ごした。聖鎧の防御能力ならば一撃や二撃受けたところで死にはしないが、だからといって当たってやる義理もない。

（強大な魔力に、強力な魔術。シェムールが大きな力を持つ堕天使なのは間違いありません。ですが狙いが甘すぎます。やはり彼女は暗躍こそが本分。直接戦闘を行うのは、それほど得手ではない……）

三人に分裂して魔術を行使する端末を増やしたことそのものは、実に高度な技術だ。だが逆に言えば、彼女はその高い技術を活かしきれていない。高すぎる己の基本スペックに驕って、戦うための創意工夫に至っていないのだ。ならばつけ入る隙など、いくらでもある――

「……キリエル！」

飛び交う致死の攻撃魔術から身をかわしながら、エクシールは鋭く叫んだ。

「わかってるよ、エクシール。――ここは私の速さが必要だってね！」

紅の神騎は勝気な目を闘志で彩りながら、打てば響くような返事をし、一切の予備動作を挟まないままトップスピードで駆け出した。忍者じみた装いの印象を裏切らない、神速の飛び出しだ。

「――させると思う？」

当然ではあるが、シェムールは迎撃してきた。無差別に近かった魔術爆撃が、キリエルの進路を塞ぐように集中する。だがキリエルは、慌てず騒がず進路を変更した。すると魔術の爆撃は彼女を追って、その軌道を変える。

「この程度、当たらないよ！」

「くっ……ちょこまかと！」

キリエルが走り、三人がかりの魔術攻撃が進路を塞ぐ。そんなことが何度も繰り返されると、褐色の毒婦は苛立《いらだ》たしそうに表情を歪めた。

（かかりましたね）

それほど戦い慣れていないシェムールは、キリエルの持つ『速度』という武器を、無意識のうちに過剰に警戒していた。せっかく得た広範囲への攻撃性能を捨て、その狙いをキリエルの進路に左右され続けている。

それによって、エクシールはわずかな時間、完全にフリーになった。彼女はその時間の中で、そっと手を掲げて呟いた。

「――神剣《しんけん》ソル・クラウンよ――」

求めに応じ、神武《しんぶ》――神騎だけが扱える究極の神造兵器が顕現する。清廉な輝きを持つ白銀の剣。邪を祓《はら》い魔を断つ、彼女だけの刃。

その柄を強く握り、エクシールは深呼吸した。

（相手は分身を作り出しています。つまりふたりまでは偽者。魔力さえあれば復元できる、倒しても意味のない人形。対応策は本物を見抜いて叩くか、あるいは――）

――一息に三人とも抹殺するかだ。そう付け加えた時には、蒼銀の神騎は爆裂するような音を足元から発して踏み出し、シェムールの下《もと》へと一直線に駆け出していた。

「っ、おのれ――！」

高速の突撃に気づいたシェムールたちのうちのひとりが、表情を歪めてこちらに手を向ける。そしてその次の瞬間、その掌《てのひら》から漆黒の魔力弾が、立て続けに放たれた。

咄嗟《とっさ》に編んだ魔術とはいえ、それなりの威力はあるだろう。少なくとも直撃して無傷でいられる代物ではない。

それはわかっていた。わかっていたが、エクシールはあえて、魔力弾の雨に向かって真っすぐに突っ込んでいった。

「⁉　なぜ――」

額、右肩、左前腕――あちこちに魔力弾が着弾するのを感じながら、それでも走る。するとシェムールは奥歯を噛み、驚愕《きょうがく》と焦燥を孕んだ呻《うめ》きを漏らした。痛みと傷を無視した特攻は、保身に長けた彼女にとって意外なものだったのだろう。

「なぜ止まらない――！」

エクシールは全てを無視し、『目の前のシェムール』を、白銀の刃で袈裟に斬り捨てた。

「あああああああぁぁぁ……っ！」

断末魔が聞こえた。だが同時に、斬り捨てたシェムールの体が紫の霧に化けて消えていくのも見えた。まずは偽者が片付いた、ということだろう。

「お、おのれ！　神騎如きが――！」

流石に余裕をなくし、残るふたりが一斉にこちらを向く。が、それは悪手だ。

「よそ見してると死ぬよ」

神速の攪乱《かくらん》術でシェムールの気を引き続けていたキリエルは、敵の注意が自分から逸れると、瞬く間にシェムールの懐に潜り込んだ。そしていつの間にか握っていた彼女の神武――神双刃《しんそうじん》ハヤテ・カムイを巧みに操り、並び立つ褐色の毒婦の腹を十字に裂いた。

「ぐ……っ！　あああああああああっ！」

再びの断末魔。が、今度も本体ではなかった。斬られたシェムールは霧となって空気に溶けている。ならば最後のひとりこそが――

「――あなたが本体ですね。……『悪意』の番人シェムール。あなたを……神に代わりて誅滅《ちゅうめつ》します！」

叫び、腰だめに構えたソル・クラウンを突き出す。だがシェムールも黙って殺されはしない。咄嗟に魔術の障壁を生み出し、迫る致死の切っ先を防いでみせた。

白銀の刃と魔力の障壁が、ばちばちと火花を散らして拮抗する。その膠着《こうちゃく》は、そう簡単には崩れそうになかった。

もっともそれは、これが一対一の戦いであればの話だが。

「言ったよね。よそ見してると死ぬよってさ」

「——!? こ、の……小娘が！　……がっ!?」

怒りと屈辱に歪んだ表情のまま、シェムールは凄《すさ》まじい勢いで後方へと吹き飛んでいった。いつの間にか跳び上がっていたキリエルに、妖しい美貌を思い切り蹴りつけられて。

「あぐ……あ、かふっ……」

十数メートルほど地面を転がったところで、シェムールの体はようやく運動エネルギーを使い切り、制止した。まだ意識はあり、抵抗の意志も挫けてはいないようだったが——

「……終わりです」

エクシールは冷然と告げて、起き上がろうと足掻《あが》いていたシェムールの眼前に、ソル・クラウンの切っ先を突き付けた。するとシェムールは蹴られて割れた額から血を垂らしながら、憤怒と憎悪に満ちた形相を見せた。

「おのれ——おのれおのれおのれっ！　ありえない……この私が……たかが神騎に！」

「その驕りこそが、あなたの敗因です。……私たちは既に、『暴力』の階層でアレーガを倒している。彼は強かった。知性を感じない獣同然の怪物でしたが、それでも……戦いにおいては、あなたより余程手強かった」

「それに……『仕掛けて嵌《は》める』ということだけが、お前の勝ち筋だった。卑怯卑劣が売りだった。正面から戦おうとした時点で、お前はもう負けていたんだ」

と、ゆっくりと追いついてきたキリエルがそう付け加え、ちらとこちらの目を見た。エクシールはその意を汲み取り、小さく頷く。

「シェムール。あなたはもはや戦える身ではない。けれど放置しておくには危険すぎます。ですから……ここで完全に封印します。Periorizo amartolos!」

エクシールは凛然と詠唱を口にした。ここに来る前……『暴力』の階層でも使った、対堕天使用の封印術式だ。

「……！　それ、は……アレーガを地下に封印した……！　くっ、やめろ……やめなさいっ！」

シェムールは目を見開き、体を起こそうとした。だがダメージを負った肉体は簡単には自由にならず、結局顔を上げる程度のことしかできない。

「我が神武――ソル・クラウンよ」

「我が神武――ハヤテ・カムイよ」

ふたりの神騎は凛々しく、だが淡々と詠唱を続けた。

『深き奈落への路を穿《うが》ち、目前の堕《だ》し者を炎の大河に封じよ――』

――と。ふたりがついに、詠唱の末尾に辿り着いた――その瞬間だった。

「――――無様よな、シェムール」

声が聞こえた。ただそれだけだった。威圧されたわけでも攻撃されたわけでもない。

『……⁉』

　だがその声が持つ不可視の、そして不可避の邪悪な圧に、ふたりは思わず詠唱を中断し、同時に後方へと跳んでいた。

「この……声は！　……アゼル！」

　エクシールは叫び、声のした方を睨みやった。終位階『裏切』へと続く階梯——そこに、その女はいた。

　漆黒の翼に褐色の肌。鮮血のように赤い瞳と銀の髪を持つ、美しくも邪悪な最凶最悪の堕天使。

　——アゼル。堕ちる前の名はアズエル。天使長を務めるほどの清廉な天使であり、エクシールとは強い信頼関係で結ばれていた仲だったが……いまの彼女は堕天使軍団グリゴリの長にして、人類から叡智の光を奪い去り、原初のケダモノへと回帰させようとしている……いわば、世界の敵に成り果てていた。

「……アゼル、様……」

　シェムールが掠《かす》れた声で呟く。するとアゼルは赤い瞳に冷たい光を過《よぎ》らせて、小さく鼻を鳴らした。

「ふん……いつまでも階下が騒がしいから、戯れに出向いてみれば……まさか敗けているとはな。大言を吐いて出撃したわりには、随分と情けないことだ」

「……申し訳、ありません」

「言い訳もしないか。……まあ良い。お前にはまだ使い道がある。人類総獣化は私ひとりでも成り立つが、雑務をこなす者は必要だ」

アゼルは言うと、倒れ伏したままのシェムールに手をかざした。すると褐色の毒婦の体は、瞬きする間に忽然《こつぜん》と消えてしまった。

恐らくは転移の魔術だろう。アゼルほどの力があれば、予備動作なしで発動しても不思議はない。

「さて……」

と、赤い瞳がこちらを捉えた。それだけでも、体の芯まで凍るような心地にさせられる。

(敵の総大将が自らお出まし。見ようによっては絶好のチャンスですが……いまの私たちで、果たして勝てるのでしょうか……?)

ソル・クラウンの柄を握り直しながら、疑わしい気分で呟く。『暴力』と『悪意』の階層を一気に攻略した反動で、自分もキリエルもかなり疲弊している。特にエクシールは、先ほど断行した無茶の影響が、まだ体に残っている状態だ。

いまアゼルと戦うのは下策。そう判断せざるを得ない。もっとも、相手が逃がしてくれるとは思えないが……。

「…………蛙。しかも傷だらけの、か」

……と。アゼルはこちらをしばし睥睨《へいげい》したあと、小さくそう呟いた。そしてそれきり興味を失ったように視線を切る。

「帰れ。いま戦うのは興が乗らん」

「……見逃してくれるって？」

油断なくハヤテ・カムイを構えたままキリエルが問うと、アゼルは肩をすくめた。

「ただでさえ力の差は歴然としている。蛇に睨まれた蛙、というやつだ。その上お前たちは疲れ切り、傷だらけ……これでは戦いにすらなるまい。お前たちは生贄だ。私が目的を達する際、その血で以《も》って全ての終わりを飾り立てるためのな。ゆえに……」

言葉を切り、アゼルは傲然《ごうぜん》と続けた。

「全力で私に挑み――そして散るがいい。それだけが、お前たちに残された存在価値だ。……もっとも」

言って、アゼルはエクシールを見つめた。そして告げる。

「エクシール。あなただけは生かしてあげてもいいわ。降伏するなら、だけどね」

口調が変わっていた。声音もだ。アゼルが『堕』天使となる前……天使長アズエルだった頃の名残が、わずかに顔を見せていた。

「……。お断りします」

エクシールはアゼルの提案を、即座に否定した。

「それが仮令《たとえ》、アズエル様としての言葉だったとしても……いまの私はあなたの敵。それが覆ることはありません」

「……そう」

アゼルはわずかに、ほんのわずかにだけ残念そうな顔をした。が、すぐに元の冷たい表情に戻って転移魔術を発動し、現れた時と同じく忽然と姿を消す。圧倒的な気配が消えると、『悪意』の庭園は恐ろしいほどの静寂に包まれた。

「……水入り、か。はは……正直、助かったね」

ふたりきりになると、キリエルが渇いた笑いを漏らした。

「ええ……あのまま戦っていれば、恐らく負けていたでしょうから……」

と、エクシールが力なく笑い、額の汗を拭っていると。

『……やれやれ。いまのはびびったな。まさかアゼル本人が出てくるとは』

魔力による通信を介し、男の声が聞こえた。すると張り詰めていた空気が不思議と気にならなくなり、ふたりの神騎は自然と表情を明るくした。

「継彦《つぐひこ》」

「センパイ」

それぞれの形で男の名を呼ぶと、彼はこう続けてきた。

『ふたりともお疲れ。話したいことは山ほどあるが、まずは帰還してくれ。まだ全部終わったわけじゃないが……今日の分の祝勝会をやろうぜ。ベゼルにピザを用意させる』

「はい。では……帰還します」

エクシールは頷くと、キリエルとともに背中から純白の翼を生やして飛翔し、天空要塞フレナンジェロ城をあとにした。

◇

　堕天使と戦う者たちの本拠地《アジト》は、どうということのないマンションの一室にあった。表札には『エリス・エクシリア』とだけ書かれている。要するに彼女が住む部屋そのものが、世界の行く末を左右する決戦戦力の溜まり場なのである。

　フレナンジェロ城から帰還したエリスは、シャワーを浴びて戦いの汚れを落とすと、普段着に着替えてリビングへと向かった。ちなみにエリスというのはエクシールの人間としての名前で、普段は専《もっぱ》らそちらの名を使っていた。

「……っと。来たか。……お帰り、エリス」

　そう言ってエリスを迎えてくれた男の名は、央堂《おうどう》継彦。こうして見る限りでは、街を歩けば二秒で見つかりそうな普遍的な少年でしかない。だがそれは見かけだけのことで、彼の中にはとてつもない力が秘められている。

　その力の名は――エイダム。敗北するたびに転生し、時を置いて力を復活させ、再び天に挑むというサイクルを幾星霜と繰り返した、古の魔王の名である。

　継彦はその転生サイクルの、現代における継承者だった。様々な要因によって完全な転生は成らなかったが、彼の中には間違いなくエイダムの力が存在しているし、彼自身も『魔王』を自称している。

「ひとまず座ってくれ。ささやかだが、宴の準備ができてる」

　言われてテーブルを見やると、確かに準備は整っているようだった。通信でも言っていたピザが中心に鎮座し、脇にはフライドポテトなどのサブメニューもある。ボリュームは十分そうだ。少々ジャンクにすぎる品揃えだが、エリスたちが勝利を祝う席を設ける時は、なんとなくこういうメニューにすることが慣例化していた。ちなみに、テーブルの傍にはキリカが――キリエルの人間としての名だ――既に腰を下ろしていた。エリスよりも先にシャワーを済ませていたので、当然といえば当然だが。

「さて、冷めないうちに食っちまおう。おっと。まずは今日の勝利に乾杯しないとな。――ベゼル」

エリスがいつもの位置に腰を下ろすと、継彦がそう言って空のグラスを掲げた。すると……。

「――では失礼して、お注ぎいたします」

そんなことを言いながら、ダークな色合いの礼服をぴしりと着こなした壮年の男性が、静かに姿を現した。彼は継彦とキリカのグラスにコーラを、そして炭酸が苦手なエリスのグラスにはウーロン茶を注ぐと、あとは黙って一歩下がった。まるでよく訓練された執事のような所作だが――彼は別に執事などではない。それどころか人間ですらなかった。

彼の名はベゼル。正真正銘の、純粋なる『悪魔』である。ちなみにこの家にいる悪魔は彼だけではない。ワーズリー、ハウト、オベレット、ダイアンという、かつて死闘を繰り広げた強敵たちも一緒に住んでいる。諸事情により特別な処置を施した部屋から出ないよう厳命されているので、ここにはいないが。

　ともあれ、各々の手に飲み物が行き渡ると、継彦が乾杯の音頭を取った。そしてそれが終わると、ささやかな宴が始まる。

（……なんとなく慣れた気でいましたが。悪魔が恭《うやうや》しく接してくるのは、やはりこう、違和感がありますね……）

　ふと食事の手を止め、エリスは内心で呟いた。この期に及んでという気もするが、いま置かれている状況が極めて特異なのは間違いない。

　当たり前のことではあるが――天使であるエリスの家に悪魔が居座っているというのは、傍目から見ればたいへんに異様なことである。もっとも、それを言うなら魔王の転生体である継彦がここにいることもまた、おかしな話だが。

　無論のこと、そんな異様な状況が成立するまでには、深い理由とややこしい経緯があった。

　数か月前……エリスは幾星霜と紡がれてきた魔王誅滅の任務を帯びて、地上世界に降り立った。長い間潜伏していたベゼルが継彦を見出し、新たな魔王を誕生させせようとしたタイミングでだ。ゆえにその時は、継彦やベゼルは討つべき敵でしかなかった。だがベゼルが継彦を裏切り、魔王の力を手中に収めようと企んだことから、状況は一変する。

　継彦から魔王エイダムの魔力を奪い取ったベゼルは自身こそ今代の魔王だと宣言し、七つの大罪になぞらえた魔力を持つ魔将を招集。地上世界を悪魔によって統治することを目的とした軍団、『ウォーグリム』を結成し、街を地獄へと変貌させていった。

エリスと継彦は、共闘することでこれに対抗する決断をした。力の大半を奪われた継彦と、奸計によって神騎が本来振るうべき『聖力』の供給を断たれたエリスの利害が一致していたのだ。継彦に残された魔王の力を利用すれば、聖力の代わりとなる魔力を得られ、それによってベゼルと戦えるとわかったからだ。

「……？　どうしたの、エリスさん。難しい顔してるけど」

と、不意にキリカに肩を突かれて、エリスは我に返った。

「あ、いえ……いまさらなのですが、悪魔が家にいて、あまつさえ飲み物を注いでくる状況に、どうにも慣れなくて……」

「あー……ま、そうだね」

キリカは納得したように頷いた。彼女もまた、悪魔と同居している事実に違和感を持っているようだ。

……もっとも、違和感で済んでいるのは僥倖《ぎょうこう》だが。なにせ彼女——報生《ほうしょう》キリカは、一度ベゼルによって命を奪われているのだから。

そもそもキリカは、天使や悪魔の戦いにはまったく関係のない、ただの一般人だった。継彦を慕ういち後輩、というのが、本来の彼女の肩書きだ。だがキリカは不運にも、継彦がベゼルに裏切られ、殺されかけている場面に遭遇してしまった。それだけならまだ良かったが、彼女は一般人にしては類稀《たぐいまれ》なほど勇敢で、窮地に陥った継彦を救おうと駆け出してしまったのだ。そしてその勇敢さは、残念ながらその場では裏目に出た。継彦を狙ったベゼルの凶弾を、代わりに受けてしまったのである。

その時、キリカという少女は間違いなく一度死んだ。いま彼女が生きているのはその場に居合わせたエリスが神騎の聖なる力を注ぎ込み、蘇生したがゆえだ。

そうして現世に舞い戻ったキリカは、注がれたエリスの力を取り込み、偶発的に神騎の力を得たのである。

そして……ここからがキリカという少女の凄まじいところなのだが。彼女は得た力を使い、一緒に悪魔たちと戦う、と言い出したのだ。理由はいくつかあったろう。だが最も大きいものははっきりしていた。『継彦の助けになりたい』という、極めて簡単で純粋な想いである。悪魔という強大かつ恐ろしい存在との戦いを、彼女はただそれだけの理由で決意したのだ。

しかも――

「正直私も、思うところはたくさんあるよ。でも……まあ。この状況じゃ仕方ないとも思う」

キリカは苦笑し、肩をすくめながら言った。

自分の命を奪った相手を前にして、許すことはなくとも割り切ることができている。その精神力の強さは、純粋な神騎であるエリスをして素直に感心せしめるほどのものだった。

もっとも彼女が言うように、現在の状況が『仕方ない』ものだというのも確かだ。

継彦、エリス、キリカの三人体制になってからも、ベゼル率いるウォーグリムとの熾烈な戦いは続いた。だがある時、決定的な出来事が起こる。それがシェムール……当時シェムザードと名乗っていた女の裏切りである。

「……思えば、ことを面倒にし続けてきたのは、たいがいあいつだったよな」

ピザを食べる手を止めて、継彦が呟いた。その言葉に、エリスとキリカ、そしてベゼルまでもが一斉に頷く。

……継彦たちとベゼルはある時、ある場所にて決戦を行った。膨大な魔力と魔王の記憶を併せ持つ『魔王エイダムの半身』を巡る、真の勝者を決めるための戦い。

その戦いは熾烈と混迷を極めた。シェムールにそそのかされた『憤怒』の魔将イジールが乱入し、それまで静観を決め込んでいた天使長アズエルまでもが参戦したからだ。

そうしてカオスに陥った戦いの中で――シェムールは、その正体を現した。

シェムールは『魔王の半身』に細工をし、アズエルを『堕天』させた。そうして現世に顕現したのが、現在エリスたちが戦っている相手……アゼルである。

アゼルは人間の浅ましい在《あ》り方を否定するため、穢《けが》れた欲望の根源である叡智を奪うと宣言し、ベゼルを欠いて宙に浮いていたウォーグリムを吸収し、己の手足とした。また堕天使であると正体を明かしたシェムールはアゼルを王と担ぎ上げ、その軍門に下《くだ》っている。

エリスたちはこれに対抗すべく新たな戦いを始めると決意したが、敵はあまりにも強大。二人だけで戦っていけるのかは疑問だった。だがそこで、ベゼルから共闘の打診があり――猫の手も借りたい状況だったエリスたちは、やむを得ずこれを了承した。

そこからの戦いも、悪戦苦闘の連続だった。だがその苦境を乗り越えると、エリスたちの絆はより深いものになった。あの苦しい日々があったからこそ、今日の戦果――アレーガとシェムールを同日に撃破するという、快挙を成し遂げられたのだ。

「……ま、色々あったが、とにかくここまでこぎ着けた。一面ボスと中ボスを片付けた以上、あとはラスボス――アゼルを倒すだけだ」

と、継彦が『これからのこと』を口にした。その言い回しに、キリカが苦笑する。

「センパイ。ゲーム脳なとこ出ちゃってるよ」

「なんだよ、不満か？　じゃあ言い換えよう。三人いるヒロインのうちふたりは肉便器にしてやったから、一番手強いツンデレちゃんもぶち犯す。これでいいか？」

ひどい例えだった。エロゲーマスターを自称する彼の言語センスは、時折周囲を三周ほど周回遅れにする。しかも性質《たち》の悪いことに、本人はドヤ顔である。

「……あー、うん。エロゲー脳だとよりひどいね。私が悪かったよ。緊張感がなくなっちゃうから、ゲーム脳なセンパイでいて」

「……。なんだその譲歩してますって顔は。そこそこ上手いこと言えてたのに……」

彼はぶつぶつと呟いてから、真面目な顔で話を続けた。

「ともかく――アレーガは封印したが、シェムールには逃げられた。さっきも話題に出たが、ことを面倒にするのはいつもあの女狐だ。だからアゼルに挑むのは、あいつが回復する前が望ましい。つまり……」

「近いうちに……可能であれば明日にも、再びフレナンジェロ城に挑む必要がある……ということですね」

あとを引き取ったのはベゼルだった。魔王の座を降りてからの彼は、専ら継彦のサポートに徹している。その姿勢は真摯で、いまのところ裏切るような気配はない。

「そうだ。結果的に連戦することになるが……ふたりは大丈夫か？」

訊《き》かれて、エリスはこくんと頷いた。キリカも同じように、迷いなく頷いている。

「……そうか。わかった」

継彦は神妙な顔で頷いた。そして、その顔のまま——

「——よし。それじゃあ早速、明日のために行動しよう」

彼は言いながら立ち上がると、エリスとキリカの肩をぐっと抱いた。

「え？　あの、継彦。いったいなにを……？」

「なにって……決まってるだろ？　俺たちがいますべきこと——それはもちろん、導魔《どうま》だ」

その言葉に、エリスはぴしりと体を硬直させた。同時に赤面し、間近にある継彦の真顔を見やる。

導魔というのは、継彦がエリスやキリカに魔力を供給する儀式のことだった。なので決戦前に行うのは不思議ではない。今日の戦いでかなり消費してしまったことを考えると、妥当とすら言える。

ゆえに問題なのは、儀式の内容そのものだった。継彦は魔力を発生させるのに特有の条件を持っている。そしてその条件というのが、『性的に興奮すること』なのである。これはベゼルに力を奪われた時、彼の中に残った魔力の核が『色欲《しきよく》』であったことに由来していて、魔将を倒して別の魔力を取り戻したいまも、どういうわけか変わっていない。

要するに——彼はこう言っているのだ。『これからめちゃくちゃセックスしようぜ』と。

しかもキリカの肩も同時に抱いているところを見るに、いわゆる3Pを所望しているようでもある。

「ちょ……継彦っ。真面目な話をしている時に、そんな魔王的なこと……！」

生真面目なエリスは小声で抗議したが、継彦はまるで意に介していなかった。

「なに言ってるんだ。俺だって真面目だぞ。いいかエリス。相手はあのアゼルだ。魔力はいくらあってもいい。ここぞという時にガス欠で力が出ないなんて嫌だろ？」

「……そ、それはそうですが……その。夜の営みというのは、一対一できちんと向き合うのが当然で……」

ぶつぶつと、エリスは呟いた。キリカほどストレートに表現しないものの、エリスもまた継彦を憎からず思っていた。最初はただ必要だから行っていた導魔も、最近では楽しめるようになってもいる。なので誘いそのものは嫌ではない。嫌ではないが……。

「……キ、キリカさんもなにか言ってください」

どうにも素直になれず、キリカに話を振る。が、当のキリカはといえば……。

「ん……私は別に異論ないかな。明日出撃するとなると、ひとりひとり補給してる時間が勿体《もったい》ない気がするし。三人でっていうのは、案外効率的だと思う。……まあ、だいぶセンパイの趣味が入ってそうなのは否定しないけど」

キリカがそう言ってジト目を向けると、継彦はにやりと笑った。

「さっすが後輩。よく俺の背中を見てるな」

「……これだもん。なに言っても仕方ないよ、エリスさん。センパイと接する極意はね、『諦めが肝心』なんだ」

「そ、そんな身も蓋もない……」

味方だと思っていたキリカに裏切られ、エリスは困ったように目尻を下げた。が、継彦はそんなエリスの様子には一切構わず、

「よーし、それじゃあ俺の部屋に行くぞ！　善は急げだ。あ、ベゼル。後片付けは頼んだぞ！」

そんなことを嬉々として口にして、強引にふたりを連れ出した。

「あ、こらっ。継彦、私はまだ納得して――あ、これはもう聞いていませんね」

「うん。これは既に、頭の中で私たちを脱がしてる顔だね」

「なんて気の早い……ああもう、魔王的ですっ」

エリスはキリカとともに別室へと連行されながら、『諦めが肝心』という極意を、いまさらながらに実感していた。

◇

「それで……どうするのですか？」

エリスはベッドに座ってこちらを見ている継彦に、そう問いを投げた。

実のところ、これまでの導魔は常に一対一で行われていて、キリカと一緒に抱かれるというシチュエーションは一度としてなかった。なので導魔そのものには慣れてきたエリスも、ここから先どう動いたら良いのかわからなかったのだ。

「そうだな……俺も３Ｐの手順なんて知らないが、とりあえず、脱ぐところから始めるか」

言うと、彼はさっさと脱衣を済ませて、またベッドに座った。すると既に半勃ちになっている、気の早いペニスが顔を見せる。

「…………」

エリスは思わず赤面した。彼女とて生娘ではないし、継彦の裸体であれば何度も見ているので、そろそろ慣れてもいい頃なのだが……いざ目《ま》の当たりにすると、やはり平静ではいられなかった。

とはいえ、いつまでも見ているわけにもいかない。これは逢瀬であると同時に導魔。明日戦うためには必要な行為だ。そう思い、彼女は脱衣のために手を動かしたが――

「あ、そうだ。せっかくだし、ふたりで脱がし合ってくれないか？」

不意の提案に、エリスはぴたりと動きを止めた。

「え？　脱がし合いって……キリカさんと？」

「ああ。他にいないだろ？　そうだな……まずはエリスがキリカを脱がせてやって、次にキリカがエリスを脱がせる。それでいこう」

言われて、エリスはキリカと顔を見合わせた。そして目で会話する。また変なこと言い出したよと。

「ええと、キリカさん……」

「……ん。いいよ。恥ずかしいけど、エリスさんならぎりぎり大丈夫だから……」

これまで余裕の態度――あるいは諦めの境地――だったキリカも、いざことが始まるとなると緊張するらしかった。頬を愛らしく染めて、ついと視線を逸らしてしまう。恥じらうその姿は、同性であるエリスの目から見ても可憐だった。

ともあれ、エリスはキリカの衣服を一枚一枚、丁寧に脱がしていった。

「あ……あのさ、エリスさん……そんなに近くでまじまじと見られると、流石に……」

下着まで脱がされて完全な裸体にされると、キリカは羞恥に身を捩《よじ》った。継彦に見られているのも恥ずかしいだろうが、いまはどちらかというと、エリスの目の方が恥ずかしいようだった。当然といえば当然だ。エリスはいま、ショーツを脱がせるために屈《かが》み込んでいるので、産毛すらないキリカの股間を至近距離で見ているのだから。

「でも……綺麗ですよ、キリカさん。……他人のこういうところを見るのは初めてなので、少し新鮮な気分です」

「わっ、ちょ……そこで喋られると、息がかかって……」

「あ、ごめんなさい。……あれ？　キリカさん、股間になにかきらきらしたものが――」

「──そこまで！」

　キリカはきゅっと内股になると、それ以上言うなとばかりに手を突き出してきた。その顔は心配になるほど赤い。

「……つ、次はエリスさんの番だよ。ほら、立って」

　言われて、エリスは立ち上がった。するとキリカがてきぱきと、身に纏った衣服を剥いでくる。

（……う、これは確かに恥ずかしい、ですね……）

　ブラジャーが外れ、ショーツまで脱がされると、わずかにひんやりとした空気が肌に触れた。豊かな乳房や淡く色づいた乳首、髪と同じ蒼い恥毛……普段人目に晒すことのない部分が全て晒される。

「……お返し」

　と、キリカがなにやら意地の悪い笑みを浮かべて、股間に息を吹きかけてきた。

「きゃっ。も、もう……キリカさん。おいたはダメですっ」

「さっきのお返しだよ。……で、センパイ。次はどうするの？　凄《すご》く……ガチガチになってるけど」

　キリカはそう言うと、ついと継彦の股間を指し示した。そこには乙女たちのちょっとした触れ合いの中に淫靡《いんび》さを見出し、天を衝《つ》く勢いで勃ち上がっているペニスがあった。

「ん……そうだな。正直、いまのやり取りを見てただけで、もうたまらなくなってる」

継彦は苦笑していた。実際、勃起《ぼっき》の具合は普段よりも遥かに強い。それはつまり、彼がいつもより昂《たかぶ》っていることを示していた。

「そっか、じゃあ……フェラ、する？」

キリカは微笑むと、小首を傾げてそう言った。自覚があるかどうかはわからないが、小悪魔じみた仕草だ。彼女は小柄で、ともすれば幼くすら見える容姿だが、継彦に尽くすということに関しては、存外に積極的だった。

「頼む。……エリスも、いいか？」

「え？　……は、はい」

一拍遅れて返事をして、エリスはキリカとともに、継彦の前に跪《ひざまず》いた。すると早速、キリカが張り詰めた亀頭に口づけをし、竿に舌を這《は》わせ始めた。

（キ、キリカさん……かなり大胆ですね……）

初めて見るキリカの艶やかな側面に、エリスはやや面喰らった。が、すぐに自分も負けていられないと思い直し、キリカとは反対側からペニスに挑みかかる。すると継彦の分身は、さらにその怒張を強めた。

エリスとキリカ。タイプは違うが類稀な美少女であるという点では共通している。そのふたりによる口淫奉仕はこの上なく贅沢な快感を生み、彼の興奮を青天井に高めていった。

「んちゅ……れろ、ん……ちゅっ……」

やがてペニスがふたり分の唾液に塗《まみ》れると、奉仕の音は水気を帯びて淫らさを増していった。そしてそのあたりで、ふとキリカから目線が飛んでくる。

『追い込むよ』

彼女の目がそう言った気がした。エリスは目で頷いて、片手で継彦のふぐりを弄《いじ》りながら、竿の根元を指先で丹念に撫で上げる。

それと同時に、キリカも動いていた。小さな手で竿をしっかりと握り、唾液のぬめりを利用して激しく扱《しご》き上げていく。

そして仕上げに、ふたりがかりで亀頭を舐めしゃぶった。時折舌同士がぶつかるほどの密度で、一気に継彦を追い詰めにかかる。

「ぐ……ホント上手くなったよな、ふたりとも。……射精《で》るぞ……！」

たちまち我慢の限界を迎えたらしい継彦が低く呻くと、美少女たちに集中攻撃されていたペニスがびくびくと脈打った。そして次の瞬間には――

びゅっ、びゅるるるっ。

張り詰めた亀頭の先端から飛び出した濃厚な雄汁は、間近にいたエリスの頬をかすめて背後にまで飛んでいった。凄まじい勢いだ。いつもより明らかに飛距離が長い。

「ん……いつもより元気で……味も濃い……？」

キリカが呟く。彼女は頬についたわずかな精液を指で掬《すく》い、舐め取っていた。普段の彼女からは考えられないほど、淫らな行動だ。

そこでエリスは気づいた。キリカの内腿。とろりとした液体で濡れている。また、目がとろんとし始めてもいた。どうやら彼女は継彦に奉仕しながら、自身も本格的に欲情し始めていたようだった。

「キリカさん、もうぐしょぐしょじゃないですか……」

思わず口にする。が、それは直後にカウンターとなって、エリス自身に返ってきた。

「エリスさん。そういうことは、せめて勃起した乳首を隠してから言った方が良いよ」

「え？　あ……」

言われてようやく気づいた。エリスの乳首はいつの間にか硬くしこり、大きさを増してその存在を主張していた。

「それに……ほら。下の方も……」

「あ……やっ。キリカさん、だめ……っ」

既に色事の熱に酔い始めているキリカは、躊躇《ためら》いなくエリスの秘所に触れてきた。するとぬちゅ……と卑猥な音が聞こえてくる。

「……こんなに濡れてる」

キリカは指に纏わりついた蜜を見せつけてきた。汗だ、などという言い訳も通用しそうにない、とろりとした本気汁を……。

（は、恥ずかしい……女同士なら大丈夫だと思ったのに、こんなに恥ずかしいなんて……！）

エリスはぶるりと身を震わせた。まだ導魔はほんの序の口だ。いまからこんな調子では、このあといったいどうなってしまうことやら。

「……センパイ。エリスさん、もう我慢できないって」

と、キリカがそんなことを言った。目には悪戯な輝きが過っている。それは継彦にもわかったろうが、彼はそれを、むしろ好都合と捉えたようだった。

「そうか。なら、まずはエリスからいじめよう」

にやりと笑った継彦は、エリスをベッドに引き上げた。そして四つん這《ば》いにさせ、自身はその背後に回る。

「つ、継彦。いったいなにを……ひゃあんっ」

不意に尻を鷲掴みにされ、しかも思い切り割り開かれて、エリスは思わず悲鳴を上げた。アナルまで丸見えにされた羞恥が、彼女の耳を真っ赤に染める。

「なにって、決まってるだろ。まずはエリスに気持ちよくなってもらうんだよ」

彼は言うと、エリスのむっちりした桃尻を丹念に揉みつつ、アナルに息を吹きかけてきた。そしてエリスの意識がそちらに向いた瞬間を狙って、秘所に舌を這わせてくる。

「ああ、そんな……っ。いきなり舌を、入れるなんて……ん、あふ……あっ」

獣のような姿勢で行われるクンニに、エリスはたちまち声を甘くした。体勢による恥ずかしさがスパイスになっているのか、ゆっくりと舐められているだけでたまらなく気持ちいい。

「あう、うぅぅ……ひゃんっ。そこぉ、だめぇぇ……」

膣口を舌が出入りし、小陰唇も丹念に舐められる。かと思えばクリトリスに吸い付かれ、音を立てて吸われて……と。そんなことを延々と繰り返されていると、声はどんどん鼻にかかり、甘い響きを増していった。

「エリスさん、敵は後ろだけじゃないよ？」

と、執拗なクンニに悶えるエリスに、さらなる快感が加わった。いつの間にかベッドに上がっていたキリカが妖しい笑みを浮かべながら、たわわに実った乳房を弄り始めたのだ。ほっそりした小ぶりな指が、くすぐるように表面を撫でる。それだけでも背筋に痺れるような感覚が走り抜けた。また淫らに勃起した乳首をくりくりと刺激されてしまうと、エリスはもうたまらなくなった。

「だめぇ……そんなに一度に、刺激したら……っ。あ、ああっ。や、くぅん……ううっ」

いよいよ体が出来上がってしまったエリスは、がくがくと腰を震わせ始めた。内腿では溢《あふ》れ出した愛液が、卑猥な線を描いている。

絶頂が近い。とてつもない勢いで迫ってきている。彼女がそれを自覚した時には、もう遅かった。

「あっ……ああっ！　イク……だめ、イク……っ！」

びくんっ。大きく体全体を震わせつつ、エリスは一息に絶頂へと昇り詰めた。

「お、イった」

継彦の呑気な声。少々腹立たしくすらあった。だが体はまだイったままで、『魔王的ですっ！』と怒鳴ることもできない。

ぷりんと尻を突き上げた体勢のまま、エリスは絶頂の余韻が過ぎ去るのを待った。情けない格好なのはわかっていたが、上手く力が入らないのだ。

そしてその間に——

ぽすん、と。エリスの隣で、キリカが四つん這いになった。しかも彼女は自ら秘所を指で割り開き、囁《ささや》くようにこんなことを言う。

「センパイ。……いいよ」

その声の、なんと悩ましいことか。幼さを残した少女から飛び出たものとは、到底思えない。

だが現実に、報生キリカという少女は確かな色気を湛えて、愛する男と繋がる瞬間を待ち望んでいる。

「……いいのか？　お前にはまだなにもしてないぞ」

前戯は必要ないのかと、継彦は訊いていた。だがキリカははにかんで、

「大丈夫。私はセンパイの肉奴隷だからね。いつでも準備はできてる。……ん、いまのはちょっと嘘かな。はは……自分でもびっくりだけどさ。エリスさんのえっちなとこ見てたら、勝手に準備できちゃったんだ」

「なんだそりゃ。もしかしてお前、ちょっとそっちの気が？」

「あはは、かもね。うん、そうかも。……だからさ、センパイ。私をエリスさんに盗られ

ないように、頑張らないとね」

気心知れたやり取りは、心地よく繋がるための潤滑油か。なんにしろふたりはごく自然な流れで後背位の挿入態勢を整えると、合図もなく深々と結合した。

「あ……くぅぅぅ……深、い……」

華奢《きゃしゃ》な体躯《たいく》がぴんと反り返り、可憐な唇から華やかな喘ぎが零れる。そのさまは例えようもなく淫靡で、そして――

(……綺麗……)

ぼんやりとした意識の中で、エリスは呟いた。かつての彼女であれば考えられないことだった。欲望に忠実な姿を見て、美しいと感じるのは……。

「あうっ、ん、んん、あ……んんっ」

抽挿が始まると、キリカの喘ぎは部屋中に響くほど大きくなった。珠の汗が浮かんだ肌は淫らな光沢を帯び、少女の持つ青い色気を最大限に引き出している。

「あっ……♥」

と、鼻にかかった甘い声が、さらに甘く蕩《とろ》けた。

(気持ちいいところを……突かれているから?)

エリスは食い入るように、ふたりの交わりを見つめていた。というより、目が離せなくなっていた。

「いい……気持ちいいっ。センパイのおちんちんが、お腹の中、掻き回して……っ。あう

っ、んん、う……ああああああっ」

小さな体がびくびくと震える。イったのだろう。結合部からは粗相《そそう》と見間違えるほどの愛液が溢れ出している。

だが交わりは終わらなかった。いや、むしろ激しくなっている。

「ひゃあうっ。だめ……イ、イってるのに、そんなに突いたら……♥ イク、またイっちゃうっ♥」

全身を強張《こわば》らせて、キリカはいやいやをするように首を振った。が、動作や言葉とは相反して、彼女の顔は嬉しそうに綻《ほころ》んでいた。

(あんなに乱れて、喘いで……凄くいやらしいのに、少しも浅ましくは感じない……むしろ、羨ましくすら……)

思わず本音が漏れた。獣のような格好で犯されていても、キリカはとても美しい。それはきっと、愛する男に征服されることを、彼女が心から愉しんでいるからだ。

裸になり、なにひとつ取り繕わずに触れ合うことで露出した、報生キリカという少女の想い。それがあまりにも純粋だから、どんなに乱れても、彼女はずっと綺麗なままでいられる……。

(……ああ。羨ましい……)

再び本音を呟く彼女の股間から、ぽたりぽたりと雫が落ち、シーツに卑猥なシミを作った。だがそれは、単に淫気に中《あ》てられたからではない。

エリスとて継彦を愛している。それは間違いない。けれどキリカほど純粋な想いを抱けているかと問われれば、きっと言葉に詰まるだろう。エリスと継彦には、本人たちにはどうしようもない部分にしがらみがある。どんなに割り切ってもつきまとう、断ち切れない因縁がある。

だから羨ましい。素直に継彦を想えるキリカのことが、たまらなく羨ましい。

あんな風に、純粋な気持ちで彼を想えたら。なにひとつ取り繕わずに、この体を捧げられたら――それはどれほど、快いだろう。

（私も……キリカさんのようになれたら……）

エリスは自らの秘所へと手を伸ばした。雄々しいペニスで後ろから貫かれ、甘い官能に打ち震えているキリカを羨んでいるうちに、体がどうしようもなく火照ってしまったのだ。

（いけない……こんなはしたないこと……）

そうは思ったが、手は止まらなかった。込み上げる淫情があまりにも切なくて、どうしてもじっとしていられなかったのだ。

「あ……ん、ぅ……あっ」

と、ついに声まで漏れた。淫らな嬌声《きょうせい》。それは隣で熱く愛し合っているふたりにも、はっきり聞こえていたようだった。

「エリスさん……？」

「エリス……？」

「ああ……見ないで。見ないでください。こんな……こんな姿……」

――言葉とは裏腹に。ふたりに見られるほどに、エリスの肉体は甘い疼きを増していった。それはやがて飽和して、エリスの口を開かせた。

「私も……欲しい、です。継彦のペニスが……」

浅ましい懇願。一度口にしてしまうと、あとは総崩れだった。

「犯して……犯してください。継彦のペニスで、私のお、まんこ、を……！」

震える声で言い切って、エリスは自ら秘所を指で割り開いた。すると、

「はは、３Ｐにしたのは正解だったかな。……エリスが自分からそういうこと言うの、初めて聞いた」

背後で苦笑の気配が弾け、同時に熱くて硬いものが秘所に触れた。

亀頭。膣口をこじ開ける切っ先。濡れそぼった陰唇を撫で上げてくる。

「あ、ああ……♥」

とっくに蕩けていたエリスの体は、たったそれだけの刺激でぶるりと震えた。そして亀頭が膣口に埋まり、続いて竿が侵入してくると……。

「あ、あああ……あ、んん……あうっ」

途端に背筋を駆け上った快感に、エリスは蒼髪を振り乱して悶えた。

気持ちいい。たまらなく気持ちいい。切《せつ》なくて仕方なかった雌穴が、雄々しいペニスに満たされていく。その充足感は代用の利かない、セックスならではの快感だった。

「うお、いきなり締め付けが……！　そんなに待ち遠しかったのか？」

継彦は言いながら、むっちりとしたエリスの双臀《そうでん》を揉みしだき、ずんずんと腰を前後させた。

亀頭に奥を小突かれ、カリの返しにＧスポットを嬲《なぶ》られる。するとエリスの膣内は、たちまち官能でいっぱいになった。

「や、あ……ん、あふ……ひっ……んん……♥」

感じる。なにをされても感じてしまう。ゆっくり引き抜かれるのも、思い切り突き込まれるのも等しく気持ちいい。

くちゅ、じゅぷ……ぐちゅぐちゅっ。これでもかとばかりに響き渡る水音は、例えようもなく卑猥だった。

「やらしい音……だね。エリスさん、気持ちいい？」

ふとキリカが訊いてきた。今日の彼女は少し意地悪だ。そんなこと、訊くまでもないだろうに。

「気持ちいい、です……継彦のペニスに……獣みたいに、犯されるのが……！」

と、淫らな告白をした瞬間。継彦はエリスの腰をがっちりとホールドし直して、よりいっそう激しく抽挿してきた。しかも狙いは一点のみ——度重なる導魔で開発され、すっかり成熟したＧスポット。

「そ、こはぁ……♥　だめ、だめぇ……♥」

どこにも衝撃が逃げない状態で、執拗にGスポットを責められる。するともう我慢などできなくなって、エリスは絶叫した。

「あぐ、ひあぁあああぁあっ♥　無理、無理ですっ♥　イク、イク……イクぅっ♥」

限界まで身を反らせ、豊かな乳房をぶるんと震わせて、エリスは深く大きな絶頂を極めた。すると継彦も限界を迎えたようで、ペニスをびくんと大きく脈打たせる。

「俺も限界だ……射精《で》るぞ！」

どくん……びゅっ、びゅるるるるっ！

一際強くペニスが脈打つと、熱い雄汁がエリスの膣内に注がれた。

「あう、ううっ♥　出てる……精液、お腹の中にたくさん……っ♥」

気高き蒼髪の神騎はぎゅうぎゅうにペニスを締め付けながら、かくかくと腰を痙攣《けいれん》させた。ふるふると揺れる柔らかな尻肉の間では、淡く色づいたアナルが恥ずかしがるかのように、きゅうと閉じている。

とてつもなく卑猥な光景だった。そしてその景色を特等席で見ていた継彦は――

「……エリスッ！」

激しい欲情を声にして叫び、彼は獣になった。エリスを抱き起こし、抜かないまま硬さを取り戻した肉棒で、まだひくひくと痙攣している膣内に追い打ちをかける。加えて乳房にも手を伸ばし、ギンギンに尖った乳首を捻り上げる。

「ひあぁあああぁあっ♥　つ、継彦……だめ、だめです♥　いまは、だめぇぇぇっ♥　あっ

♥乳首♥　乳首そんなにしたら、ああああっ♥」

体を起こしたことでより強くGスポットを抉《えぐ》られて、エリスはたまらず絶叫した。

だがその声は、言葉ほど快感を拒めておらず、ともすれば男を誘っているように聞こえるほど甘かった。

◇

（ずるいなぁ……）

その時。キリカはそんなことを考えていた。

目の前には、膣内《なか》射精《だし》直後に追い打ちをかけられ、半ば悶絶しているエリスがいる。

顔は汗だくで、快楽によって蕩けている。いわゆる『アヘ顔』の数歩手前といったところか。揉みしだかれている乳房は継彦の手から零れるほど大きく、また形もいい。継彦の抽挿を受け止めている双臀は女性らしい厚みを備えていて、たいへんに艶めかしかった。

それでいて腹部には見事なくびれがある。

女の憧れと男の欲情。どちらも吸い寄せられる、まったく隙のない体だ。

（エリスさんは……こんなになっても綺麗なんだ。まったく、敵わないなぁ）

喘ぎ乱れ続けるエリスを羨望の眼差しで見つめ、キリカはこっそりと苦笑した。

継彦を想う気持ちでは、負けているとは思わない。けれど女としての価値を俯瞰《ふかん》してみると、笑えるほどの差があるように思える。

エリスは綺麗だ。顔も、体も、声も、そして心も。

気高く強く、公正で優しい。天使という存在の持つイメージがそのまま具現化したような女性。恋敵としてはこれ以上ない難物だ。

もっとも……だからといって諦めたり、ただ僻《ひが》んだりする気はさらさらない。なにせその道は、既に一度通っている。

キリカはかつて『嫉妬』の魔将ジュラウスと戦った時、継彦への想いとエリスへの嫉妬に付け込まれ、敵の手に堕ちたことがあった。

あの時の黒々とした感情は、いまもはっきりと覚えている。というよりも、決して忘れないように刻み込んでいるのだが。

自分は自分らしく、自分だけのやり方で継彦を愛せればいい。彼が誰を選ぼうと、それは彼自身の自由。堂々と戦おう。キリカはあの時、エリスとそんな約束をした。

だから——というのは、些《いささ》か言い訳じみているが。キリカはこの上なく恥ずかしい気持ちを心の奥に蹴り込んで、好色でどこか抜けたところのある、だがたまらなく愛しい男に呼びかけた。

「センパイ。あんまり放っておかれると、いくら肉奴隷でも寂しいよ？」

甘えた声。普段の自分のキャラクターからは程遠い。けれど敵《エリス》は強大だ。このくらいで恥ずかしがっていては勝負にもならない。

「今日は随分甘えん坊だな？」

などと言いつつ、継彦はぐだぐだになったエリスを解放し、こちらの背後に回った。

「ん……♥　あ、んん……入った……おちんちん、入ったぁ……♥」

再びの挿入に対し、キリカは腰を淫らにくねらせつつ、素直な喘ぎを口にした。

すぱんすぱんと、肉を打ち付け合う音が室内に響く。その激しい抽挿に、赤毛の少女はたちまち追い詰められていく。

「イク……あう、イ、クぅ……♥」

うっとりと呟く。と、その時だった。

「ひゃんっ。つ、継彦……？」

エリスの悩ましい声が聞こえた。どうやら継彦は、キリカの膣内をペニスで穿つのはやめないまま、ぐったりと脱力しているエリスの秘所を撫で回しているようだった。

「つ、継彦……わ……私はもういいです。もう十分ですから……」

いやらしく腰をくねらせながらの言葉。説得力など欠片もなかった。

「嘘は駄目だよ」

キリカはそっとエリスの手を握り、囁いた。

「だってエリスさん、まだ凄くえっちな顔だよ。もう十分な人は、そんな顔しない」

「そ、そんな……ち、違います。そんな顔してませ――んひぃっ!?」

エリスの目がぐりんと上を向いた。継彦がエリスの濡れた雌穴に指を突っ込み、ぐちゅぐちゅと掻き回し始めたからだ。

「ちゅ、ちゅぐひこぉ……♥　だめ、もうだめぇっ♥　また、イク……っ♥」

あっという間にエリスが果てた。そしてそれに合わせるように——

「あっ♥　センパイのおちんちん、びくびくしてる……♥」

「……ああ。もう……限界だ。射精《で》るぞ、キリカ！」

低く吼えて、継彦は思い切り腰を引いた。するとカリの返しが膣内を盛大に掻きむしり、キリカを一息に追い詰める。

「あ、ああああああっ！　イク……♥　あう、イクぅ……♥」

エリスの手を縋《すが》るように握り締め、キリカは強烈《きょうれつ》なアクメを極めた。腰が砕けそうなほどの快感に、四つん這いを維持することすらできなくなる。

どさりと倒れ込んだ先には、既にノックアウト済みのエリスがいた。そして次の瞬間、並んだ美少女たちの顔に、無遠慮な白濁が降り注ぐ——

「んぁ……♥」

「あ、熱いぃ……♥」

蒼と紅の美少女たちは、降りかかる雄汁に汚されながらも、どこか幸せそうな顔をしていた。

◇

リビングの窓を開けると、微かに風が吹き込んだ。冷たくも温くもないその微風は、継彦の頬を撫でて通り過ぎると、籠《こも》っていた部屋の空気を少しだけかき混ぜる。

がら……。

「……ふぅ」

窓の外をなんとなしに見やり、継彦は小さく嘆息した。と、ちょうどその時――

「継彦様。お休みになられないのですか？」

「……ベゼルか」

背後から聞こえた声に、継彦は振り返らないまま応じた。

「夕涼みだよ。もう少ししたら寝る」

「左様ですか。……おふたりは？」

「エリスとキリカなら、導魔の疲れで寝ちまってる。なんでか手を握ったままな。ああしていると、仲のいい姉妹みたいだったよ。……訊きたいことはそれだけか？　だったらもう行けよ」

これで会話は終わり――そういう気配を背中から出す。が、ベゼルは一向に立ち去ろうとしなかった。

「……まだなにかあるのか？」

「はい」

肯定の返事。ごく静かな、だが重い声だった。どうやらそれなりの用向きがあるらしい。もっとも、正直に言えば、彼の用向きには心当たりがあったが。

ともあれ、継彦は緩慢に振り返った。すると青白い顔の悪魔は、表情を一切変えずにこう告げた。

「そろそろお決めになられてはいかがでしょう。どちらを妃《きさき》として迎えるのかを」

「…………」

やはりそれか――内心で呟き、彼はがりがりと頭を掻いた。

エリスとキリカ。継彦を慕う……慕ってくれる女たち。そのどちらかを選んで妃にすべきだという話は、以前にもベゼルから持ち掛けられていた。

「アゼルを討ち、『エイダムの半身』を取り戻した暁には……継彦様は真に魔王として覚醒します。そのとき隣に並び立つ者は、恐らく終生までを共にする伴侶になるでしょう。……逆に言えば、そう在れない女性では、あなたと並び立つことはできない」

「……打算で選択しろって？」

くだらねえと、継彦は吐き捨てた。が、ベゼルは小さく首を横に振る。

「いいえ。私個人としては、継彦様の心が動くままにされるのがよろしいかと。ただ……」

「ただ？」

「選択肢は、手元にあるうちに選ばねば意味がない。失ってから悔いるのは愚かすぎます。どうか後悔のない選択をされますよう」

その言い回しに、継彦は眉を寄せた。

「…………意外だな。それじゃまるで、単純に俺たちの関係性を案じてるみたいじゃないか」

「そう申しております。……勘違いされているようですが、いまの私は全力であなたにお仕えしている。底意はありません」

「どうだか。一度は俺を——王を裏切ったお前だ。二度目があると疑うのは当然だろ？」

ベゼルの目を見たが、瞳には欠片の動揺もなかった。本音だからか、あるいは嘘が上手すぎるからか。それはわからなかったが。

「……死亡フラグ」

「は？」

脈絡なく告げた言葉に、ベゼルは怪訝《けげん》そうな顔をした。

「人間の世界——つーか、俺が好んで身を置いてる界隈に、そういう言葉があるんだよ。迷信とかおまじないとか、まあそんなようなものだ」

「はあ。普段よく口にされている、『エロゲー』とやらの話ということですか。……それで、その言葉の意味とは？」

訊かれて、継彦は嘆息交じりに答えた。

「別にエロゲーに限った話じゃないけどな。……要するに、大きな戦いの前に大事な決定をすると、なんでか裏目に出ちまうって話だよ。結婚の約束なんざその典型だ。ビンビンに死亡フラグが立っちまう。……いま選んじまったら、間違いなく選ばれた方が死ぬ。だからいまは選べない。……魔王が迷信に縋るなんて、おかしいと思うか？」

肩をすくめておどけてみせる。が、ベゼルはくすりともしなかった。いや、それどころか——

「そうですね。おかしな話です。……あなたがそれを、本当に信じているのならばですが」

「………。お前って、嫌な奴だよな」

こちらはベゼルの言葉を嘘かどうか判別できないのに、ベゼルは簡単に嘘を見破った。

腹立たしいことだが、潜ってきた修羅場の数が違うと諦めるしかない。

「……わからないんだよ」

結局継彦は、嘘を捨てて本音を語り始めた。

「白状すれば、どっちも同じくらいに好きだ。比べられない。ふたりとも同じ土俵にはいないからな。それぞれ別の魅力があって、別の形で俺を慕ってくれてる。真摯に応えないのは罪……なんだがな。それでもいまは、どっちに対しても手を伸ばせない」

衝撃的な出会い方をして、最初の戦いから一緒にいたエリス。元々悪友のような付き合いをしていた後輩、キリカ。どちらも唯一無二の魅力的な女性で、甲乙をつけるのは至難だった。

「全てが終わったら、流石にケリをつけるべきだろうけどな。いまはこれで勘弁しろ」

「……承知いたしました」

ベゼルは納得したのかしていないのか判断しかねる無表情で頷くと、静かに踵《きびす》を返して立ち去って行った。

「…………選べるうちに選べ、か。一理あるけどな。だが……失うことを前提にするわけにはいかない。目指すのは完全勝利だ。あのふたりは超昴戦士……正義の味方なんだから」

継彦は窓の外、分厚い雲の向こうに浮かんでいるであろう敵地――フレナンジェロ城を睨み据えながら、ひとりごちた。

◇

――そして翌朝。エリス邸のリビングには、最後の決戦に挑む面子が勢揃いしていた。

といっても、別段昨日と変わってもいないが。

「いよいよですね……」

まずひとり――エリス。昨日の乱れ模様などどこへやらの様子だ。蒼い瞳に確かな戦意を漲《みなぎ》らせ、凛然とした雰囲気を漂わせている。ただしある程度リラックスしてもいて、必要以上の緊張はしていないようだった。神騎として長年戦い続けてきた経験の賜物《たまもの》だろう。

「アゼル、か。流石に手強いだろうね……」

続いてキリカ。こちらはエリスに比べると、やや表情が硬かった。戦闘能力ではエリスに引けを取らない彼女だが、戦いに対する気構えという点では、経験の差が出てしまっているようだ。

「…………」

続いてベゼル。普段は作戦の説明などを率先して行うのだが、いまは黙して継彦の背後に控えている。

彼が口を利かないのは、その必要がないからだった。これから行われるのは、複雑な手順などない最終決戦。全力を振り絞って敵の首魁《しゅかい》を討つ以外に、考えるべきことはない。

ならばこの場ですべきなのは、開戦の合図——即ち号令。そしてそれは参謀である彼ではなく、王である継彦の役目だ。

「さて……ふたりとも。準備はいいか？」

並び立つ神騎たちの顔を、継彦は交互に見やった。ふたりはほとんど同時に頷いて、決然とした目でこちらを見返してくる。

「はい。ようやくここまで来たのです。いまさら臆することなどありません」

「右に同じ。……まあ、多少は緊張してるけど。でも大丈夫。戦いが始まったら、いつも通り動けるはず」

「気合十分、だな」

継彦は満足げに頷いた。が、直後に嘆息し、がりがりと頭を掻き始める。

「……くそ、ベゼルめ。いらんこと言うから揺らいできたじゃねえか。……ったく。これもある意味死亡フラグなんだけどな……」

「……？　継彦？」

訝《いぶか》しげなエリスの呼びかけ。継彦はそれに、もう一度嘆息してから答えた。

「……エリス、キリカ。戦いに向かう前に、ひとつ聞いてくれ」

彼はそう前置きすると、顔を見合わせているふたりの神騎に対し、こう告げた。

「……この戦いが終わったら、俺は色んなことに答えを出す。たとえば……ふたりの気持ちへの報い方、とかな」

「え？　あ、それって……」

彼の言わんとすることを理解して、エリスはわずかに頬を染めた。隣では、キリカが『そう来たか』などと呟いている。

継彦は改めてふたりの顔を見つめてから、言葉を続けた。

「……答えを知りたかったら、勝ってくれ。ふたりで生き残ってくれ。どっちが欠けても俺は嫌だ。なんなら泣くかもしれない」

『………』

沈黙はふたり分あった。やや空気が重くなる。

その沈黙を破ったのはキリカだった。彼女はぽりぽりと頬を掻きながら、

「ん……センパイを泣かしてみるのも、結構楽しそうだけど……」

「おい」

「でも……うん。聞きたい。それがどんな結末でも。だから……勝つよ。世界のためと、自分のために」

キリカははにかみながらそう言うと、ちょいちょいとエリスの肘を突いた。

言外に促され、エリスは一歩前に出た。それから深呼吸をひとつ挟んで、言う。

「……はい。私も、答えを知りたいです。そのためにも、必ず生きて帰ります」

「……そか」

継彦は小さく顎を引いた。ガラにもなく照れたのか、頬を掻いてもいる。

「よし。それじゃあ……最後の号令といくか」

彼は頬をひとつ張ると、窓の外を鋭く睨んだ。そして告げる。魔王としての号令を。

「敵は空飛ぶお城で優雅にくつろいでる。つまりは馬鹿や煙とどっこいの、ひどく軽い連中だ。首魁のアゼルは堕天使の長なんて名乗ってるが、別段恐れることもない。――いつも通りだ。出撃、見敵、誅滅。神騎がすべき戦いを、いま一度繰り返せ！」

『了解！』

蒼と紅の美少女たちは凛とした声で叫ぶと、昨晩心行くまで注がれた魔力を解放し、その身を戦士――天翔ける神騎へと変貌させた。

「ホーリーアムド！　ヴァルキュリエ、エクシール！」

「ホーリーアムド！　ヴァルキュリエ、キリエル！」

エリスは蒼く清らかな聖鎧を纏った神騎、エクシールに。キリカは焔のように赤い戦装束に身を包んだ神騎、キリエルに。

それぞれ変身し、同時に純白の翼を大きく広げた。

その姿は凛々しくも力強い、世界を救う天よりの使い――天使そのものだった。

◇

「……来たか」

その女は脈絡もなく呟くと、玉座から立ち上がった。褐色の肌に白銀の髪、鮮血のように赤い瞳。背には堕天使であることの証明、漆黒の翼――

「この力は……エクシール。あの赤い紛《まが》い物もいるな」

彼女――堕天使軍団グリゴリの長たるアゼルは再び呟きつつ、酷薄な笑みを浮かべた。

「しかし……思いのほか早かったな。シェムールが回復せぬうちに、という算段か？　だとすれば……その判断は正解だ。なあ、シェムール？」

アゼルは赤い瞳を右隣へと向けた。そこには先日神騎たちに敗北し、未だ回復しきっていないシェムールの姿がある。

「……畏れながら申し上げます。確かに私は、戦えるほどには回復しておりません。しかしアゼル様の戦いをサポートすることくらいは、十分に可能な状態で――」

恭しく膝を折り、シェムールが言う。が、アゼルはそれを鼻で笑った。

「たわけ。お前の助けなど必要なものか。これより行われるのはただの余興。人類総獣化を完遂するまでの退屈を、もがく虫を眺めて紛らわせる……ただそれだけのこと。……シェムール。無様な敗北だけでは飽き足らず、無聊《ぶりょう》の慰めすら掠め取る気か？」

「……い、いえ。そのようなことは決して……」

「ならば黙って下がれ。……二度は言わぬぞ？」

赤い目がシェムールを捉える。すると褐色の女狐はこめかみから冷汗を一筋垂らし、無言でその場から姿を消した。

「……ふん」

アゼルは鼻を鳴らすと、前を見つめて腕組みをした。先ほど感知した反応の位置からすると、接敵まであと数秒ほどしかない。

「……来なさい、エクシール。どう足掻こうが無駄だと、骨の髄まで教え込んであげる」

と、アゼルが呟いた――その瞬間だった。

「――アゼル！」

余興の開幕を告げる声が聞こえて、アゼルはわずかに口元を歪めた。

◇

「――アゼル！」

終位階『裏切』。フレナンジェロ城が最奥『堕天の間《ま》』に到着したエクシールは、既にこちらを待ち構えているアゼルを視界に収め、鋭く叫んだ。

「ようこそエクシール。……そちらの紛い物も、いまは歓迎してやろう。貴重な暇潰しの玩具としてな」

アゼルは傲然と告げて腕組みを解くと、身に纏っている鎧をそっと撫でた。

それはこの時代の『戦う女』に相応《ふさわ》しい形で顕現した、神騎の戦闘装束――聖鎧だった。

もっとも、『聖』という字がついているのは便宜上のことでしかない。彼女の鎧は堕天を象徴する色――禍々しき黒に染まっている。また体を覆う面積が極端に少なく、麗しい褐色の肌が惜しげもなく晒されてもいた。

邪悪でありながら極めて美しく、そして淫ら――天使長アズエルであった頃とは正逆の姿だった。

「……アゼル。あなたの野望はここで止めます。人々から知性を奪い、獣同然の存在に貶めるなど……到底許せることではありません」

静かに——だが揺るぎない意志を込めて、エクシールは告げた。そしてその手に握った神剣ソル・クラウンを力強く掲げ、切っ先をアゼルに突き付ける。するとそれに合わせるように、キリエルもまた神双刃ハヤテ・カムイを掲げた。

「世界のため……なんてのは、スケールが大きくてよくわからないけど。私は私の生きてきた場所や、周りの人たちが好きだ。それを踏み躙ろうっていうなら……私はどんなことをしてでもお前を止める」

放たれる言の葉は刃の如く鋭かった。キリエルの覚悟の強さがそのまま顕れているかのようだ。

「…………」

改めての宣戦布告に、アゼルはしばし無言でいた。が、ややあって——

「ひとつ間違いがあるな。私の行いは野望などではない」

ぴっと指を一本立てて、彼女は続けた。

「ヒトに知性など必要ない。そんなものがあるから不必要な『欲』が生まれる。……知っているはずだ、エクシール。ヒトの欲が生み出した、あの悲劇を」

「…………それは」

——かつて。人間と神騎が、いまよりもずっと身近な時代があった。神騎は万物の創造主アマツの教えに基づいて人間たちを導き、人間はその管理を歓迎していた。

その教導を誰よりも真面目に、そして必死に行っていたのがアズエルだった。彼女は人間たちの善性を信じ、真摯に彼らと向き合い続けた。

だが、彼女は裏切られた。

悲劇があった。それも、人間たちに地上世界を任せることが決まったその日に。祝いの席で振る舞われた葡萄酒に、毒が盛られていたのだ。

大勢が死んだ。自分たちの成長を喜んで飲んだ酒で、もがき苦しみながら死に絶えた。

調べてわかった。それはとある男たちの間に起きていた、ごく小さな諍《いさか》いから起きた悲劇だった。神騎が半端に知恵を与え、欲望を育ててしまったがゆえに起きた惨劇だった。

そして……アズエルは堕ちた。人間の欲望は制御できるものではなく、どれほど注意を払って見守っても、ほんの些細なことで暴走すると知って――人間という生き物に、絶望してしまったから。

「私がやろうとしているのは、浅ましい欲望を根元から滅することによる……人類の救済だ。決して私利私欲による野望などではない。欲望さえ芽生えなければ、無意味に互いを傷つけ合うことはなくなる。それこそが唯一、このどうしようもない生き物を救ってやれる方法だ」

『…………』

沈黙はふたり分だった。つまりはエクシールもキリエルも、アゼルに対して反論できなかったということだが。

無論のこと、アゼルの言葉は極論であり暴論だ。言い返すための言葉などいくらでも用意できる。だがふたりは、アゼルの言葉に一種の正しさも見出していた。

彼女らとて知っているのだ。人間がどうしようもない生き物だということは。

必要以上に喰らい、性の快楽に溺れ、他人の物を欲しがり、己の力に驕り、優れた者を妬み、怒りを我慢できず、常に楽な道を選びたがる。それが人間という生き物だ。

『……そうかもな』

――と。これを言ったのは、この場にはいない者だった。

「……エイダム」

アゼルが忌々しそうに、その名を口にする。だが当の本人……エイダムこと継彦は、気楽にすら思える調子で続けた。

『アゼル。お前は正しい。花丸をやるよ。人間ってのは、わりとどうしようもなく愚かだ。それはこの俺――駄目人間代表、央堂継彦が保証しよう』

彼はそう嘯いた。もっともこれは、嘘でもなんでもなかったが。

継彦は完全無欠の善人ではない。魔王などと自称しているのだから当然だ。だが、かといって生粋の悪人でもなかった。彼はどちらにでもなり得る――ある意味誰よりも人間らしい人間だ。

だからこそ、続く言葉には力があった。

『それでも。それでも生きていたい。生きて笑い合いたい人がいる。そう思ったから、俺たちは戦うと決めた。……違うか？　ふたりとも』

「……はい」

「……そうだね」

善人ではないと。決して『良い人』なだけではないと知りながら、それでも愛した男の声に背中を押されて。ふたりの神騎は武器を構え直した。

「堕天使軍団グリゴリが長、アゼル。もはや議論の余地はありません。あなたを——神に代わりて誅滅します！」

その宣言は別離の言葉でもあった。かつて敬愛し、理想の上司だと慕ったアズエルとの、永遠の別離。

「——そうか。それが答えか、エクシール」

決定的な別離を前にして、アゼルが呟く。その声はわずかに哀しそうだったが——

「——ならば私はこう歌おう。『それでも人に欲望など要らぬ』と」

瞬間。アゼルの体から凄絶な気配が溢れ出た。常人であればその場にいるだけで卒倒しかねないほど禍々しいプレッシャー。

その中を——エクシールは無心で駆け出した。キリエルも自慢の健脚を揮《ふる》い、その身を宙に躍らせる。

先に間合いに入ったのはキリエルだった。

「そこっ！」

残像を発生させるほどの速度でアゼルの左に回り込んだキリエルは、ハヤテ・カムイによる神速の斬撃を見舞った。が、これは容易《たやす》くかわされた。しかし構わなかった。来るとわかっている状態で当たってくれると思うほど、相手を舐めてはいない。

「――ふっ！」

短い息を吐き出して、ソル・クラウンを逆袈裟に振るう。アゼルはこれを半歩後退してかわした。だがその時には、既にキリエルが次の攻撃を仕掛けている。

（……これなら、いけます。アゼルは防戦一方。上手くかわしてはいますが、反撃する余裕はないはず……！）

『個』の力において、アゼルを上回る生命体はこの世に存在しない。ならば一対一の状況だけは、絶対に作ってはならない――それがエクシールとキリエルが出した結論だった。

ゆえにふたりは、常にふたりがかりで挑むことを戦術の中心に据えることにしたのだ。

そしてその戦術は、いまのところ上手く嵌まっていた。いかに相手が最強の堕天使でも、こうして纏わりついている間は、迂闊《うかつ》な動きはできないはず――と、エクシールは思っていたのだが。

「こんなものか」

絶え間ない攻撃をかわし続けながら、アゼルは平然と呟いた。そして――

「もういい。程度はわかった。――跪け」

瞬間。エクシールは宙を舞っていた。

（――え？）

いったいなにをされたのか。それすらわからないまま、彼女は空中でもがいた。そして彼女が疑問の答えを得るよりも先に、地面との激突という明確な結果が訪れる。

「かは……っ」

衝撃が肺から空気を押し出す。そして再び息を吸い込もうとすると、体がばらばらになりそうなほどの激痛が、全身のあらゆる場所で弾けた。

「あぐ、あ……なに、が……？」

息苦しさと激痛に喘ぎながら、どうにか顔を上げる。するとすぐ近くに、キリエルが倒れているのが見えた。うつ伏せに倒れている彼女はぴくりとも動いておらず、また戦装束の背中が無残に破けてもいた。もしかしたら咄嗟に反応し、よくない体勢で攻撃を受けてしまったのかもしれない。

「キリエル……」

呼びかけるが、返事はなかった。気絶しているだけならいいが、もし危険な状態なら

――と、エクシールが背筋に寒いものを感じた瞬間。

「気絶しているだけだ。死んではいない。しかし……想像以上に脆かったな。お前たちがこちらに向かってくる瞬間――攻撃の気配を出した瞬間に、全方位に向けて『力』を解き放っただけだというのに……この有様か」

どこかつまらなさそうに言ってから、アゼルは両手を広げた。するとその掌に、ふたつの『力』が凝《こ》っていく。右手には魔力が。そして左手には……神騎特有の清らかな力、『聖力』が現出する。

「つまらないタネだ。この体の原型《オリジナル》が持つ、全神騎中最大の聖力。加えて魔王の魔力。最強と呼ぶに相応しい力がふたつ、私には宿っている。エイダムに供給された魔力だけで戦うお前たちとは力の量だけでなく……質そのものに絶対的な差があった。お前たちには、最初から勝ち目などなかったのだよ。それでも……まだやるか？」

「……っ。当然、です……」

とは言ったが、体はぴくりとも動かせなかった。特別な攻撃をされたわけでもなく、何度も打ちのめされたわけでもない。アゼルが何の気なしに放った一撃で、勝負は完全に決していた。

（うそ……でしょう？　こんなにあっさりと……くっ。動いて……お願いです、立ち上がって……！）

歯を食い縛り、内心で叫ぶが——彼女の体がその強い意志に応えることは終ぞなく。

（だめ……意識が……遠く、なって……）

やがてエクシールは意識を保つことすらできなくなって、完全に気絶してしまった。

◇

「……余興にもならなかったな。これでもうこいつらに価値はない。……消すか」

そう言ったものの、アゼルはすぐにはふたりを殺さなかった。正確には、エクシールを殺す気がどうしても起きなかった。

つまらない拘りなのはわかっている。既に別離が済んでいることも。だがそれでも、かつて心を許した者を殺すということを、アゼルは躊躇《ちゅうちょ》していた。

「——では、殺さずにことを済ませてはいかがでしょう」

と、不意に声が聞こえた、シェムール。戦いが終わったのを嗅ぎつけたらしい。

「……心を読むな、女狐。……それで、殺さずにことを済ませるとは？」

訊くと、シェムールが妖しい笑みを浮かべた。

「命を奪うことに抵抗があるのならば、調教してしまえば良いのです。エイダムに感化されているいまのエクシールは、いわば洗脳されているようなもの。邪魔の入らない状況で徹底的に『お話』すれば、彼女もどちらが正しいのか、改めて理解するかと」

「…………調教、か。面倒ではあるが……」

呟き、倒れ伏す蒼の神騎を見やる。エイダムに穢されてしまった哀れな女。だがかつては穢れなき乙女であり、誰よりも神騎らしい存在だった。もしも本当に、あの頃の彼女を取り戻せるのならば——多少の手間は許容できる。

「……良いだろう。どのみち計画を実行するにはまだいくらか時間がある。余興の第二幕としては悪くない。……それで、シェムール。わざわざ顔を出したのだ。それだけを言いに来たわけではあるまい？」

「流石はアゼル様、話が早くて助かりますわ。……赤い方は私に頂ければと。彼女には……借りがありますので」

そう告げるシェムールの顔は、珍しく激怒していた。先日の敗戦で顔を足蹴にされたのが、余程腹に据えかねたらしい。

「そんなことか。……好きにしろ」

「ありがとうございます」

シェムールは一礼すると、倒れ伏したキリエルを魔術でどこかへと転移させ、そのまま自身も姿を消した。それをなんとなしに見送ってから、アゼルは再びエクシールを見下ろした。

「……待っていなさい、エクシール。すぐに……エイダムの呪縛から解放してあげる……」

そう呟くアゼルの赤い瞳は、妖しく輝いていた。

第二話　峻烈なる紅、黒に染まりて

じゃり……という音を聞いて、キリエルは目を覚ました。

「なんの音……？」

呟きながら瞼《まぶた》を上げる。視界は白んでいたが、数秒もすると焦点が合ってきた。まず見えたのはひんやりした印象の石の床。不思議なことに、表面には傷ひとつなかった。それどころか埃や塵すらない。綺麗に掃除されているという表現では足りない、潔癖とすら言える清潔さだった。

ただし——その場所の印象は、そういった物理的な清潔さを真っ向から裏切っていたが。ろくに照明がないせいで薄暗く、横たわる静寂は不気味ですらある。つまるところ、ここはひどく陰気な場所だった。

「……牢獄。ううん、なにかの研究室？　いずれにしろ、私を歓迎している感じじゃないね……」

当たり前のことを口にして、キリエルは上体を起こし——そこで、ふと気づいた。手首。なにか見慣れないものが取り付けられている。

それは手枷《かせ》だった。金属製で、かなり頑丈そうだ。よく見ると、その手枷には鎖がくっついていた。目を覚ました時に聞いたのは、この鎖が擦れる音だったのか。

「引きちぎる……なんてことは、到底できそうにないね。鎧は辛うじて維持できてるけど……魔力がほとんど残ってない」

ひとまず乱暴な解決方法を諦めつつ、彼女は顔を上げた。するとそこがそれなりに広い部屋だということがわかった。十メートル四方はあるだろう。壁際には用途のわからない実験器具が収められた棚、簡素だがしっかりした造りのテーブルがある。テーブルの上には整頓された書類と、古めかしい羽ペンが並んでいる。先ほど抱いた『研究室』という印象は、どうやら当たらずといえども遠からずのようだ。

「……研究室、か。……はあ……」

一通り観察して——キリエルはため息を吐いた。

陰気で趣味の悪い部屋。厳重な、あるいは執拗な拘束。なんとなくだが思い当たる節がある。

「あら、目が覚めたのね」

と、声が聞こえた。いましがた思い浮かべたばかりの忌々しい声。

「シェムール……」

キリエルは嫌悪感を隠そうともせず、はっきりと声に乗せて告げた。その鋭い視線の先には、妖しい美貌を持つ堕天使——シェムールの姿がある。

(そっか、私……アゼルに負けて気を失って……そのまま捕まったんだ)

いまさらながらに状況を理解し、敗戦の悔しさを噛みしめる。と同時に、全身に鈍痛が

走った。意識がはっきりしてきたのに合わせて、体の方も覚醒してきたらしい。

痛みは少しずつ、その強度を増してきていた。どうも思った以上に、体が負ったダメージは大きかったようだ。

（……あの攻撃をまともに食らったんだ。生きてるだけマシだと思わなきゃ。……ただ。あの場で殺されなかったのが幸か不幸かは……まだわからないね）

この毒婦が関わっているのであればなおさら——そう付け加えつつ、彼女は褐色の堕天使を睨んだ。

「……私室に招いてもらったのはありがたいけど、少し扱いが雑だね。お茶も出ないどころか、客をこんな風に拘束するなんて」

ダメージを自覚し、一切抵抗できないほど厳重に拘束された状態でも、キリエルは強気に軽口を叩いた。するとシェムールは眉を顰《ひそ》めて、

「呆れた小娘ね。そんな状態でまだ生意気な口が利けるなんて。……まあいいわ。どうしてここが私の部屋だと？」

「こんな陰気臭いところ、蛇の住処以外にあり得ないよ」

キリエルは即答した。継彦ならこう言い返すだろうと思いながら。

「…………」

シェムールは無言だった。だがキリエルは、相手の頬が一瞬引きつったことを見逃さなかった。どうやら気に障ったらしい。堕天したとはいえ元は天使の彼女だ。『陰気臭い』

などと言われれば、気にしないわけもない。

「……そういう態度は利口とは言えないわね。あなたの命は私が握っている。気分次第でいつでも捻り潰せる。そのくらいは理解しているでしょう？」

「そうだね。でも抵抗のしようがないのなら、機嫌を取っても意味なんてない。どうせ気まぐれで殺されるなら、自分を曲げるだけ損だ」

「……まったく、口の減らない小娘ね……」

思っていた展開と違ったのか、シェムールが苛々《いらいら》と呟く。それに内心舌を出しながら、キリエルは告げた。

「……エクシールは？」

現在最も気掛かりなことを訊く。一緒にアゼルに打ちのめされた蒼い神騎の姿が、ここにはなかった。

「虜囚《りょしゅう》の分際で質問とは、本当に弁《わきま》えない小娘ね。あなたに質問する権利なんてないわ」

シェムールは質問をかわした――が、別に構わなかった。キリエルはほっと安堵の息を吐き、わずかに頬の緊張を解く。

「……なにを笑っているのかしら。仲間の安否が気になるのではなかったの？」

「それがわかったから安心したんだよ。……エクシールは無事だ。少なくとも生きてはいる」

「……っ。なにを根拠にそんなことを……」

苛立たしげな問いに、キリエルは淡々と答えた。

「もう殺されているなら、お前はそう言うよ。その方が私を追い詰められる。質問に答えないのは、真実がお前にとって不都合だから。……おおかたエクシールは、アゼルのところにでもいるんだろう？　それが安全の証になるかどうかは微妙なところだけど、少なくともお前がエクシールに手を出すことはない。アゼルの機嫌を損ねるわけにはいかないからね。……どう？　当たらずといえども遠からずだと思うけど」

「――」

その言葉に、シェムールはむっつりと黙り込んだ。妖しい美貌の真ん中に、不機嫌を示す縦筋が走る。

「……思ったより頭が回るようね。いいわ。口で言ってわからない輩には、別のやり方で教え込んであげる」

褐色の堕天使はそう言うと、ぱちんと指を鳴らした。すると手枷から伸びている鎖が天井に空いている穴へと吸い込まれていき、キリエルを強引に立ち上がらせた。上に滑車かなにかがあって、鎖を巻き取っているようだ。結果キリエルは、両腕を頭上に掲げたひどく無防備な姿勢を強要された。

「………っ」

息を呑んだ。この体勢だと、なにをされても抵抗できないことを、ことさらに思い知らされる。

「……なにをする気？」

滲《にじ》む恐怖を心の底に押し込め、鋭い視線をシェムールへと差し向ける。すると——

「決まっているでしょう……お礼よ。この顔を足蹴にされたことに対する、ね」

シェムールは艶然《えんぜん》とした笑みを浮かべると、自身の頬を指先で撫でた。先日の戦いで、キリエルに蹴りつけられた場所だ。

「あなたを調教するわ、紛い物の神騎キリエル。二度と生意気な口が利けないように、徹底的に躾《しつ》けてあげる」

シェムールの顔が嗜虐《しぎゃく》的に歪む。キリエルはその顔を、静かに見返した。

お礼。調教。言い方は回りくどいが、要するに抵抗できないキリエルを一方的に痛めつけ、傷ついた自尊心を回復したいということか。だとすれば——なるほど、この女狐が考えそうなことではある。

「……調教、ね。それって鞭で叩くってこと？　それとも電流でも打ち込んでみる？　……別にいいよ。好きにすればいい。なにをされようと、私は屈しな——え？」

と、鋭く告げた直後のことだった。キリエルの心臓が、どくんとひとつ高鳴る。続いて全身の鈍痛を上書きするように、不可解な熱が込み上げてくる。その脈絡のない、そして急激な変化に、キリエルは困惑した。

「あ、ぐ……なに、これ……っ。からだ、熱……くて……！」

「ふふ……効果が出てきたようね」

途切れ途切れに呟くキリエルを見つめて、堕天使は妖艶に笑った。

「鞭で打つ？　電流責めにする？　そんなつまらない……いいえ、生温《なまぬる》いことはしないわ。あなたが受けるのは快楽による調教。女の身である限り決して抗えない……魔悦調教よ」

言葉を切り、シェムールは続けた。

「あなたが眠っている間に、『素直になれる薬』をたっぷり投与してあげたわ。どんな強情な女でも泣いて許しを請う、特別性の薬をね。……あなたの体はもう、雌豚のそれに成り下がっている。精々喘ぎ悶えて、私を愉しませなさい」

優越感たっぷりに、シェムールは語った。キリエルはそれを睨み返して、鋭く囁く。

「……こ、この程度……どうってこと、ない……！」

「あら、そう？　なら試してあげるわ」

シェムールは楽しそうに唇の端を持ち上げると、キリエルの体を抱きしめるようにして、手を背後に回してきた。妖しい美貌が眼前に迫る。改めて見ると、ぞっとするほど整った顔立ちだった。憎らしい怨敵であることを一瞬忘れ、見惚《みほ》れてしまうほどに。

そしてその一瞬の隙に、シェムールは次の行動を差し込んできた。アゼルの攻撃を受けたことで戦装束が破れ、素肌が露出した背中を、指でゆっくりと撫で上げてくる。

「う……あ……っ！」

途端にぞくぞくとした快感に見舞われ、キリエルは呻いた。まだ嬌声と呼ぶには拙《つたな》いが、甘い響きが含まれているのは間違いない。

（……っ。なんで私……背中撫でられただけで……変な声、出してるの……？）

いまの刺激でスイッチが入ってしまったのか、キリエルの体は猛烈な勢いで発情し始めていた。汗がどっと湧き出し、頬を伝ってぽたりぽたりと床に落ちていく。触られてもいないのに乳首が芯を持ち始め、股間からはいやらしい蜜の気配が徐々に顔を見せ始めている。

「ふふ……膝が笑っているわよ。どうってことない、という風には見えないわね」

シェムールは至近距離で、キリエルの反応を嘲笑《あざわら》った。それから、背中を撫で回していた指をつぅと下にずらしていく。するともどかしい刺激が腰骨の上を通り過ぎ、小ぶりで引き締まったヒップにまで至る。

「あ、ぐ……！　さ、触るな！」

敏感すぎる肌の感覚に戸惑いながら、体を必死に捩る。しかし厳重に拘束された不自由な身では、望まぬ刺激から逃げることはできなかった。

「そんなに嫌がられると、かえっていじめ甲斐があるわね。ふふ、もっといやらしいところを触ってあげる……」

嗜虐的で艶めかしい囁きが、耳元でぱっと弾ける。と同時に尻を撫でていた魔の手が、キリエルの乳房にそっと触れた。

「随分と貧相な胸ね。まあその分、感度は悪くないのかしら？」

「う、うるさい……勝手なことを……あっ」

反抗的な言葉は、わずかに硬くなっていた乳首を弾かれたことで容易くキャンセルされた。

「あら、やっぱり感度はいいのね。ほら……こうされると気持ちいいでしょう？」

細く繊細な褐色の指が、踊るように乳房の上を這い回った。根元からじっくりと撫で上げたかと思えば、急に乳首を摘まれる。あるいは爪で乳輪を引っ掻いて鋭い刺激を与えたあと、掌で優しく全体を揉まれる……。

「う……くぅぅ……あっ。ん、ふ、はぁぁぁ……」

額に汗して、キリエルは甘い喘ぎを漏らした。悔しいがシェムールの愛撫は達者だった。決して痛みや不快感を与えず、淫情を高める動きだけをしてくる。おかげでキリエルの乳首は、完全に勃起してしまっていた。

「こちらはもう準備万端ね。下の方はどうかしら？」

そこでシェムールは立ち位置を変えた。キリエルの背後に回り、火照った矮躯《わいく》にしなやかな腕を絡みつかせてくる。その手は蛇が這いずるかの如く腹部を撫で降り、徐々に股間へと向かっていた。

「くっ……やめろ、そこは……んんっ」

静止の言葉は当然のように無視された。褐色の魔の手は躊躇いなく、レオタード状に展開した戦装束越しに、キリエルの股間をそっと撫で上げた。

「……こっちも、既に準備はできているようね？」

これ見よがしに掲げられたシェムールの指には、わずかにとろみを帯びた淫蜜がべったりと付着していた。汗だ、などという言い訳は通用しそうにない、明らかな発情の証……。

「少しいじめただけでこんなに濡れてしまうなんて、あなたそれでも神騎？　ああ……そういえば紛い物だったわね、あなた。浅ましい人間の雌でしかないのなら、この結果も仕方のないことかしら？」

「うる、さい……く、薬を盛られてなければ、こんなことには……あうっ⁉」

抗弁は途中で打ち切られた。シェムールが股間への愛撫を再開したのだ。戦装束の生地越しとはいえ、なによりも明白な女の部分をねっとりと刺激され続けると、声はどうしてもいやらしい響きを持ってしまう。

「あうっ……や、やめ……んんっ」

ぎゅっと内股になり、キリエルはその身を暴れさせた。だがその抵抗はシェムールの嗜虐心を満たすだけで、なんの成果も生み出せなかった。

「無駄よ。諦めて快楽を受け入れなさい」

赤き神騎の股間の上で、堕天使の指が巧みに蠢《うごめ》く。割れ目を丁寧に撫で、蟻《あり》の門渡《とわた》りを指先でくすぐり、クリトリスを探り当ててそっと摘まんでくる……。

「や、やめろ……やめろ！　んん⁉　ん、ふ、あぐ……やっ。あん、うぅ……くぅうっ！」

薄暗い研究室の中に、快楽を拒みたくても拒めない、切ない喘ぎがこだました。

「あら、案外可愛い声で啼《な》くのね。もっと聞かせなさい。もっと激しく喘ぎなさい。その浅ましく淫らな声だけが、私の溜飲を下げるのだから……」

「だ、黙れ……誰が喘いだり、なんか……ひっ。あ、や……ん、んん、あっ」

どうにか絞り出した否定の言葉は、どこか虚しい響きを持っていた。敵の手で望まぬ快楽を叩き込まれることはこれ以上ない屈辱だ。しかし体の火照りはもはや、手の施しようがないところにまで至っていた。

「あ……っ、んん、ん、あん……ひぅっ」

シェムールの指が股間をねちっこく嬲るたび、固く閉ざした唇の隙間から甘い呻きが押し出され、ほっそりとした腰が意志とは関係なく淫らにくねる。

「あら……蜜がまた増えたわ。イクのね。いいわ、見届けてあげる。敵の指に弄《もてあそ》ばれてアクメを極める、無様な神騎の顔をね……！」

ぬちゅ……ぐちゅぐちゅぐちゅっ！

どうにか刺激から逃れようともがくキリエルの腰を執拗に追って、シェムールは激しく腕を前後させた。その動きはともすれば乱暴にも思えるものだったが、媚薬と愛撫の相乗効果ですっかり出来上がっている淫らな女体は、その刺激から十分以上に快感を汲み上げてしまっていた。

「あひっ、ひぃ……っ!?　あ、ああ、あ、あああああああああっ！」

びくびく、びくんっ！　赤き神騎はその小さな体を立て続けに戦慄《わなな》かせ、果てた。

（なに、これ……!?　我慢の仕方、わからないっ！　無理矢理……私の意志なんて無視して、無理矢理にイカされた……！）

　それはこれまで経験したことのない、悪魔的な絶頂だった。そしてキリエルは不覚にも、その官能に恐怖すら覚えた。無理もない話ではある。いかに気高き神騎といえど、彼女はまだ少女なのだ。媚薬によってブーストされた鋭利な快感を素直に受け入れられるほど、性経験を得ているわけがない。

「ふふ……イったわね」

　シェムールは底意地の悪い笑みを浮かべて囁くと、キリエルの股間から手を引いた。すると絶頂によってとろみを増した淫らな液体が、つぅと内腿を伝って垂れ落ちてくる。

「あらあら、はしたないことね。まるで粗相でもしたかのよう。私の指は、そんなに気持ちよかったかしら？」

　褐色の女狐はくすくすと笑い、これ見よがしに指を擦り合わせ、人差し指と親指の間に糸を引かせてみせた。

「……っ」

　キリエルは度し難い屈辱に奥歯を噛み、頬を羞恥で真っ赤に染めた。自らの淫蜜によって描かれたその卑猥な直線は、なによりもキリエルを辱めるものだった。

「さあ、調教はまだ始まったばかりよ。次はもっと激しくイカせてあげる」

　一方的に宣言して、シェムールはこちらに手を伸ばした。まだ絶頂の余韻が残った敏感すぎる体を、好き放題に愛撫される。

愛液の伝う内腿を撫でられ、ぐっしょりと濡れた股間を再び激しく擦られる。しかも今度は、最も敏感な女の弱点であるクリトリスを、重点的に責められた。

「あぐ……ひぅ、あうぅぅっ。そこ、やめ……だめ、だめ……っ！」

あっという間に追い詰められ、キリエルは淫らに腰をくねらせた。めいっぱいに腕を暴れさせ、どうにか刺激から逃げようと足掻く。だが彼女を拘束している手枷は依然として頑丈で、がちゃがちゃと硬質な音を立てるばかり。

（もう、だめ……また、イカされる……！）

と、彼女が二度目の絶頂を極めてしまいそうになった――その瞬間だった。

「――はい。ここまで」

シェムールはそう言って、愛撫の手をぴたりと止めた。すると途端に、キリエルの体はパニックに陥った。心はこの快感を恐ろしいものと感じているが、火照り切った体にとっては極上の甘露だ。彼女の肉体は、砂漠で見つけたコップ一杯の真水を飲む直前で取り上げられたような、強烈な飢餓《きが》感を訴え始めていた。

「あ、う……うぅぅ……」

顔を真っ赤に染め、抑えきれない衝動を内腿を擦り合わせることでどうにか堪《こら》える。目の前がちかちかした。一気に思考が鈍くなる。

「ん、くぅぅ……っ。んん、ん、ん……は、ぁぁぁ……！」

思い浮かべていた罵声は舌に乗ることもなく消えて、呻きだけが零れた。奥歯を噛みしめても漏れてしまう、切ない呻きが。

「うふふ……いい顔よ、キリエル。まるで物乞いのよう」

「……っ。そんな顔、してない……！」

「あらそう？」

反射的に口にした抗弁を、シェムールは鷹揚《おうよう》に受け止めた。それからすっと手を伸ばし、キリエルの股間を弄る。

が、今度の愛撫はひどく緩やかで、刺激の少ないものだった。フェザータッチで割れ目を撫でさするだけで、決定的な刺激は与えてこない。もっともその程度の刺激でも、いまのキリエルはたちまち絶頂しそうになってしまったが。

（イク……今度こそ、イカされ――）

少ない刺激を貪るようにして、キリエルはまたも絶頂に手をかけた。が、やはりその瞬間に、愛撫の手がぴたりと止まる。

「あ……」

思わずぶるりと身を震わせて、キリエルは切ない声を漏らした。いまの声には、自分でもはっきりわかるほどの無念が滲んでいた。いまのは……無意識に快感を求めてしまった、はしたなく情けない……雌犬の鳴き声だった。

「……ふふ」

もどかしい愛撫に身悶えするキリエルを、シェムールは意地の悪い笑みを浮かべてじっと見ていた。それは赤き神騎に強い屈辱を抱かせたが、褐色の堕天使が愛撫を再開すると……。

「あ……あ、あ……ああ……」

憎らしい女を睨もうとした目は、すぐに涙目へと変じた。どれほど悔しくとも、憤ろうとも。肉体に快感が走れば、意識の全てはそちらに向かう。

「あ、は……はぁっ。ん、く……あと、少しなのに……！」

やがてキリエルは無意識のうちに、自ら腰を揺するようになった。少しでも刺激が強まるよう、シェムールの指を迎えに行く動き。だがシェムールは絶妙な力加減で腕を引き、一定以上の刺激を与えないよう、完璧にコントロールしていた。

そんなことが数分も続いたあとには、キリエルの足元に大きな水溜まりができていた。絶えず湧き出てくる愛液が作る、淫らな水溜まり。

「イキたい？」

と、不意にシェムールが囁いた。彼女はキリエルの恥丘を指先で嬲りながら、そっと続けてくる。

「私に絶対服従すると誓えば、いくらでも気持ちよくしてあげるわ。逆に言えば……強情を張り続ける限り、あなたは絶対にイケない」

「…………だ、れが……んっ、く……そんなこと、言うもんか……」

恥丘に走るくすぐったさ混じりの官能にびくびくと反応してしまいながらも、キリエル

は気丈に言葉を返した。

高まり続ける絶頂への飢餓感は確かに耐えがたいものだ。誘惑に乗ってしまえばどれほど楽かとも思う。だが……。

「お前、なんかに……負けてたまるか……！　たとえ半端者でも、紛い物でも……私は神騎だ。お前みたいな卑怯者に服従するなんて、できるわけない！」

キリエルは鋭く啖呵《たんか》を切った。

体は既に官能への期待で弾けそうになっているが、心にはまだ、抗うための牙が残っていた。

「ふぅん、そう。……まったく、度し難い強情さね」

シェムールが薄く微笑んだのが、気配で知れた。

「なら……こういう趣向はどうかしら」

シェムールは言葉を切ると、すっと手を掲げた。そのままなにか、呪文のようなものを囁く。するとその指先から漆黒の球体が出現し、キリエルの方へと飛んでくる。

その球体はほどなく、キリエルの体に――いや、彼女の纏う戦装束の中に吸い込まれていった。

「……っ。なにを……！」

なにか細工をされたと見て、キリエルは呻いた。するとシェムールはくすくすと笑って、

「あなたの聖鎧に、侵食型の魔術をかけたわ。あなたの欲望と連動し、その姿を変える…

…素直な鎧にしてあげたの。他にもちょっとした仕掛けがあるけれど……それはまあ、いまは関係ないわね」

「欲望と……連動？」

意味がわからず訊き返す。シェムールは淡々と答えた。

「聖鎧は元より、神騎の心を表す鏡のようなもの。たとえばエクシールは、清らかな在り方を示す『蒼』をその身に纏っている。あなたの場合は、その無謀なまでの強情さと反骨精神が、炎のような『紅』となって鎧に反映されている。そして……いまはまだ心が折れていないから、『紅』は綺麗なまま存在しているけれど、心が気丈さを失い、己の欲望に対して素直になれば……その衣装は黒く染まり、淫らな女に相応しい姿に変化する。……・・・あの時のようにね」

「あの時？　……あ」

訝しい気持ちで眉を寄せたあと、キリエルはあることを思い出した。

それはかつて、『嫉妬』の魔将ジュラウスと戦った時のこと。キリエルは継彦への想いとエクシールへの嫉妬を利用されて、この鎧を黒く染めてしまったことがある。寒々とした堕ちる感覚と、心の真ん中を焼き尽くすような激しい嫉妬の衝動は、きっと一生忘れないだろう。

そしてもし……この先の責めに屈してしまったら。キリエルはあの時と同じ、邪悪で淫らな姿に堕ちてしまう。シェムールが言っているのは、そういうことだった。

「鎧の変化はあなたの心の変化そのもの。つまり誤魔化すことは一切できないし、表れた色に嘘はない。……神騎キリエル。自分の色を確かめる勇気が、あなたにあるかしら？」

挑発的な言葉を口にして、シェムールはぱちんと指を鳴らした。するとキリエルを拘束していた手枷が、左手の分だけ唐突に外れる。

「……なんのつもり？」

厳しい口調で問うと、シェムールは涼しい顔でこう答えた。

「事実が全てよ。あなたの左腕は自由になった。好きに使って構わないわ」

「…………」

キリエルはしばし、訝しい気持ちで黙り込んで――やがてふと思い至る。

どうしようもなく燃え上がった体。啖呵を切って抗う気持ちを表明したところで、その欲情が治まったわけでない。刺激を欲していまも疼いている。その状態で腕が解放された。

これはつまり……。

（オナニーを……誘発しようとしてる。私が自分自身の手で堕ちていくように仕向けてるんだ……！）

はっとしてシェムールの顔を見返すと、妖しい微笑みに出迎えられた。

「ふふ……察したようね。では、私は少し席を外すわ。見られながらでは、また強情の虫が騒ぐでしょう？　極上に敏感な雌豚の体……存分に堪能なさい。……できれば、だけれどね」

よくわからないことを言い添えて、シェムールは研究室から出て行った。あとには、激しい淫欲を持て余し、内股で震えるキリエルだけが取り残される。

「…………っ」

耳が痛いほどの静寂の中、キリエルは息を呑んだ。敵の姿が視界から消えた瞬間、体の熱がさらに高まるのを感じたのだ。敵の目の前だからこそ張り詰めていたものが、ぷつりと途切れてしまっていた。あるいはこれも、シェムールの悪辣《あくらつ》な策の一環か。

「……しない。敵のアジトの中で、オナニーなんか、絶対に……！」

赤き神騎は言い聞かせるように呟き、自らの左手を見つめた。

白状すれば、体はもう肉欲に屈しかけている。この手で好きなように、自分が一番気持ちいいように体を慰められたらと、切《せつ》に願っている。

だがキリエルはそうはしなかった。ここで自ら堕ちる選択をすることは、継彦やエクシールに対する裏切りに等しい。

「ん……くぅ……っ。シェムール……お前の思い通りにはさせない……！」

薄暗い研究室の中。キリエルの孤独な戦いは、そうして始まった。

◇

──あれから、どれくらい経っただろうか。一時間以上経った気もするし、ほんの十分しか経っていない気もする。己の欲求を抑え込むだけの時間はひどく緩慢に感じられて、体内時計はまるで役に立ってくれない。

「はっ……はぁ……ん、う……」

キリエルは込み上げる甘い疼きを、ひたすらに耐え忍んでいた。もじもじとお漏らしを堪える子供のように腰を揺するさまは、羞恥で歪む表情と相まって非常に淫靡だった。

(……体の疼きが、全然治まらない……)

気を抜くと緩んでしまう口元を苦労して引き締め、陰鬱に呟く。キリエルの体を蝕む甘い疼きは、弱まるどころかどんどん強くなっていた。時間が経てば媚薬の効果も薄まるのではないかと、淡い期待を抱いていたのだが……どうやらその線は捨てた方が良さそうだった。

最初に味わわされた絶頂がいかに甘美なものであったかを、体はまだ覚えている。だからこそ『おあずけ』された状況は堪《た》えがたい飢餓感を生み、キリエルの精神を少しずつ衰弱させていた。

(……気が、狂いそう……あっ)

と、キリエルは目を見開いた。いつの間にか、左手が股間に向かい始めていたのだ。

(……くっ、少し気を抜いただけで……私、こんなに快楽に弱い人間だったの……?)

無意識にオナニーを始めようとしていた事実を強く恥じて、キリエルは頭《かぶり》を振った。

(駄目だ……このままじゃ、いつか限界がくる……)

股間の近くをふらふら彷徨《さまよ》っていた左手を引き、人差し指を噛んで気を紛らわせながら、赤髪の少女はひとりごちた。

（気に入らないけど……妥協するしかない。自分の体のことだからわかる。このまま無理に耐え続けたら、私はきっと……壊れてしまう）

キリエルは絶望的な状況に置かれていながらも、努めて冷静に思考を回した。その冷静さがどこから来ているものなのかは、なんとなくわかっている。このろくでもない状況で、心を腐らせずにいられる理由。それはきっと――

（センパイのおかげ、だろうね）

愛する男の顔を思い浮かべると、不思議と心が軽くなった。お調子者で、スケベで、だがどこか憎めない魔王様。生き延びて彼と会うためならば、どんな恥辱にも耐えられる気がした。

それに……もっと現実的な希望もある。救出に特化した神具、『アッサルの弓』の存在だ。どれだけ離れていようと矢が必ず対象の下に辿り着き、弓の下へ連れ帰る効果を持つあの神具は、恐らく既に放たれているはずだ。ぼんやりしているように見える継彦だが、そのあたりの判断を間違う男でもない。

もっとも敵の本拠地、それも最奥部分となると、矢の到着はまだまだ先の話になるだろうが……縋るべき希望と見做《みな》すには、十分な代物だった。

（矢が届いて、センパイのところに帰れても、私自身が壊れてしまったら元も子もない。シェムールの思惑にほんの少しとはいえ乗るのは、凄く腹立たしいけど……いまは、そんなことを気にしている場合じゃない）

呟いて、キリエルは己の体の状態に、改めて意識を向けた。

果たされずに溜まり続けた肉欲によって、彼女の肌はどこもかしこも紅潮していた。汗もひどい。土砂降りの雨にでも降られたようだ。性感帯には常に甘い疼きが滞留していて、決してキリエルを心穏やかにはさせない。乳首は戦装束の中でビンビンに勃起したままだし、膣口はなにかを咥え込みたい衝動でひくひくと蠢いている。膣内から滾々《こんこん》と湧き出る愛液の量など、失禁でもしているのかと疑うほどだ。

（ちゃんと向き合わなきゃ……無意味に意地を張るんじゃなくて、どうすればこの場を乗り切れるのか。それを考えれば……答えはひとつしかない）

熱い息を吐きながら、キリエルは黙考した。この異常な肉欲に真っ向から抗い続けるのは、例えるなら無呼吸で長距離走に挑むようなものだ。当然どこかで限界が訪れてしまい、ゴールには辿り着けない。ならば無闇と意地を張らず、途中でしっかり息継ぎをした方がいい。

この場合の息継ぎとは、つまりオナニーをするということだ。既に破裂寸前まで溜め込まれている淫情を小出しにして発散することで、この責め苦を耐え抜けるだけの精神力を維持する。それがぎりぎりまで意地を張り続け、それでも限界なのだと悟った、キリエルの判断だった。

ただ、気をつけなければいけないこともある。『息継ぎ』の範疇《はんちゅう》を超えて快楽を貪ることだけは、決してしてはいけない。それはキリエルの『堕落』に繋がる行為であり、シェムールの目論見が達成されることを意味する。

（あくまで戦略的な判断として、コントロールされた快感だけを得る……そうしないと、聖鎧が黒く染まってしまう。それだけは避けないとね……）

　キリエルは黙考を閉じると、ひとつ大きく深呼吸をした。覚悟を決めて慎重に左手を操り、自らの股間へと近づける。するとまだ触れてもいないのに、秘所がジンジンと熱を発し始める。どれだけ理屈を捏《こ》ねたところで、やろうとしていることは自慰行為だ。散々に焦らされた体が期待してしまうのは、無理もないことではあった。

（気が早いなぁ、もう。まったく、我がことながら情けないよ……）

　とことんまで発情してしまった己の肉体に半ば呆れつつ。キリエルはいよいよ、指先を股間に触れさせた。そして――

「…………え？」

　――間の抜けた声を漏らして、キリエルは自らの股間を見下ろした。

ない。触れた感覚がまったくない。指先は間違いなく、戦装束越しに股間を撫でているのに……なにひとつとして、感じるものがない。

「そんな……なんで⁉」

　思わず声を荒らげ、指先を強く股間に食い込ませる。だがそれでも、なにも感じない。

快感どころか触れた感覚そのものが絶無だ。

　胸や腹にも触れてみたが、結果は同じだった。まるで触覚が消失してしまったかのように、なにも感じ取ることができない。

「どうして……。っ、まさか……！」

と、そこでキリエルは、シェムールが口にしていた言葉を思い出した。

『他にもちょっとした仕掛けがあるけれど……それはまあ、いまは関係ないわね』

『極上に敏感な雌豚の体……存分に堪能なさい。……できれば、だけれどね』

「あの……女狐！　左手は自由に使っていいなんて言って、これじゃ使えても意味ないじゃないか！」

全てを理解して、キリエルは叫んだ。戦装束が体にフィットしている感覚はあった。なのに触れた感覚がないということは、触覚を消されたわけではない。ならば考え得る可能性はひとつ。

聖鎧に仕込まれた魔術に、外部からの刺激を完全にカットする効果が含まれていたのだ。これではいくら触ったところで快感など得られない。

「……っ、まずい……！」

憤慨していた表情から一転して、キリエルは眉を切なげに寄せた。『どう足掻いても触れない』とわかった反動なのだろう。『触りたい』という欲求が、急速に膨れ上がり始めていた。

その欲求に逆らうのは、正直難しかった。必要なことと割り切っていたとはいえ、一度は『ようやく触れる』と安堵していた彼女だ。それを取り上げられた落胆は、とてつもなく大きいものになる。

「……っ、う、あ……ぁぁ……」

心が少しずつ、楽な方へと傾き始めていた。意固地になっていた時は抑え込めていた淫らな感情が、怒涛《どとう》のように溢れ出してくる。

触りたい。尖った乳首を捻り上げ、充血したクリトリスを弄り回し、濡れそぼった雌穴をめいっぱいに穿《ほじ》りたい——強烈でありながらもどこかあやふやだった淫情は、そうして徐々に言葉を形成し、キリエルの胸中に満ちていった。

そして……彼女がそのことを、無意識ではなく意識的に自覚した瞬間。

その変化は、音もなく起きた。

ずず……と。キリエルの火照った体を覆う戦装束の一部……ちょうど乳首の真上部分が、徐々に黒く染まり始めた。神騎の心を映す鏡である聖鎧には、到底似合わない漆黒のシミだ。

「……う、うそ……そんな、だって私、まだ……」

それを見て、キリエルはぞっとした。聖鎧の黒化は、キリエルの心が『堕落』に向かいつつあるということを示している。これ以上侵食が進んだら、かつてのように……『嫉妬』の魔将ジュラウスに精神を乗っ取られた時のように、邪悪で淫らな姿へと変貌してしまう。

「……！　だ、め……。止まって……違う、違うんだ……私はまだ、まだ耐えられるはずで……！」

祈るように囁く。だが、『黒』の侵食が止まることはなかった。それどころか、事態は一気に悪化していく。

『黒』に侵食されている乳房付近の布が音もなく消え去り、いやらしい形に口を開けたのだ。そうなれば当然、卑猥に勃起した敏感乳首は、無防備に外気に晒される。

「はぁぁぁぁぁぁ……っ」

研究室の冷たい空気は、火照り切った敏感豆にとっては猛毒だった。身構えるよりも先に、甘い声を漏らしてしまう。

（そん、な……空気に触れただけで、こんなに気持ちいいなんて……。も、もし……指で触ったりなんかしたら……どうなっちゃうの……？）

肩をプルプルと震わせながら、彼女はそんなことを考えた。

それは純粋に快楽を求める思考であり、『堕落』に繋がる淫らな願望だった。決して思い浮かべてはいけない、甘い果実の在処《ありか》だった。

「い、一回だけ、なら……」

震える声で呟いて、左手を露出した乳首に近づける。そしてほんの小さな力で、ただ一度だけ撫で上げた――その瞬間。

「あひっ……ひぃいいいいいいっ⁉」

キリエルは弓のように反り返り、ほとんど悲鳴のような嬌声を張り上げた。

（うそ……うそだ……。イってる……私、乳首だけで……たった一回、撫でただけで……！）

これまで経験したことのない魔悦が、そっと撫で上げただけの左乳首を蹂躙していた。電気が走るような、という表現ではまるで足りない。左の乳房が丸ごと消し飛んだかのような、いっそ凄絶なほどの快感だった。

（だめ……これ、だめ……気持ちいい……気持ち、よすぎる……！）

口の端から涎を零しながら、紅の神騎は身悶えした。その顔には、本人の意志とは無関係の恍惚《こうこつ》が、ありありと浮かんでいる。

が、その恍惚の表情は長くは続かなかった。乳首での絶頂は鮮烈だが、持続時間がひどく短いのだ。

「ああ……熱い……乳首、熱いぃぃぃ……」

思わず喚《わめ》く。媚薬が回り切っているだけでなく、長時間生殺しにされていた肉体が、たった一度の絶頂で満足できるわけがなかった。

「もう一回……もう一回、くらいなら……」

声にはもう、先ほどまでの気丈さや冷静さは残っていなかった。あるのはただ、快楽を求める浅ましさだけ……。

「んう……くひぃっ……！　すご、い……乳首、乳首ぃ……あう、はあっ。気持ちいい、気持ちいい……！」

硬くしこった淫らな果実を摘まみ、くりくりといじめながら、キリエルは蕩け切った喘ぎを迸らせた。

またイキそうだった。あまりにも早い絶頂。異様なことだとわかっているが……手はもう、止まってはくれない。

「あ、あああ……ひぅ、うぅぅぅぅっ！　だめ……私、またイクぅっ！」

がくがくと身を震わせ、キリエルは再び果てた。鋭く浅い乳首での絶頂。まるで即席で作られる楽園のようだった。

（ああ、だめ……これ以上は、ああ、これ以上、は……）

思ったが、乳首を弄る手は止まらなかった。それどころか、彼女はこんなことを口走ってしまう。

「もっと……もっとイキたい……足りないの……乳首だけじゃ、足りない……！」

（なにを……言っているの？）

自らが口にした言葉が信じられず、キリエルはぞっとした。手だけではなく口すらも意志を無視し始めていることに、恐怖すら覚える。

「イキたい……」

口がまた、勝手なことを声に出して呟く。それを内側から為すすべなく見つめて、キリエルは力なく、内心でだけ否定の言葉を紡いだ。

（やめて……そんなこと、言わないで……）

「あそこに……あそこに触りたい……」

（やめ、て……やめて！）

縋るように念じる――だが彼女の口は、既に決定的な単語を呟いていた。

「おまんこ……触りたい、よぉ……」

その瞬間。

くぱあ……と。キリエルの股間を覆う戦装束の布が、いやらしく開いた。恥毛のないつるつるの股間が、無防備に曝け出される。

ぽたり、ぽたり……。阻むものが一切なくなった股間から、愛液が涙のように滴り落ちる。

「あ……あ、ああ……」

母音だけで呻いて――キリエルは恐る恐る、左手を股間に差し向けた。乳首だけでもイってしまうほど気持ちよかったのだ。これで秘所に触れたら。膣内に指をねじ込んで掻き回し、クリトリスを擦り上げたら、いったいどれほどの快感が得られるのだろう。淫らな期待は留《とど》まることなく膨れ上がっていく。

「し、仕方ない……よね。心を守るために、オナニーしてすっきりしておくって、さっき決めたし……だからこれは、私のせいじゃない。私は悪く、ない……」

もちろん、そんなわけはなかった。先ほどといまとでは事情が違う。いまのキリエルに、戦略的判断としての自慰を行える冷静さは残っていない。ゆえに彼女の言葉は、いまとなっては――

（言い訳だ……私は、言い訳をしている……）

快感に流される言い訳を。

キリエルは目を瞑った——自らの浅ましい行為を、直視してしまわないように。

「私、私は……悪くない……仕方ない……だって、こんなにも……からだ、熱いんだから……！」

言い訳を重ねて——彼女はひくひくと物欲しそうに蠢いている膣口に、自らの指を突き入れた。

「あ、ん……」

声はどうしようもなく甘かった。敵陣の只中でオナニーに興じるという、はしたない行為への罪悪感はまるでない。我慢の限界を通り越した渇いた体は、ついに完全に、悦楽の前に膝を屈した。

「あひっ……ひぃぃぃぃっ。すごい、すごいぃぃ……！　気持ちいい、おまんこ気持ちいいっ！」

誰に強制されたわけでもなく、淫らな言葉を口走りながら——キリエルは一心不乱に、オナニーに没頭した。

中指をめいっぱいに突き入れて、Gスポットを存分に嬲った。親指はクリトリスを捉えて、ぐりぐりとひたすらにいじめる。

「あ、イ……イクっ。こんなのすぐ、すぐぅぅぅ！」

長く赤い髪を振り乱し、キリエルはあっさりとアクメを極めた。下品なガニ股になり、

かくかくと腰を振ってもいる。

淫らで浅ましいダンスは続いた。ようやく得た女性器での快感はこの上ない甘露だったが、まだまだ満足には程遠い。

「イク、イクイクイク……まだ、いくぅ……」

何度も何度も繰り返して。キリエルは魔悦を貪り続けた。

だがそれでも。それでもなお足りなかった。

もっと強くイキたい。なにも考えられなくなるほどに、強く激しくイキ果てたい。たとえば太くて逞《たくま》しいペニスに、思い切り貫かれて——いつしかキリエルは、そんなことすら思い浮かべるようになった。

ぬちゅ、ぐちゅぐちゅぐちゅっ。いっそ乱暴なまでに、赤き神騎は己の秘所を掻き回した。中指と薬指を重ねて、少しでもペニスに感覚が近づくように工夫して。

「もう少し……もう少しで、ああ、んんぅ……もう少し、で……」

くいっくいっと腰を浮かせながら、自らの肉体を追い詰めるように、指を激しく抽挿する。その姿は、正《まさ》しく快楽に堕ちた雌のそれだった。峻烈な存在感を放っていた赤き神騎の気配は、もう微塵《みじん》もない。

そして——

「んぁ、ああああああぁっ。イクっ、またイクっ。あ、あ、あ、だめぇっ！　おっきいの、くる——んひっ!?　イク、いくぅぅぅぅっ！」

ぷしっ、ぷしゃぁぁぁぁぁぁっ！　大股開きで突き出された股間から、大量の飛沫《しぶき》が放たれた。素面《しらふ》であれば悶絶するほど恥ずかしかったであろう、派手なお漏らしだった。

「あ……あ、はぁ……」

ちょろちょろと残りの水分を漏らしながら。キリエルはあまりの絶頂感に軽く白目を剥き、やがてかくりと首を落として気絶してしまった。

◇

「――そろそろ起きたらどう？」

気がついた時には、シェムールが目の前にいた。

（あれ……？　私、なんで……）

朦朧《もうろう》としたまま顔を上げる。どうやら気を失っていたようだが、前後の記憶が曖昧で、なぜ気絶したのかすぐには思い至らない。

「なにをきょとんとしているのかしら。自分がどれほど淫乱だったか、もう忘れてしまったの？」

「いん、らん……？　……あっ」

はっとして、キリエルは自身の体――戦装束に目を落とした。するとあちこちがドス黒く染まり、また乳首と股間付近がぱっくりと裂けている、無残な戦装束が視界を埋める。

（そうだ……私、オナニーに夢中になって……イキすぎて、意識が遠くなって……）

その結果がこれだ。目の当たりにした現実と過ぎ去った過《あやま》ちを想い、キリエルは肩を震わせた。これではシェムールの思惑にまんまと嵌まった誹《そし》りは免れない。

「いいザマね。ひとりで盛り上がって、せっかくの聖鎧をそんなにしてしまって。……ふふ、そんなに気持ちよかった？」

「……っ」

歯噛みして視線を逸らした。なにか言い返したかったが、できなかった。オナニーにのめり込んで失禁し、気を失ったのは紛れもない事実だし、戦装束がかなり『黒』に侵食され、淫らな姿になっているのも間違いのない事実だ。

「いい顔。うふふ……そろそろ止《とど》めを刺してもいい頃合いのようね」

シェムールは妖しく微笑むと、ぱちんと指を鳴らした。するとその隣に、忽然と人影が現れる。

いや、人影というのは正確ではないか。なぜなら『それ』は、決して人などではないのだから。

「ダイン……」

『それ』を、キリエルはそう呼んだ。

ダイン。堕天使が下僕として使役するために生み出した疑似生命体の総称だ。個という概念を持たず、堕天使の命令だけを忠実に遂行する。

彼らは強さによって外観に差異が出るのだが、いま呼び出されたのはどうやら、最も下級に位置するノーマルタイプのようだった。全体的に白く、体には肉と呼べるものがほとんどない。ともすれば、頑丈な骨が組み合わさっているだけのようにすら見える。纏っているのは腰布と、顔を覆う仮面のみ。仮面は目がひとつだけ描かれた奇妙なデザインで、本人の――と呼んでいいものかは微妙だが――表情が一切窺《うかが》えないことも合わせると、ひどく不気味だった。

どこか無機質ですらあるその立ち姿を、キリエルは無言で見つめた。戦いの中で何度も相対してきたが、改めて見るとぞっとする造形だ。

「ダイン。キリエルの足元へ。仰向けで、腰がちょうど……あのいやらしい股間の真下にくるように」

「ダイッ」

唯一許されている音で返事をすると、白い雑兵《ぞうひょう》は速やかに命令を遂行した。肩幅よりやや広く開いたキリエルの足の間に身を滑り込ませ、仰向けで寝転がってくる。そのあたりにはキリエルの愛液や小水が――あまり考えたくないが――水溜まりを作っているのだが、まったく気にした様子はない。

と、そこでキリエルは、遅ればせながら気づいた――拘束が、最初に目が覚めた時のものに戻っている。両手に手枷を嵌められ、不自由を強いられている。

ただ、最初と違う部分もあった。手枷から伸びる鎖の長さだ。最初は両手が万歳の高さまで釣り上げられていたが、いまは精々腰程度の高さしかない。逃げられないという点では大差ないが、窮屈さはいくらかマシになっていた。

その差がなにを生むのかは、正直わからなかったが——どのみち、そんなことを考えている余裕はなかった。

「……っ。見るな……！」

足元に寝転んだダインがこちらを……最も見られたくない部分『だけ』が露出している股間を、じっと見上げてくる。その羞恥に、キリエルは身を捩った。

「あら、そんなに腰を揺すって……見られて感じているのかしら？」

「ち、違う！　……こ、今度はなにをするつもりだ」

受け流すべき嘲弄《ちょうろう》を真に受けてしまった。そのことを悔いながら訊き返す。だがシェムールは質問には答えず、再びぱちんと指を鳴らした。

するとその瞬間、ダインに変化が起きた。ダインというか、その股間にだ。腰布がひとりでに盛り上がり、やがて真横へとずれる。

「……！　これ、は……」

キリエルは息を呑んだ。腰布を押し退《の》けて姿を現したのは、雄々しくそそり立つ男根だった。それもかなり大きい。女性の腕ほどはありそうだ。

「どう？　中々立派でしょう？　戦うだけの下僕に生殖器なんて必要ないから、本来のダインには生えていないモノだけれど……あなたのために特別に用意したの。気に入ってもらえたかしら？」

「……ふざけるな。誰が、こんなもの……」

精いっぱいの抵抗として、キリエルは眼下の光景を無視した。じっとシェムールを睨みつける。だがそれも、結局は虚しい抵抗でしかなかった。

「上の口はまだまだ達者ね。なら聞かせてちょうだい。……下の口が物欲しそうに涎を垂らしている事実には、どんな言い訳を用意しているの？」

その指摘に、キリエルは改めて赤面した。

シェムールの言葉に嘘はなかった。キリエルの秘所は、ダインの雄々しいペニスを目にしたその瞬間から、ずっといやらしい蜜を吐き出し続けている。

（……駄目だ。もう隠せない……私の体はもう、私の言うことなんて聞かないってことを……）

ぎり、と。キリエルは奥歯を噛んだ。

気絶するまで自慰に没頭したことで、小康状態に入っていた体の火照りが再び激しく燃え上がっていた。ぽたりぽたりと滴り落ち、ダインのペニスを濡らしている雫が、その欲情の強さを明確に表している……。

「あら、今度はだんまり？　ふふ……まあいいわ。ここまで調教が進めば、結果はもう揺るがないもの。……キリエル。あなたはよく耐えたわ。もう無意味な抵抗はやめなさい。体の訴える欲求に、素直に従うのよ。極上の甘露はすぐそこよ。ほんの少し腰を落とせば、求めてやまなかった雄々しいモノが、あなたの『女』を満たしてくれるわ」

自ら腰を下ろし、そそり立ったペニスを犯せ――シェムールはそう言っていた。わずかに丸い、優しいと言ってもいいほどの声音で。

それは堕落を誘発する悪魔の囁きだった。いや、この場合は堕天使の、と言うべきか。

「………」

キリエルは、毒婦の言葉を無視した。少なくとも言葉で応じることはしなかった。

奥歯を噛みしめて全てを堪えた。じっとシェムールを睨んで眼下のペニスを視界から締め出し、意識もしないようにする。震える膝を叱咤して、気を抜けば落ちそうになる腰をぐっと浮かせ続ける。

『一回くらいなら』とは、もう思わなかった。思えなかった。なんとなくだがわかる。一度でもこの腰を下ろし切り、ダインのペニスを蜜壺に食い込ませてしまったら、二度と立て直すことはできない。

ここが分水嶺《ぶんすいれい》。堕ち切ってしまうかどうかが決まる場所。彼女はそう感じていた。

「………ふぅ」

と、シェムールが不意に嘆息した。呆れたような、あるいは感心したような、細く長い息。

「普通はここで堕ちるものなのだけれど。大したものだわ。紛い物とは思えない精神力ね。……けれど」

にぃ、と。褐色の堕天使が唇を歪ませる。もがく獲物に止めを刺す、狡猾《こうかつ》な狩人の笑み。

「言ったでしょう。結果はもう揺るがないと」

ぱちん。シェムールの指が三度《みたび》鳴る。そしてその瞬間、キリエルはあり得ないものを見た。

「あ、え……？　う、そ……」

眼下の光景が別のものにすり替わる。キリエルの股の間に横たわり、凶暴なペニスをそそり立たせているのが、不気味な雑兵ではなくなっている。

黒い髪。精悍《せいかん》だがどこか抜けた表情。『魔王』の力を得たことで、いくらか逞しくなった体つき。

——そう。そこにいるのは、キリエルが決して無視できない、かつてその命を投げ出してまで助けようとした愛しい男——央堂継彦だった。

（違う……違う！　これはセンパイじゃない。シェムールが幻術で見せてるただの幻だ！ここにいるのは、ダインなんだ！）

胸中で叫ぶ。目の前の男が本物の継彦ではないと、彼女は咄嗟に判断していた。実際その判断は正しいもので、彼女の下にいるのは先ほどまでと変わらず、ただのダインにすぎない。

——けれど。なのに。それでも。

かくんと、キリエルの膝から力が抜けた。腰が落ち、とろとろに蕩けた雌穴が、そそり立つペニスに近づいていく。

「あ、あ、ああ……！　待って、違う……違う！　センパイじゃない！　お前は……センパイなんかじゃない！」

繰り返す。

違う。こんなのは子供騙しだ。

違う。こいつはセンパイじゃない。

違う、違う、違う、違う、違う――

言い聞かせるように繰り返した。何度も何度も。だがそのたびに、少しずつ腰が落ちていく。

（なんで……わかってる、のに。違うって、わかってるのに……！）

つぅ……。キリエルの目から涙が零れた。言うことを聞かない体が恨めしくて、悔しくて。どうしようもなく零れてしまった。

それでも腰は落ちていく。墜ちていく。堕ちていく。そして――

ぬる……と。ペニスの先端、張り詰め切った亀頭が、キリエルの熱い花弁にキスをして、膣口に呑み込まれた。

そうなれば、あとは容易い。隅々まで蜜に塗れた赤き神騎の雌穴は、なんの引っかかりもなく、ダインの巨根を一息に受け入れる――

「あひっ、ひぃいいいいっ⁉ ひぎ、あ、ふぁあああああああぁぁぁっ！」

キリエルは絶叫した。小さな体を限界まで反らせて、その身を貫く快感に身悶えする。

彼女はイっていた。挿入したというただそれだけの刺激で、あっさりと官能の極みに手をかけてしまった。

そして、その絶頂が引く頃には――

「……あ、ん……!?」

キリエルは、これまでとはまったく違う、完全に『雌』に堕ち切った貌《かお》で、蕩けるような甘い声を出していた。

（ああ……だめ、だ。もう……もう、私は……）

――壊されてしまった。そう自覚して、彼女はいやらしく蕩けた表情のまま、少しだけ泣いた。

もう逆らえない。体の芯を焦がし、心の奥底まで爛《ただ》れさせるこの魔悦には……もう、抗うことはできない。

……恐らく。これこそが、シェムールが狙っていたシチュエーションなのだろう。キリエルの強情さを苛烈な拷問でへし折るのではなく、甘い言葉で篭絡する。自ら堕落させることで、その気丈さを芯から蕩かす。

蜘蛛が獲物を糸で搦《から》め捕るように。気づいた時にはもう遅く、どれほど足掻いても決して逃れられないように。徹底して、『仕掛けて嵌めた』のだ。

キリエルは全てを理解していた。気づいていた。だがその気づきは、かえって不幸を呼んだ。気づいていてなお堕ちるしかない自分を自覚するのは、絶望以外の何物でもない
――

「あ、は……♥　奥……奥まで♥　おちんちんが、来てるぅ……♥」

騎乗位で、最奥まで貫かれた状態で……彼女はついに、自ら腰を蠢かせ始めた。

こんなの我慢できないに決まってる。こんな、子宮全部が震えるような、雌穴全てが爛れるような快感を受け止めてしまって、正気でいられるわけがない――そんな風に、自分に言い訳しながら。

そうするうちに。キリエルの戦装束に、急激な変化が表れた。斑《まだら》だった『黒』の侵食が急速に進み、一気に完成まで至ってしまう。それはキリエルが快楽に屈してしまったことを、なによりも明確に示していた。

（あ、ああ……あの時と、同じだ……）

邪悪な『黒』に染まり、淫らな女に相応しい形へと変貌した衣装を見下ろして、キリエルは忌むべき記憶を思い出していた。

なぜなら、とても似ていたから。『嫉妬』の魔将ジュラウスに心の間隙を突かれて悪へと堕ち、継彦やエクシールを害しようとしたあの時と、いまの状況が酷似していたから。

淫らで邪悪な衣装に身を包み、愛する男をその意志とは無関係に犯す。自らの欲望だけを優先し、浅ましく腰を振ってペニスを求め続ける。

ああ――同じだ。自分はいま、決して繰り返すまいと誓った過ちを、なぞるようにして再現している。

その事実は、キリエルを絶望させるには十分な威力を持っていた。

（ああ……私、また……）

黒々とした後悔が、とてつもない苦みを伴って胸中を満たす。だがその苦みも、ペニスを咥え込んだ雌穴がきゅんきゅんと甘い疼きを放つと、容易く溶けて消えてしまう。

「んっ、あ、んんぅ……♥　ああ……私、堕ち……堕ち、ちゃったぁ……♥　嫌……んふ、嫌、なのにぃ……♥　どうしてこんなに、おちんちん気持ちいいのぉ……♥」

じゅぷじゅぷ、じゅぷっ。キリエルは激しく淫らに腰を揺すり、ダインの——継彦の顔を持った敵の巨根を犯した。

勃起乳首とパイパンの秘所を外気に晒し、ガニ股で男を貪るそのさまは、まさしく堕落し切った淫らな雌そのものだった。

「あううううううっ♥　イクっ♥　イってる♥　もうだめ♥　なにしても全部イクのぉ♥」

腰を下ろしては絶頂し、引き上げては潮を吹く。そんなことを繰り返しながらも、キリエルの肉欲は尽きることがなかった。偽者だとわかっていても、実際に見えているのは愛しい男の顔。体は哀しいほどに疼き、心までも切なくさせる。

継彦——否、ダインは、言葉ではなにも返してこなかった。当然だ。彼は言葉を操ることができない。できることはただひとつ。与えられた巨根を勃起させ続け、キリエルの逆レイプを受け入れることだけ。

「あひぃぃぃぃぃ♥　おちんちんずっと硬いぃ♥　奥ぅ♥　気持ちいいところ、ずっとごりごり当たってるのぉ♥」

ダインの胸板に両手を突き、倒れてしまわないように――この快感を一瞬たりとも逃がさないようにバランスを保ちながら、堕ちた神騎は一心不乱に腰をくねらせた。

「あん……あふっ♥　あ、だめ♥　膀胱《ぼうこう》♥　後ろから押されて、んんぅっ♥」

卑猥極まるロデオの最中、キリエルははしたなく失禁した。生暖かい感覚が股間に広がり、羞恥心が脳内を赤熱させる。だが半ば錯乱している彼女にとっては、その羞恥心すらも快感に繋がった。

「はぁぁぁ……♥　おしっこ出ちゃってるぅ♥　ごめんね、センパイ……でも、でもぉ♥気持ちいいのぉ♥　お漏らししながら、私イってるのぉ♥」

狂乱ここに極まれり、というような台詞を叫びながら、キリエルは初体験の放尿絶頂に酔いしれた。と、その痴態に反応して、ということでもないのだろうが、ダインのペニスがびくびくと震え、射精が近いと訴え始める。

「あっ♥　おちんちんびくびく、してきたぁ♥　イクの？　センパイも気持ちいいの？いいよ、射精して♥　私のお、おまんこに……いっぱい注ぎ込んでっ♥」

ついには膣内射精《なかだし》の懇願まで口にして、キリエルは頬をだらしなく緩ませた。腰を揺する動きにももはや遠慮はない。最大限に股を開いた下品極まるガニ股で、ほとんど叩きつけるようにして、脈打つペニスを貪っていく。

びくん、びくん。キリエルの未成熟ながらも上質な雌穴の中で、ダインのペニスが脈打

つ。限界の知らせ。射精の前触れ。それを想っただけで、キリエルは涎を零して絶頂した。

そして——いよいよ、その時が来た。

びゅっ、びゅるるっ！　どぴゅ、びゅううううっ！　人間ではあり得ないほどの勢いで、ダインのペニスは濃厚極まる精を、キリエルの膣内に放出した。

「んひぃいぃいぃいっ!?　イク、イクイクイクぅ♥　子宮の入り口ぃ♥　熱いのぶっかけられてイクぅ♥」

がくがくがくっ。危険なほどに痙攣して、キリエルは大きく激しい絶頂を極めた。

ペニスが精を吐き出すリズムに合わせて、何度も何度も……。

「んひっ、ひぅ、うひぃいぃいっ♥　んふ、うぅ、ふあああああっ♥　まだイってる♥　またイってる♥　イキ終わってないのに、次のアクメくるのぉぉぉ♥　ああ、またくるぅ♥　きちゃううぅぅぅ♥」

ぷしっ、ぷしゃっ。断続的に潮を吹きながら、キリエルは膣内射精《なかだし》による魔悦を貪り続けた。

「あはぁ……気持ちいい……♥　ああ、でもぉ♥　足りない、まだ足りないの……♥　ねえセンパイ、もっとしよ……？　もっと、もっと気持ちよくしてぇ……♥」

くいっくいっ。細い腰がいやらしく蠢いた。それはさらなる快楽を期待する、あるいは催促する動きだった。

快楽の虜となり、完全に堕落してしまったキリエルからは、元の気丈な性格はまったく感じられなくなっていた。繰り返される絶頂によって思考を漂白された彼女は、ダインが継彦の偽者であることすら、もはや忘れてしまっていた。

そして――

「ふふ……ようやく堕ちたわね。いいザマだわ、キリエル」

獣のように腰を振り、堕落した姿を晒し続けるキリエルを眺め、シェムールは満足げに呟いた。だが彼女の言葉には……彼女の調教には、まだ続きがあった。

「でもまだよ。まだ最後の詰めが残っているわ。服従の言葉。屈服の証明。それがない限り、返礼は完了しない。……さあ、キリエル。その浅ましい姿に相応しい台詞を、自分の意志で口になさい」

それはひどく屈辱的で、本来の彼女であれば決して承服しない要請だった。だが、

「は、はい……」

彼女は、反射的に頷いていた。

快感で窒息しかけている脳ではもう、反抗的な言葉を思い浮かべることすらできない。

零れ出てくるのは、狂おしい官能を賛美する絶叫だけだ。

「わ、私は……雌犬、です……おちんちんがないと生きていけない、おまんこでしかものを考えられない……哀れな雌犬です……♥　これからもどうか、可愛がってください……♥」

「――――ふふ」

ついに決定的な敗北宣言を口にしたキリエルを見下ろして、シェムールは唇の端を持ち上げた。三日月によく似た、邪悪で歪《いびつ》な形に。そして――

「ふ、ふふ。うふふ……あはははははっ！　いいわ、キリエル。あなたをペットとして認めてあげる。愛する男の幻影と、永遠にまぐわい続けなさい！」

完全勝利の恍惚が、哄笑《こうしょう》となって研究室にこだまする。するとそれが合図であったかのように、これまで射精以外の反応を示さなかったダインがキリエルの腰をがしりと掴んだ。

そしてずんずんと下半身を突き上げ、堕ちたペット《キリエル》を犯し始める。

「くひぃぃぃぃんっ♥　センパイ、激しいぃ♥　そんなにしたら、私またぁ♥　あ、イクっ♥　雌犬まんこイっちゃうぅぅぅぅっ♥」

際限なく敏感になる肉体と、どこまでも淫らに堕ちていく心に翻弄《ほんろう》されながら。

キリエルは雌穴に満ちる魔悦を、ひたすらに貪り続けた。

第三話　清廉なる蒼、白濁に沈みて

まるで泥の中に沈んでいるかのようだった。冷たい雨をたっぷりと吸った泥。重く冷たいそれが、全身に絡みついて離れない。

眠っているようで、そうではなかった。意識は既に覚醒へと向かっている。重苦しい気配を押し退けて、見るべきものを見ようとしている。

（私、は……）

エクシールは苦労して瞼を開け、心の中で呟いた。口に出したつもりだったが、喉が凍ったように動かなかったのだ。また視界の調子も非常に悪い。長く瞼を閉じていたせいか光が目に染みて、まだなにも見えてこない。四肢には無視できないだるさと鈍痛が巣食い、身を捩ることすら億劫《おっくう》に感じてしまう。

（でも……起きない、と）

自らが置かれている状況をいまいち掴めないまま、彼女は身を起こそうとした。が、そこでふと気づく。起き上がる必要はなかった。彼女は既に上体を起こしている。というより、座ったまま気絶していたというべきか。

（ここは……王座の間？）

少しずつ光に馴染んできた瞳で、前方を見つめる。ここはどうやら、気を失う前と同じ場所――王座の間のようだった。荘厳な雰囲気の広間が視界いっぱいに広がっている。そして奥には、下層へと繋がる階梯があって――

（奥に階梯？　では、いま私がいるのは……玉座？）

と、彼女が違和感に気づいた瞬間だった。

「気がついたようだな」

「え？」

いきなり背後から聞こえてきた声に驚いて、エクシールは身をすくませた。美しくも禍々しいその声には、どこか聞き覚えがある――

「その声……アゼル⁉　っ、くぅ……っ」

慌てて振り返ろうとして、失敗した。全身を襲う倦怠感と鈍痛が一気に高まったせいだ。そしてその苦痛が、彼女の意識をいっそうはっきりさせる。

（そう、でした……私は、アゼルに負けて……）

意識を失っていた原因を思い出し、エクシールは奥歯を噛みしめた。あまりにも呆気なく敗北してしまった事実が、嫌な苦《にが》みとなって口の中に広がる。

「思い出してきたようだな。では次だ。自分の置かれている状況を正しく認識しろ、エクシール」

アゼルは再び囁きかけてくると、エクシールの右の乳房を指先で撫でた。それも直《じか》にだ。

「んくっ……な、なにを……！」

唐突な恥辱に、蒼き神騎は赤面しつつ呻いた。と同時に気づく。彼女の体を守ってくれるはずの聖鎧が、部分的に破損している。乳房と股間だけが完全に露出している形だ。しかもその状態で、股を開かされている――

「……っ」

自らが晒している痴態を認識して、エクシールは声にならない悲鳴を漏らした。それから、どうにか股を閉じようと身を揺する。だが彼女の足はなにかに引っかかっていて、上手く閉じられなかった。

エクシールに大股開きを強要しているのは、肘掛けだった。アゼルのために設《しつら》えられた荘厳な玉座の肘掛け。つまりエクシールはいま、玉座に座らされているのだ。

いや、それも正確ではない。彼女が座っているのは、『玉座に座っているアゼルの腿の上』なのだから。

「状況は呑み込めたか？」

アゼルはエクシールの乳房を弄びながら、淡々と告げてきた。淫らな行為とは一致しない、実に平静な声である。

「……どういうつもりですか？」

混乱したまま絞り出したその問いには、ふたつの意味があった。ひとつはなぜ自分が生かされているのかということで、もうひとつはなぜこんな奇妙な――そして屈辱的な――体勢を強いられているのかということだ。

「お前を調教する。殺さなかったのはそのためだ」

「調教……？」

「そう。エイダムに穢された心身を浄化し、お前を私のモノにする。エクシール。お前は美しい。出来損ないの魔王如きにくれてやるには惜しいほどに」

「……誰が、あなたのモノになんか――くぅっ!?」

否定の言葉が途切れた。アゼルの指が、エクシールの乳首を捻り上げたせいだ。淡い桃色の果実は気絶している間に散々刺激されていたらしく、いつの間にか勃起してしまっていた。それをこうも乱暴に弄られれば、声が漏れるのは仕方のないことだった。

「たったこれだけのことで、もう感じているのか？」

「……だ、誰が感じてなんか……！」

かっと頬を赤く染めて、エクシールは鋭く吐き捨てた。そのまま、アゼルの手を掴んで乳房から引き剥がす。

「おっと、まだそんな力が残っていたのか」

などとアゼルは言ったが、その声に乗っているのは感嘆ではなく侮りだった。いつでも力ずくで捻《ね》じ伏せられる自信があるのだろう。こちらの剣幕など気にも留めていない。実際、いまアゼルが本気で力を込めれば、満身創痍のエクシールは簡単に組み伏せられてしまうに違いなかった。

だがアゼルは、そうはしなかった。くくくと喉の奥で笑ったあと、耳元でそっと囁いてくる。

「そう声を荒らげるな。調教とは言ったが、私としてはお前との時間を愉しみたいとも思っている。どれ、ひとつ機嫌を取ってやろう。お前と共に私に挑んだ、赤い紛い物がいただろう？　その安否を知りたいとは思わないか？」

「――っ！」

はっとして、エクシールはその身を強張らせた。赤い紛い物――キリエル。共にアゼルに挑み、そして敗北した仲間。

目が覚めてから彼女の姿を一度も見ておらず、声も聞いていない。生きているか死んでいるかさえ、いまのエクシールには知る術がなかった。

「力を抜け」

再びの囁き。『仲間の安否が知りたければ抵抗するな』という、言外のメッセージが込められていた。

（……卑怯者）

エクシールは内心でだけ罵って、掴んでいたアゼルの手を離した。するとアゼルは満足げに微笑み、完全に無防備となったエクシールの肢体に対し、本格的な愛撫を開始した。

褐色のしなやかな指が、透き通るように白い肌の上を好き勝手に這い回る。豊かに実った乳房を揉み、硬くしこった乳首を捏ね回し、むっちりとした肉感的な腿を執拗に撫でてくる……。

「……ぅ……っ」

蒼き神騎は歯を食い縛って、その身を襲う恥辱に耐えた。先ほどとは打って変わっての優しい愛撫は、ともすれば心地いいと感じるほど達者なものだったが、それは決して表には出さない。

しばらくそうして愛撫されたあと。アゼルがこんなことを言った。

「言いつけ通り大人しくしていたな。では褒美だ。赤い紛い物——キリエルは無事だ。少なくとも生きてはいる」

「——そう、ですか」

心底ほっとして、呟く。するとアゼルはそんなエクシールを弄ぶように、続きを口にした。

「ただし、この先も五体満足でいるかは保証しない。あれはシェムールにくれてやった。奴がどう扱うかは私の預かり知らぬところだ。もっとも——」

「……私の態度次第で助けてやってもいい、と？」

先を引き取ると、アゼルが満足そうに頷くのが、気配で知れた。

「この条件を以って隷属せよ、とは言わぬ。お前にも抗う機会は与えよう。だが無駄に足掻かれては興が削がれる」

言葉を切ってから、アゼルは続けた。

「先ほども言ったが、私はお前を調教する気でいる。屈服させ、堕落させる気でいる。だが暴力や人質でそれを為すつもりはない。それではあまりに芸がないからな。お前に与えるのは恥辱と快楽だけだ。心さえ強く持てば耐えられる」

「……それに耐えれば？」

「紛い物と一緒に解放してやってもいい。悪くない余興だろう？　戦えば当然、私が勝つが……これならお前にも、一握の希望がある」

突き付けられた選択肢に、エクシールはしばし黙考した。

――繰り返しになるが、エクシールの体には先ほどの戦いで受けたダメージがそっくりそのまま残っている。加えて魔力も底をついていて、ソル・クラウンを召喚するどころか、破損した聖鎧に応急処置をすることすらできない。いまのエクシールは、いわばまな板の上の鯉だ。料理人《アゼル》の気分次第でいつでも調理できる、無力な食材でしかない。

（悔しいですが……この状態ではどれほど上手く隙を突いても、反撃が成功することはありません。ここは誘いに乗っておいて、時間を稼ぐのが得策……）

アゼルが約束を守るとは限らないが、時間を稼ぐのはどのみち必要なことだった。なぜならエクシールは、まだ脱出の可能性を諦めたわけではないからだ。

エクシールはかつて、『アッサルの弓』という神具を継彦に与えていた。その弓から放たれた矢は自動的に対象の下に辿り着き、弓の下へと帰る能力を持っている。時間差こそ生じるが、発動すれば高確率でエクシールやキリエルを救い出してくれるだろう。

（矢が届くまでの時間さえ稼げば、帰還して態勢を整えることができるかもしれません。

であれば……)

静かに判断を下して、エクシールはこくんとひとつ頷いた。

「……わかりました。どうぞお好きに」

「いい子だ。……では早速、調教を始めさせてもらおう。ふふ、簡単に堕ちてくれるなよ?」

アゼルは愉悦を滲ませて言い、再びエクシールの体に指を這わせ始めた。今度は乳房や腿だけでなく、秘所にもその魔の手が及んだ。

「……っ」

大股開きを強制され、全てが詳《つまび》らかになっている女の園の上を、褐色の指がもぞもぞと蠢いた。羞恥によって微かな湿り気を帯びた花弁に、くすぐったさ混じりの刺激が走る。

「ぁ……っ……」

漏れそうになる甘い声を喉の奥に押し込めて、エクシールは唇を固く引き結んだ。するとアゼルが、艶っぽい声で囁いてくる。

「声を堪えているな。ふふ……その我慢がいつまで続くものか、ひとつ試してやろう」

アゼルは言いながら、エクシールの肉芽にそっと触れた。包皮は剥かず、皮越しにくにくにといじめてくる。

「んう……う、ぅ……」

思わず漏らした吐息は熱く、そしてどこか甘かった。与えられている刺激は決して強くなく、むしろ弱いとすらいえる程度のものだ。しかしクリトリスというのはやはり敏感で、執拗に愛撫されてしまうとどうしても感じてしまう。

ぴく、ぴくんっ。体が小刻みに震えた。続いて膣口がひくひくと蠢き、淫らな液体を徐々に分泌していく。固く口を噤《つぐ》み、明確に喘いでしまうことだけは避けているエクシールだったが、肉体の反応そのものを抑えられるわけではなかった。

「肉芽を弄られるのは随分こたえるようだな。熱い蜜が溢れてきた。まったく、呆れた神騎だ。ほんの少し愛撫されただけでこれほど濡れてしまうとはな。恥ずかしいとは思わないのか？」

言葉責めとともに眼前に突き付けられたアゼルの指には、たったいまエクシールの秘所から掬い上げられた淫蜜がたっぷりと付着していた。

「……っ」

まざまざと見せつけられた自身の欲情の証から、エクシールは咄嗟に目を逸らした。燃え上がる羞恥心が、直視することを強く拒んでいる。

「ふ……存外わかりやすい反応だな。お前の屈辱が手に取るようにわかるぞ。……だがそろそろ、だんまりを決め込まれるのも飽いた。声を出させてやろう。お前の好きな肉芽責めでな」

と、アゼルが嗜虐的な調子で告げた、その瞬間だった。目の前に突き付けられている褐色の指が、ぽうと淡い光を帯びた。そしてその輝く指が、エクシールの敏感な果実を根元からきゅっと摘まむ。すると指先に灯っていた光が、音もなくクリトリスに吸い込まれていった。

「く……っ。な、なにを」

ぞっとして、呻く。その光が魔術によるものだということは、魔力の迸《ほとばし》りを見れば一目瞭然だった。だがなんの魔術なのかは想像もつかない。状況からして『調教』のための魔術ではあるのだろうが……と、そんなことを思い浮かべた瞬間。

「あ……あああああああああああっ⁉」

エクシールはかっと目を見開き、その身を仰《の》け反《ぞ》らせた。そのままたわわな乳房を野放図《のほうず》に揺らしながら、がくがくと痙攣する。

――熱い。股間が。下腹部が。そしてクリトリスが、とてつもなく熱い。

「これ、は……あぐ、うあああああああ……っ」

外から押し付けられた熱さではなかった。これは体内から押し出されている熱さだ。内から外へ。そして上へ。絶えず込み上がってくる得体の知れない熱量に、エクシールは額に汗して悶えた。

そして――その熱量が、いよいよ最大限に高まった時。その変化は起きた。

ぐぐ……じゅるんっ！　そんな擬音が背後に見えそうなほど急激に、エクシールのクリトリスが肥大化した。

「う、嘘……こ、こんなことが……！」

包皮を押し退け、まるでペニスのようにそそり立った自身の肉芽を見下ろして、蒼き神騎は睫毛《まつげ》を震わせた。そしてそんな彼女を嘲笑うかのように、アゼルが上機嫌に喉を震わせる。

「くくく、随分と立派なモノが生えたな。さて、肝心の感度の方はどうだ？」

エクシールの困惑と動揺などどこ吹く風で、アゼルはそそり立つ肉芽に指を絡めてきた。

ちゅくちゅく、ぬちゅ……っ。エクシール自身の愛液をローション代わりにして、褐色の指が卑猥な上下運動を繰り返す。まるで男性器を責めるかのようなその動きは、蒼き神騎の股間に鮮烈な快感を生じさせた。

「や、やめ——ひあっ、あうぅぅぅぅ！　あが、くはぁぁぁぁっ！」

エクシールは悲鳴じみた嬌声を漏らし、全身を強張らせた。『クリトリスを扱かれる』というのは未知の刺激であり、それが生じさせる快感もまた未知のものだった。ゆえに我慢の仕方などわからず、エクシールはひたすらに翻弄された。

「くぅぅうっ、あひっ、ひう……っ。こんな、あうっ、うひぃぃぃぃん！　んん、うぅぅ……くぅ、ああああ……はぁぁぁぁん……っ」

声が徐々に震え、鼻にかかった甘ったるい響きを帯び始める。喘ぎだけは漏らすまいと食い縛った歯の隙間から、どうしようもなく零れ出ていく。

「ふふ……もうイクのか？」

艶めかしい手つきで『デカクリ』を愛撫し続けながら、アゼルが囁く。

「イ……イカない……こんなこと、でぇ……っ」

エクシールは反射的に口を開いたが、可憐な唇の隙間から拙い反論を零した次の瞬間には、がくがくと腰を震わせていた。

「あああああああっ！　だめ、もう……もう……！　あひぃっ、ひぃぃぃぃぃっ！」

ぐっと一際大きく腰を突き上げて、エクシールは官能の極みに達した。股間から足先まで、痺れるような感覚が走り抜ける。同時に全身の汗腺が一斉に開いて、瑞々しい肢体を汗まみれにする。紅潮した肌が光沢を帯びていくさまは、とてつもなく卑猥な光景だった。

（なんて快感……いけない……こんな絶頂を何度も受けてしまったら、私……！）

魔悦に身を焦がされながら、エクシールは内心怯えるように呟いた。

クリトリスによる『外イキ』は強く鋭いが、持続性に乏しい一過性のものだ。喉元をすぎれば忘れる熱さでしかない。しかし違う。これは違う。あまりにも絶頂の波が大きくて、痺れるような余韻が残ってしまう。そしてその余韻は、次なる魔悦の呼び水となる。

「そら、まだ終わりではないぞ？」

アゼルが言い、イったばかりのクリトリスをさらに責め立てた。ただ上下に擦るのではなく、くにくにと揉むような動きも加えてくる。

「くひぃぃぃぃぃっ。や、やめ……手を放してっ」

休む間もなく叩き込まれる快感に、エクシールは悶絶した。もはや声を抑えることなどできない。そんな段階は、とうに通り越してしまった。

「あっ、あっ……ああんっ。ひっ……くぅぅぅっ！　ああまた、またぁ……っ！」

がくがくと腰を踊らせ、蒼き神騎は早くも二度目の絶頂を極めた。だがアゼルの指は止まらない。イったままの肥大化クリトリスを、延々と責め続ける。

「あぁああああぁあっ！　くひっ、はぁうぅぅぅっ！　だめ、だめぇ！　もう無理、ぁあ、壊れ、るぅ……！」

絶頂から降りられないという異常事態に、エクシールは絶叫した。するとアゼルはぴたりと手を止めて、こう囁いてくる。

「苦しいか？　他人の手で飽和するほどの快感を与えられるのは堪えがたいか？」

エクシールはその問いに、力なく頷くことで応じた。連続絶頂は彼女の呼吸を著しく乱し、一時的に言葉を奪っていた。

「ふふ、声も出ないか。まあいい」

アゼルはエクシールの手を掴むと、未だ絶頂の余韻に震えている、大きくいやらしい肉芽へと導いた。そして——

「お前が自分で弄っている間は、私は手を出さない」

それだけを告げた。

「……え？」

一瞬なにを言われたのかわからず、エクシールは瞬きした。だがすぐに言葉の意味を理解して息を呑む。

「こ、こんな状態で……自慰をしろ、と？」

震える声で告げる。敵の目前で自慰に興じるなど、考えるだけでも死にたくなるような恥辱だ。素直に頷けるわけもない。

「できないか？　であれば、引き続き私が責めることになるな。……言っておくが、今度はどれほど懇願しようと手を止めんぞ」

言いながら、堕天使はしなやかな指を伸ばし、肥大化したクリトリスの『裏筋』を、そっとひと撫でしてきた。

「ひあああっ！　わ、わかりました……じ、自分でしますから……！」

不意打ちの刺激に仰け反ってしまいながら、エクシールは公開自慰を承服した。

敵の手で痴態を演じさせられるのと、自身の手で己の欲望を暴くのと。屈辱の度合いとしては、正直どっちもどっちではあった。しかしこのままアゼルの好きにさせていたら、狂ってしまうのではないかという不安があった。不自由な二択ではあるが、コントロールの利く自慰の方が幾分マシだろうというのが、エクシールの判断だった。

「う、うぅ……」

蒼き神騎は恐る恐る、自らの肉芽に視線を向けた。なるべく見ないようにしていたが、こうなっては注視しないわけにもいかない。

アゼルの魔術によって肥大化させられたクリトリスは、小ぶりな男性器ほどの大きさになっていた。また何度も絶頂に達するほどの愛撫を受けたことで限界まで充血し、生々しい肉色を披露してもいる。

（ああ……なんてことを……）

己の体がひどく淫らな形に変えられてしまったことを改めて痛感しながら、エクシールはその白い指を、クリトリスに絡みつかせた。

「あっ……」

ほんの少し触れただけで、股間全体が痺れるような快感が生まれた。だが力加減ができる分、先ほどのような苦しさはない。むしろ心地いいとすら言えた。

「んん、くぅ……あっ」

にゅぷ、にゅぷ……。自らの指でゆっくりと肥大化クリトリスを扱いていると、ほどなく腰全体が震え始めた。絶頂が近づいている。自分自身でコントロールした官能に溺れ、息ができなくなっていく。

「ああ、はあっ……イ……イク……」

やがて彼女は、無意識のうちにそう口走った。アゼルに責められている時は決して口にしなかった『イク』という言葉が、ほんの小さな気の緩みを突端に、ぽろぽろと零れ落ち始める。

（ああ、恥ずかしい……）

猛烈に羞恥心が燃え上がるのを感じ、エクシールは身悶えした。アゼルに無理矢理イカされていた時よりも、いまの方が羞恥の度合いが強かった。なにしろ彼女はいま、自分が一番気持ちいいように調節して、自らを慰めている。それを他人に見られる羞恥は、ただ痴態を見られるのとは別種のものだった。

「あ、んん……イク、また……イク……！」

くいくいっとリズムよく腰を蠢かせ、エクシールは二度目の自慰アクメを極めた。するとそこで――

「あ、ん……手を出さない約束でしょう……」

不意に乳房を揉んできたアゼルに、鋭く囁く。だが彼女は素知らぬ様子でエクシールの乳房を弄び続け、平然とこう宣《のたま》った。

「約束は守っている。少なくとも肉芽には触れていないだろう」

詭弁だったが、反論する余裕はなかった。乳房への愛撫があまりにも心地よかったからだ。

「あ……は、ん……うう、ふあああっ」

たわわな実りをじっくりと揉みしだかれ、勃起した乳首をくりくりといじめられると、どうしようもなく声が甘くなった。クリトリスを扱く手も止まらなくなる。こんな恥ずかしいことはもうやめたいと思っているはずなのに、体ははしたない疼きを止めてくれない。

「ああ、イク……またイってしまう……！」

三度目の絶頂を目前にして、蒼の神騎は甘く呻いた。するとそれを後押しするように、アゼルが両方の乳首を強く摘まみ、きゅっと捻り上げてくる。

「ひいっ!?　あ、ああ、あああああああああっ！　イク、イクぅぅぅぅぅっ！」

乳首への乱暴な愛撫は、飽和寸前だった快感を容易く破裂させた。彼女はこれまで以上に激しく腰を震わせ、大きな快楽の坩堝《るつぼ》に飲み込まれていく。

「ああっ。出る、出るぅぅぅ！」

ぷしゃあああああっ。最後には派手に潮を吹いてしまいながら、エクシールはついに、三度目の絶頂を極めたのだった。

◇

「派手にイったな。神騎が自らの手で乱れ咲くさまというのも、中々どうして悪くない」

アゼルは満足げに呟くと、度重なるクリイキでぐったりし始めたエクシールの体を、玉座の前へと放り出した。

「……っ。はあ、ぁ……」

エクシールは息を整えながら、蒼い瞳でアゼルを睨み上げた。

「──ほう。まだ睨むような気力が残っているとはな。ふ……それだけの元気が残っているなら、遠慮は無用か。次の調教に入るとしよう」

アゼルは愉快そうに笑い、エクシールの険しい視線を鷹揚に受け止めた。それから、ぱちんと指を鳴らしてみせる。するとアゼルの股間を覆っていた聖鎧の一部が消え、下着一枚すら纏っていない剥き出しの女性器が姿を見せた。髪と同じ銀色の恥毛がわずかに煙る、蠱惑的《こわくてき》な逆三角地帯。

「……今度はなにをするつもりですか？」

どうせろくなことではないだろうと思いながら問うと、アゼルはにやりと笑ってみせた。

「いいや、なにもしないさ。お前には、な」

褐色の堕天使は意味深に呟くと、まるで自慰でもするように、自身のクリトリスを指で摘まんだ。

「ん……」

と、アゼルが艶めかしく吐息した、その瞬間だった。指で摘まんでいた彼女のクリトリスが、ずず……と盛り上がり始めた。ただ勃起したわけではない。そういうレベルを遥かに超えた肥大化だった。

（……？　私に施した魔術と同じものを自分に？　……っ。いえ、違います。あれはもっと別の……）

訝っているうちに、答えは出た。変化の終わったアゼルの股間には、もはやクリトリスとは到底呼べないモノが雄々しく屹立していた。

「ア、アゼル……あなた、なんてモノを……」

思わず呻く。美しく禍々しい堕天使が、己の股間に生やしたモノ。それは間違いなく男根だった。しかもガチガチに勃起していて、既に臨戦態勢である。

「——悪くないだろう？　お前を『浄化』するために用意した」

「……浄化？」

アゼルのふたなりペニスを見つめながら訊き返すと、彼女は泰然とした態度で微笑《びしょう》した。

「お前はエイダムに毒されている。ゆえに禊が必要だ。まずは口を私のモノで上書きし、浄化する」

言いながら、彼女はふたなりペニスを指差した。そして傲然と続ける。

「舐めろ」

「……っ。そ、そんなこと……！」

エクシールは反射的に抗弁しかけた。が、最後までは言い切らず、ふと思い直す。

要求は屈辱的なものだったが、同時にチャンスに繋がるものだった。

(少なくとも奉仕している間は、私が快楽責めに晒されることはない……。そう考えれば、ここは要求を呑む方が幾分マシなのかもしれません……)

少しでも多くの体力を残し、少しでも長く耐える。そのためには、どこかで妥協する必要があった。そして恐らく、いまがその時だ。

「……わ、わかりました」

苦々しい気分で頷いて、エクシールは眼前の怒張に手を触れさせた。びくびくと脈打つアゼルのふたなりペニス。本物と遜色ないほど硬く熱いが、匂いはあまりなかった。

「んん……」

口の中に唾液を溜めながら勃起ペニスの亀頭に口づけし、ちろちろと舌を這わせる。続いて裏筋を舐め降りて唾液を塗《まぶ》していき、根元まで辿り着いたら先端へと戻り、亀頭を一息に咥え込んだ。

「ん……手慣れているな。いつもこうして、エイダムに媚びていたのか？」

アゼルの嘲弄。怒りが湧かなかったわけではないが、苦労して無視した。この状況では、なにを言い返したところで説得力などない。それに――媚びた覚えはなかったが、このフェラチオの手管を継彦との導魔で覚えたのは事実だ。まさかこんな形で役に立つとは思わなかったが。

ともあれエクシールは、奉仕に没頭していった。口の中で張り詰めていく亀頭に舌を這わせながら、竿を手で緩く扱く。あるいは口を窄《すぼ》めながら顔全体を上下させ、淫らな口内摩擦で以ってアゼルのペニスを追い詰めていく。

「ん、く……いいぞ、悪くない……あ、ん……」

やがてアゼルは脱力し、甘い喘ぎを漏らし始めた。心なしか表情がうっとりとしたものになり、常に纏っていた高圧的な気配も和らいでいく。

「いい……ああ……いいわ、エクシール。私、もうイってしまいそうよ……」

と、これまでの男性的な口調を覆して、アゼルは艶やかに言った。微かにだが元の人格……アズエルを思わせる声音でもある。最強の堕天使といえど、快楽の前では素直になってしまうものなのかもしれない。もっとも、男性器を得てから女口調になるというのは、些かアンバランスではあったが。

ともあれ。エクシールの口の中で、ペニスがびくびくと脈打ち始めた。射精の前兆。暴発まで、あと数秒とないだろう。

ならばと、エクシールは奉仕をより激しいものにした。亀頭に吸い付きながら竿を両手で強く扱き、一気に射精を煽りにかかる。

「んっ、んん、あ、ああ……っ」

褐色の美しい肢体を大きく仰け反らせ、アゼルは射精した。雄々しい肉棒から放出された白濁は、一滴残らずエクシールの口内に注がれていく。

「んんっ!? ん、うぅ……」

大量の吐精に驚いたエクシールだったが、零してしまうことはなかった。慌てず唾液と絡め、ゆっくりと飲み下す。これも継彦との導魔で身に付いたスキルだった。なんの自慢にもなりはしないが、いまは少しだけ役に立ってくれた。

「はあ……ぁ……」

アゼルは射精の恍惚を噛みしめるように、熱く吐息していた。エクシールはその姿を上目遣いで盗み見て、ひとつの決断を下した。

(このような行いは、本意ではありませんが……もう一押しすれば、より時間を稼げるかもしれません)

内心で呟きながら、射精直後の半勃ちペニスを持ち上げた。そしてその下に隠れていた本来の性感帯……女性器にそっと唇を寄せる。

アゼルの秘所は淡い色づきで、こう言ってはなんだがとても綺麗だった。膣口からは淫蜜がとろりと顔を出し、彼女の興奮具合を雄弁に示している。

その蜜を舐め取るようにして、クンニリングスを開始した。フェラチオと違って経験はないが、同じ女である分どこを刺激されれば気持ちよいかは把握している。

蟻の門渡りに息を吹きかけ、小陰唇を唇で啄み、最後に膣口へと舌を潜り込ませる。熱く蕩けた秘肉は柔らかな侵入者を卑猥な収縮で以って歓迎し、よりいっそう蜜を吐き出した。

「あ……っ」

ぴくん。アゼルが小さく腰を震わせた。軽くだが、女性としての絶頂を迎えたのだろう。

「随分熱心ね……エイダムを捨てる決心がついたの？」

うっとりと頬を緩ませながら、アゼル。エクシールはそれには答えず、ただ舌の蠢きを強めた。

（もっと感じさせないと……）

それだけを念じて、蒼き神騎は奉仕に没頭した。アゼルが快感を求めている間は、エクシールの身に快楽責めの魔の手は及ばない。クリトリスの肥大化も、それを責められたことによる体の火照りも治まっていない以上、一分でも多くの時間を稼ぎ、体力を温存しなければならない。

執拗に秘所を舐めしゃぶり、膣口を舌先で穿って女の快楽を与えたあと、再びふたなりペニスを責めた。根元から裏筋を舐め上げ、上目遣いで褐色の堕天使を見つめる。見返してくる赤い瞳は、わずかにだが潤んでいるようだった。エクシール渾身の愛撫が、どうやらお気に召したようだ。

畳みかけるべきだ。そう判断して、エクシールは身を乗り出した。形、大きさ、感度。全てを兼ね備えた見事な乳房を自ら持ち上げて、激しく勃起したペニスを挟み込む。そしてはみ出た亀頭にちろちろと舌を這わせながら体全体を上下させ、乳圧による卑猥な摩擦で以って、アゼルのペニスを扱き上げる。

「んん……いいわ、エクシール……あなたのいやらしい胸で、もう一度射精させて……」

パイズリ奉仕が生む甘い疼きに、アゼルは身悶えした。パイズリは刺激こそ少ないが、その分精神的な恍惚が大きくなる。類稀なる美女、それも清廉の象徴である『蒼の神騎』に全霊で奉仕させているとなれば、なおさらだ。

「あ、んんっ……射精《で》るわ……ああ、イク、イク……ああああああっ！」

びゅっ、びゅるるるるっ！　びゅうぅぅぅ！

大きく腰を突き出して、アゼルは恍惚のパイズリ射精《アクメ》を極めた。一度目と大差ない量の白濁が勢いよく飛び出し、エクシールの顔や髪、乳房をどろどろに汚していく。

「んっ……は、ちゅ……」

濃厚な雄の気配に包まれながら、エクシールはアゼルの股間……女の部分に顔を寄せ、いやらしくひくついている膣口に舌先を潜り込ませた。

「んんんっ⁉　くふ、あ、あああああぁぁ……っ」

雄の快感に雌の快感を重ねられるのは、流石のアゼルもこたえるようだった。射精しな

がらもどこか余裕ありげだった態度が消え、ごく純粋に快感に打ち震えている。

アナルがきゅっと締まり、腰全体が小刻みに痙攣した。そしてそれに連動するようにペニスが脈動し、尿道に残っていた精液すらも吐き出し始める。

「はぁ……あ、あぁ……」

やがて最後の一滴まで射精し終えたアゼルは、ぐったりと玉座に身を投げ出した。汗だくで小刻みに震え、開いた股から濃厚な淫蜜を垂れ流すそのさまは、ある意味堕天使という言葉に似合いの姿だ。

「ん、ふ……はぁぁぁぁ……」

エクシールもまた、熱く吐息して頬を紅潮させていた。アゼルのいやらしい姿と、浴びせられた雄汁の匂いに中てられて、頭がくらくらしてしまう。

「ああ……とても気持ちよかったわ、エクシール」

だからか。そう言われた時、エクシールは大きな勘違いをしてしまった。アゼルの声が、まるで彼女の元の人格である、アズエルのものに聞こえたのだ。

「アズエル、様……」

気がつけばそう口走っていた。そして、それが決定的な失敗だった。

「――――」

ぴたりとアゼルの動きが止まる。絶頂の余韻に身悶えし、まるで愛しい恋人を見つめるような目をこちらに向けていたのが、急激にフラットになる。

「アズエルだと？」

平淡に。恐ろしいほど平淡に呟いて、アゼルはエクシールの腕を掴み、強引に立たせた。

そして——その時には。こちらを見据える赤い瞳は、冷徹な光を取り戻していた。

「……エクシール。あなたは……決して間違えてはいけないことを間違えた。私はアゼル。あのような惰弱者……アズエルなどではない」

言い終えるや否や、アゼルはエクシールの下腹部に掌を当てた。そして続ける。

「快楽だけで優しく堕としてあげるつもりだったけれど、気が変わったわ。虜囚が口の利き方を間違えたらどうなるか、その身に刻み込んであげる」

その瞬間。アゼルの手が淡い光を放った。魔術の光だ。

「……っ」

ぞっとして、息を呑む。具体的なことはわからないが、また体になにかされたことだけは確かだった。

「な、なにを……」

「すぐにわかるわ」

アゼルは冷淡に告げると、エクシールの体を力ずくで引き寄せ、最初と同じ体勢に持っていった。つまりは、背面座位での大股開きを強要されたということだ。

再びの屈辱的な姿勢に、改めて羞恥心が湧き上がる。が、それを表現する暇はなかった。アゼルが秘所に指を突き入れてきたからだ。

いや、それだけならまだよかった。ただ強引に愛撫されただけなら、身を捩ることくらいはできた。だがエクシールの身に降りかかった事実は、そんな甘いものではなかった。

こつん、と。アゼルの指先が、膣内の浅いところで行き止まりに差し掛かり、止まった。

「……え？」

その感触に、エクシールは大いに戸惑った。だって、そんなはずはない。そんなところに『行き止まり』などあるはずがない。そう思うが、アゼルの指は確かに、『行き止まり』を撫でていた。

「処女膜」

と、あえて思い浮かべないようにしていた単語を、アゼルがそっと囁いてきた。

「エイダムに奪われたあなたの純潔を、魔術で再生させたわ。なぜそんなことをしたのかは……言わなくともわかるでしょう？」

「——ま、まさか」

彼女の言わんとすることを察したエクシールは、その狙いのおぞましさに身震いした。

「……や、やめて！　やめてください！　そんな、そんな恐ろしいこと……！」

エクシールは残り少ない体力を振り絞り、四肢を暴れさせた。だがその程度の抵抗は織り込み済みだったのだろう。アゼルは全てを無視してふたなりペニスをエクシールの秘所へとあてがい——一息に、奥まで貫いた。

「い……嫌。嫌、嫌ぁぁぁぁっ！」

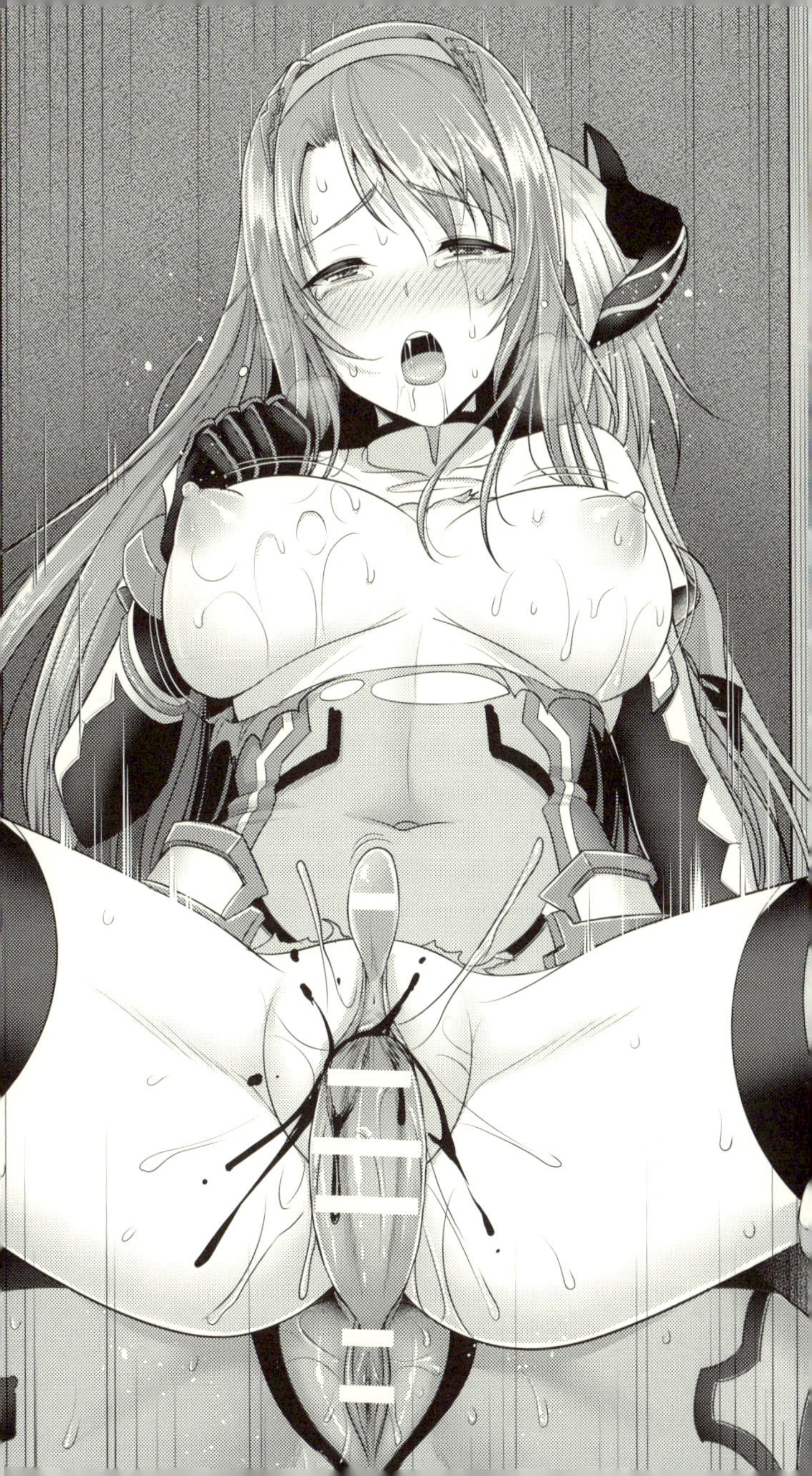

込み上げる激痛と嫌悪感に、蒼き神騎は絶叫した。それこそ強姦されて処女を失った生娘と同様に、絶望的な心地で……。

「あぁ……いいわ、あなたの膣内《なか》……熱くてぬるぬるしていて、大きくうねって……とても気持ちいい……」

二度目の破瓜の苦しみに悶えるエクシールとは対照的に、アゼルは上機嫌だった。長らく執着していた女を自由に犯せる愉悦は、何物にも代えがたい禁断の果実だ。

「やめて……動かないで！　痛い、痛いぃ……！」

蒼の神騎が弱々しく、掠れ声で呻く。痛みと汚辱感、絶望と悲嘆が入り混じったその悲鳴は、聞く者の多くを同情させ得る響きを持っていたが……残念ながらアゼルにとっては、より発奮する要因でしかなかった。

「ふふ、良い声で啼くわね。もっと聞きたくなってきたわ。もっと喘いで。もっと叫んで。あなたの声が響くほどに、私の昂りは増していくわ……」

堕天使らしく欲望に忠実に、アゼルは腰を突き上げた。相手のことなどまるで考えない強姦者の抽挿が、破瓜したばかりの天使の秘所を容赦なく穿っていく。

「んっ……きたわ。上がってきた。あなたのお腹を清める雄汁が……込み上がってきた」

心底からの愉悦を声に乗せ、アゼルは一瞬の躊躇もなく膣内射精《なかだし》を敢行した。

「ひっ……！」

エクシールは目を見開き、喉を引きつらせた。

どくどくと膣内に注がれる雄汁の感覚が、未だ色濃く残る破瓜の痛みと混じり合い、筆舌に尽くしがたい汚辱感へと化ける。

敵に処女を奪われた――その事実が、拒みようもなく脳髄に刻まれていく。

「嫌……こんなの、嫌ぁ……」

ひどく惨めな呟きが、一粒の涙とともに零れ落ちた。するとその涙を、背後のアゼルが掬い取る。

「泣き顔も素敵よ、エクシール。でも……嫌がられてばかりも、そろそろ飽きたわね」

とん。褐色の指先が、再びエクシールの下腹部を叩く。するとたちまち、膣内全てを支配していた痛痒《つうよう》が、幻のように消えてしまった。

「これで今度はあなたも愉しめるわ。たっぷり可愛がってあげるから、精々喘ぎ乱れて……私を満足させなさい」

一方的に告げて、アゼルは再び突き上げてきた。射精直後だというのに一切萎えていない巨根が、無遠慮に蜜壺を穿ってくる。

「んひっ、ひぃ……あひぃっ！」

ずんずんと奥を突かれると、押し出されるようにして喘ぎ声が漏れた。破瓜の痛みが消えたのと入れ替わりに、蕩けるような抽挿快感が、膣内いっぱいに広がっていく。

「あ、ああ、んん……あっ！　くひっ、ひぃぃぃぃ！」

「ふふ、声が甘くなってきた。処女を奪われた直後にそんな声が出せるなんて、大した淫乱ね」

突き上げに蜜壺を蹂躙され、言葉責めに心をいたぶられる。エクシールはいやいやをするように、首を横に振った。

「違う！　私は、淫乱なんかじゃ……ああうっ!?」

否定の言葉は、甲高い喘ぎにすり替わってしまった。どんなに気を張っていても、亀頭に奥を小突かれるとどうしようもなくなる。エクシールは既に、そんな領域にまで追い詰められていた。

（こんなことで、感じたくなんかないのに……！）

じゅぷじゅぷと卑猥な水音を立て、ひたすらに繰り返される抽挿。そのたびに膣口から流れ出ていく愛液には、わずかに血が混じっている。その血が雄弁に、この身が破瓜を終えたばかりなのだと語っている。

なのにこんなにも感じてしまう。その事実こそが、なによりもエクシールの心を辱めるものだった。

（なぜ……なぜなのです？　敵に、犯されているのに……なぜこんなにも気持ちいいの……っ！）

ぽたりぽたり。半開きになった唇から、はしたなく涎が零れ落ちた。それらは抽挿のリズムに合わせて野放図に揺れる乳房を彩り、やがて汗と一緒に空中へと散っていく。

「ああっ！　ん、はうぅ……ぅぅぅっ！」

喘ぎが一段階、高いものになった。限界まで高まった昂りが、いよいよ発露しようとしているのだ。

（イク……このままではイってしまう……ダメなのに……敵に犯されてイクなんて、絶対にダメ、なのに……体がもう言うことを聞かない……！）

きゅっ、ぎゅううううっ。膣内が意思とは無関係に締まり、咥え込んだペニスをもみくちゃにした。その淫らな搾精の蠢きに、アゼルがぴくりと反応する。

「ん……膣内《なか》がひくひくしてきたわ。イクのね、エクシール。敵に犯されて、無様にイクのね？」

「イ、イかない……イかないぃぃぃ……」

反射的に否定するが、声はもうへろへろで、説得力など欠片もなかった。

「強情ね。でも……あなたがそういうつもりなら、私にも考えがあるわ」

アゼルはエクシールの腰を両腕で捕まえると、角度を調節して突き上げ始めた。具体的には、膀胱や尿道を裏側から嬲るような角度である。

「ひぃぃぃぃぃっ⁉　そ、そこは……そこはだめぇぇぇぇっ！」

Gスポットを執拗に蹂躙されて、エクシールは悲鳴じみた嬌声を張り上げた。そこは継彦との導魔で開発され、性感帯として成熟している場所だった。

「あひっ、ひう、ううううぅぅぅっ。だめ、だめだめぇぇぇ……」

弱点への集中攻撃に、エクシールは腰砕けになった。もはや気高く強い神騎の面影はなく、そこにはただ快感に翻弄される雌が一匹いるのみだ。

「ふふ、もう限界でしょう？　イってしまいなさい。ほら、ほら。あなたの好きなところを、いつまでも突いてあげるわ！」

じゅぷじゅぷじゅぷっ！　大きく激しいストロークで、アゼルは最後の追い込みをかけてきた。極太ペニスの裏筋が、これでもかとばかりにGスポットを嬲り尽くしてくる。

「ひゃあああああああんっ！　あうっ、くはあああああああっ！　だめ、それ、だめぇっ！　イク、イクイクイク……イクぅぅぅぅぅっ！」

がくがくがくっ！　痙攣じみた震えをきたしながら、エクシールは狂おしい官能の渦に呑み込まれ、派手にイキ果ててしまった。そしてそれと同時に、アゼルもまた官能の極みに手をかける。

どぴゅっ……びゅるるるっ。イったままの発情雌穴に、濃厚な精が注ぎ込まれる。その熱さと勢いは追い打ちの快感となり、エクシールを打ちのめした。

ぷしゃあっ！　しゃあぁぁぁ……。我慢する暇もなく、蒼の神騎は潮吹きした。恥ずかしい穴から放出された透明な液体は、綺麗な放物線を描いたのち、王座の間の床に水溜まりを作った。

「あ、あああああ……」

激しい絶頂感に苛《さいな》まれながら、エクシールは甘く呻いた。継続的な潮吹きは放尿に似た感覚を彼女に与え、その心を辱めていた。

「派手なイキ方ね。でも……休ませないわ」

アゼルは陶酔したような声音で言うと、エクシールの首筋を甘噛《あまが》みした。そして再び突き上げを開始しながらエクシールの乳房を捕まえ、先端で硬くしこっている乳首をきゅうと捻り上げる。

「はあぁぁぁぁんっ。や、あぁん……くふっ、ふぅぅぅぅっ！　おっぱい、だめぇ……乳首、いじめないで……っ」

乱暴に愛撫された乳首は、しかし快感だけを発してエクシールを喘がせた。普段であれば痛みを感じただろうが、いまはただ気持ちいい。

「はひっ、ひっ、あん、うぅ……くはぁぁぁぁぁんっ。イク、ああ……だめぇ……イったばかりなのに……またイっちゃう……！」

きゅっきゅとアゼルのペニスを咀嚼しながら、エクシールはまたも絶頂を極めた。

「まだよ」

だがアゼルは、まだまだ許してはくれないようだった。散々にいじめ抜いた乳首を解放すると、今度は両肩を掴んでくる。

「たくさん汗を掻いたわね。少し清めてあげる」

「な、なにを……ん、んんっ⁉　はぁぁぁぁん……」

清廉なる蒼の天使は、その印象を真っ向から裏切るような、蕩けた声を漏らした。アゼルが汗に塗れた背中を、ねっとりと舐め上げてきたからだ。

「ふふ……感じるでしょう？　背中なんてと思うかもしれないけれど、ここも立派な性感帯なのよ……」

言いながら、アゼルはたっぷりと時間をかけ、白く美しい背中を舐め回した。

「はあっ……あ、ああ……気持ちいい……」

エクシールはその特異な愛撫を、悩ましく吐息しながら受け入れた。

「……あら。ここも汗を掻いているわね」

と、不意にアゼルが呟いた。そして彼女は次の瞬間、思いもよらぬ行動に出る。

「んひぃっ⁉　あ、ああ……そこ、はぁ……」

口の端からだらだらと涎を零してしまいながら、へろへろの声で呻いた。アゼルは舌を背中から離し、エクシールの腋を舐めてきたのだ。

くすぐったさ混じりの快感と、汗を舐められる激しい羞恥。それらは溶け合いながら全身を駆け巡り、やがて彼女の思考を真っ白に染めた。

（こ、こんな快感が、あったなんて……）

口を半開きにし、ぐったりとアゼルに寄りかかってしまいながら、呆然《ぼうぜん》と呟く。あらゆる場所を責め立てられ、その全てで快感を得てしまった媚肉は、既に抵抗する力を失っていた。もはや自分だけの力では、真っすぐに座っていることすらできない。

ぴゅっぴゅ。ちょろろ……。両の腋を舐めしゃぶられる頃には、エクシールは脱力のあまり、少しだけ失禁してしまっていた。それはとてつもなく恥ずかしいことだったが、ことここに至ってはどうすることもできはしない。

「だいぶ素直になってきたわね……」

と、アゼルが満足げに呟いた。だがすぐに嗜虐的な調子を取り戻し、こう続けてくる。

「でも、まだ足りないわ。もっと素直に快楽を受け入れるようにならないと。エイダムのことなど頭の片隅にも留めておけないほど、イカせてあげる」

囁いて――アゼルはその指を、エクシールの股間に添えた。最初に細工をされ、通常の何倍にも肥大化させられたクリトリスが、根元からきゅうと摘まれる。

「あ……ああ……待って。お願いです、いまそこを弄られたら……！」

はっとして言うが、もう遅かった。アゼルはしなやかな指を巨大クリトリスに絡みつかせながら、ずんずんと突き上げを開始していた。

「あぐっ……うひぃぃぃぃぃんっ！　いぎ、ひぃぃぃぃぃぃぃぃっ！」

背中や腋を責められていた時から一転しての痛烈な快楽責めに、エクシールはかっと目を見開いて、全身を痙攣させた。

（う、嘘……私、もう……!?）

イキそうだった。数秒奥を突かれ、クリトリスを扱かれただけなのに、もうイってしまいそうだった。通常であれば考えられないほどの感度。しかし執拗な色責めを受け続けていたエクシールの肉体は、驚くほどあっさりと快感の極致に至ってしまった。

「あ、あ、あああああああああああああっ！　だめぇぇぇぇぇ！　イク、イクぅぅぅっ！」

喘ぎはもう止まらなかった。Ｇスポットを丹念に突き上げられ、肥大化したクリトリスを扱かれると、視界が真っ白に染まってなにも考えられなくなる。

イッた。イキまくった。折り重なるようにして絶えず襲ってくる快感にひたすら翻弄され、数えきれないほどの絶頂を極めた。

「嫌っ、だめ、もう無理！　お願い、休ませて！」

最後には、半ば狂乱しながら懇願した。するとそのタイミングで、アゼルもまた射精の時を迎えたようだった。

「あひっ、くうぅぅぅぅ、はうっ。ああ、また膣内射精《なかだし》を……！」

どくどくと熱いものを注がれる感覚を味わいながら、エクシールは前のめりに倒れた。積み重なった絶頂に体力の大半を持っていかれてしまい、ただ座っていることすらできなくなったのだ。

結果エクシールは、玉座に座るアゼルに向けてぷりんと尻を突き上げる、ひどく情けない格好で倒れ伏すこととなった。

「いい格好ね、エクシール。ずっと見ていたくなるわ……」

アゼルがふとそんなことを言った。勝手な物言いだが、声はどこか、満足げにも思える。

（お、終わった……？）

ぴくんぴくんと美尻を揺らしながら、エクシールは力なく呟いた。あれほど射精させたのだ。アゼルがいったん満足し、調教を中断する可能性はある。

——それが楽観的すぎる考えだということは、直後に知れた。

つぅ、と。エクシールの丸く美しい、そしていやらしい桃尻に、指で撫でられる感覚が走った。

「……なんていやらしいお尻なのかしら。せっかく鎮めたのに、また興奮してしまったわ……」

「……っ」

その物言いに、エクシールは背筋を凍らせた。まだ調教が終わっていないことが確定したからだ。しかも——

「あ、嫌ぁっ。やめてください、お尻は……お尻は嫌ぁ……っ」

強引に双丘を割り開かれ、恥ずかしい排泄の穴を露出させられた蒼の天使は、羞恥のあまり目を瞑って呻いた。だが無論、そんなことで止まるアゼルではない。

「お尻は嫌、ね。それは恥ずかしいから？　それとも……気持ちよすぎるから？」

つぷ……。アゼルの指が、秘すべき穴にゆっくりと侵入してくる。すると汚辱感とともに一定の快楽が生じ、エクシールの脳髄を掻きむしった。

「感じているのね。ああ、哀れな子。ここもエイダムに穢されたのね。なら……清めてあげないと」

独り言のように呟いて、堕天使の王は自らの怒張を蒼き神騎のアナルへとあてがった。

「——っ。ま、待って！　お願いします、それだけは許して！」

切なる懇願は、無情にも無視された。エクシールはせめてもの抵抗としてアナルを固く閉じたが、その程度のことでは、一秒たりとも時間を稼ぐことはできなかった。

ぬぷぷ……ずぶっ。雄々しい男根は無慈悲かつ無遠慮に、エクシールの最後の砦を打ち破った。

「あぐぅっ、あふ、くああああぁぁぁぁんっ」

焼けるような熱さが括約筋を蹂躙した。続いて内臓を押し上げるような重い衝撃が、腹部全体に走る。

「ん……凄いわ。本来はそういう穴ではないのに、ねっとりと絡みついてくる……」

桃尻を鷲掴みにし、ゆっくりと揉みしだきながら、アゼルはうっとりと告げた。

「アナルでこんなにもペニスを悦ばせられるなんて、やっぱりあなたは相当な淫乱だわ。それに、あなた自身も満更ではなさそうだしね？」

「……ち、違います。勝手なことを言わないで！　……っ、くああっ」

エクシールは残り少ない自制心を総動員し、必死に否定した。だがアゼルは嘲弄めいた笑みを零すばかりで、まともに取り合おうとはしない。

「嘘はいけないわ。……ほら、こうしてゆっくり引き抜かれると……」

ぬろぉ……と。極太ペニスがアナルから抜けていく。すると排泄に似た、だが決定的に違う感覚が、彼女の恥ずかしい穴をちりちりと焦がした。

「くあ……あ、はぁぁぁぁ、あっ！」

ペニスが抜ける感覚が終わると、休む間もなく押し込まれる圧迫感に見舞われた。アゼルが膣で行うのと同じように、本格的な抽挿を開始したのだ。

「あっ、かはっ。んふ、おおおおっ。おほっ、くうぅぅぅぅっ！」

獣じみた嬌声。止めたくても止められない。体は既に快楽に支配されている。前戯もなく挿入されたアナルでイキそうになるほど、出来上がってしまっている。

「ああ、イクわ……エクシール……ああ、エクシール！　受け止めて……私の欲望の全てを！」

エクシールが灼《や》けるような肛門絶頂を極めたのと同時に、アゼルが愉悦ここに極まれり、というような声を上げた。

びゅううううううっ！　びゅるる、びゅうっ！

膣内では何度も受け止めた灼熱の奔流《ほんりゅう》が、今度は腸内へと注がれる。唯一汚されていなかった最後の砦が、無遠慮な白濁に染められていく。

「くひぃぃいぃいぃ、あぐ、くぅああああああああああああああっ！」

気高き神騎は最大級の汚辱をその身に浴びながら、絶え間ない肛門絶頂の波に打ちのめされ、あられもない声で絶叫した。

「……っ。……ああ……良かったわ、エクシール」

アゼルが恍惚の声を漏らし、まだぎゅうぎゅうに締め付けているアナルから、ペニスを引き抜いた。すると栓が抜けた形になり、注がれたばかりの白濁が、どろりと垂れ出てくる。

その姿は例えようもなく卑猥であり、そして無様だった。まさしく敗北者の末路といえよう。

――ただ。その瞳だけは、まだ鈍い輝きを残していたが。

(……負け、ない)

アナルと膣内から精液を垂れ流し、絶頂の余韻で全身を震わせながらも、エクシールは気丈にそう呟いていた。

体は既に堕ちていた。あらゆる場所を穢され、快楽の温床に変えられていた。

だが心は。心だけは、まだ折れてはいなかった。

(負けない……どんなことをされても、心だけは渡さない。継彦はきっと、助けに来てくれます。それまでは絶対に、耐え抜いてみせる……!)

ほとんど気絶しかけながら。エクシールは己を奮い立たせる言葉を、いつまでも繰り返していた。

第四話　希望と絶望

「起きなさい、エクシール」

　その呼びかけに、エクシールは応えなかった。というよりも、いまのいままで気絶していたので、返事などできようはずもなかったのだが。

　――フレナンジェロ城が最奥、王座の間にて行われているエクシールへの陵辱は、丸一日経ったいまも継続中だった。魔術で自らをふたなり化させたアゼルは、その巨根で以って延々とエクシールを苛んでいる。

　といっても、四六時中犯され続けているわけではない。現にいま現在、犬のように四つん這いになっているエクシールの雌穴には、アゼルの肉棒は突き刺さっていなかった。堕天使の王たる褐色の嗜虐者《サディスト》は、気まぐれにエクシールを犯しては小休止を取り、また興が乗れば犯すということを繰り返しており、いまはちょうど、その小休止の時間だった。

「起きなさい、エクシール」

「あ……うぅぅ……」

　再びの呼びかけに、蒼の神騎は掠れた声を漏らした。絶頂と失禁、そして気絶を何度も味わった体と意識は、そう簡単に目覚めてはくれない。

「ふふ……あれだけ犯されれば無理もない、か。いいわ。気つけが必要なら、それなりのものを叩き込んであげる……」

　こつ、こつ……。静かな足音が聞こえて、やんだ。そしてその次の瞬間には、無防備に晒されたエクシールの雌穴に、激しく勃起した巨根が突き入れられる。気つけというには強烈にすぎる、後背位での強制挿入だ。

「ああうっ⁉　う、ぁぁ……くぁぁぁぁっ！」

　一息に最奥まで貫かれた衝撃と、それによって弾けた爆発的な快感に、エクシールは絶叫した。

「おはようエクシール。よく眠れたかしら？」

　ぐりぐりと子宮口近くの淫壁を嬲りながら、アゼルは上機嫌に囁いた。が、エクシールは今度も、まともに返答することはできなかった。意識こそ覚醒したものの、起き抜けに叩き込まれた官能が痛烈すぎて、舌が上手く回らないのだ。

「ああ、いいわ……あなたの膣内《なか》、何度味わっても飽きない……」

「う……勝手なことを言わないでっ」

「あら、思ったより元気ね。ならその元気な顔を、あの紛い物にも見せてあげなさい」

「え？」

　言われて、ふと顔を上げる。するとそこには、見事に実った褐色の乳房を支えるようにして腕組みしているシェムールと、その背中に隠れている小さな人影が見えた。

「ほら、隠れていないで顔を見せなさい。せっかくの……『感動のご対面』なのだから」

シェムールはくすりと笑い、すっと場所を譲った。

「――ッ！　キリエル！」

エクシールは思わず叫んだ。燃えるような赤い髪。宝石のように美しいオレンジ色の瞳。短刀を思わせる引き締まった体躯――そこにいるのは、紅の神騎キリエルに相違なかった。

（よかった、無事だったんですね……！）

安否不明のままだった仲間をこの目で確認できたことに、エクシールは心の底から安堵した。が、その顔はすぐに曇ることになる。

混乱したままの観察だったので、数秒もの間気づかないでいたが――キリエルの姿は、エクシールが知るものとは趣《おもむき》を異にしていた。鮮やかだった赤の戦装束は邪《よこしま》なる黒に染まり、しかも乳房や股間を露出させた淫らな意匠に変貌していた。

それはどこか見覚えのある姿だった。かつて戦った『嫉妬』の魔将ジュラウスに精神を乗っ取られ、一時的に『堕天』してしまった時の姿と瓜二つだった。

「キリエル……」

「ごめん……ごめんね、エクシール。私……自分で思ってるほど、強くはなかった……」

どこか虚ろな瞳を見つめて名を呼ぶと、キリエルは唇を噛み、視線を逸らした。それから、何度も『ごめん』と呟き続ける。

「……っ。シェムール！　あなた、キリエルになにをしたのですか⁉」

シェムールを睨み上げ、叫ぶ。キリエルとの付き合いは短いが太いもので、命懸けの戦

いを共に潜り抜けてきた仲だ。その意志の強さが並大抵のものではないということは重々承知している。その彼女が『堕天』してしまうほどの仕打ちを想像すると、それを施したシェムールへの怒りは禁じえない。

「ふふ……さあ、なにをしたのかしらね？　ご想像にお任せするわ。……それより、あなたは自分の心配をした方がいいのではなくて？」

エクシールの厳しい視線を涼しい顔で受け流して、シェムールはその場に跪いた。

「進言いたします。エクシールの調教に、私もお加えくださいませ」

「……ほう。主の獲物を横取りすると、そういうのか。随分と偉くなったものだな、シェムール」

「まさか」

怒りの忠告というよりは、からかうような調子でアゼルが言う。すると、

褐色の女狐はくすりと微笑んでみせてから立ち上がり、エクシールの背後——アゼルの傍に歩み寄っていく。

（……？　これは……耳打ち？）

どうやらシェムールが、アゼルになにかを吹き込んでいるようだった。しかし内容までは聞こえず、エクシールは言い知れぬ不安を覚えた。

そして、しばしして——

「——ふん。他人を陥れる手管に関してだけは、私もお前には及ばんな。よかろう。お前

のプランに従ってやる」

アゼルはそう言うと、挿入を解いてエクシールの体を抱き起こし、玉座まで運んだ。そして自身がまず玉座に座り、その腿の上にエクシールを乗せる。つまり最初にエクシールを捕えていたのと同じ体勢に持ち込んだのだ。

「後悔は長くしなさい。私に犯されている間に堕ちておけばよかったとね」

囁きとともに、褐色の腕がするりと伸び、エクシールの股間に向かった。そのまま肥大化したクリトリスを、根元からきゅっと摘ままれる。

「……っ」

また肉芽責めか。そう思って身を強張らせる。が、アゼルは指を動かさず、代わりになにか呪文のようなものを呟いていた。

(これは――魔術!?)

察した時にはもう遅かった。アゼルの魔術は既に発動していて、エクシールの肉体にある変化をもたらし始めていた。

どくん、どくん。心臓が刻む鼓動のリズムに合わせ、股間全体が熱い疼きを発する。クリトリスを肥大化させられた時と似た、耐えがたい衝動だった。

「うっ……うあ、ああああああああっ！」

なにかが張り詰めていく。言語に絶する感覚が、股間全てを覆い尽くしていく。そしてその緊張感が、いよいよピークに達した瞬間――

「あ、あ、あ……！　くあああぁぁぁぁぁんっ⁉」

ずちゅ、ずるるっ！　まるでクリトリスを引き抜かれたような感覚を得て、エクシールは絶叫した。

「あぐ、うあああああっ！　出る……体から、なにか、引きずり出されて……ッ⁉」

おぞましい感覚から逃れようとする本能で固く目を閉ざしてしまいながら、エクシールは呻いた。

己の体になにか変化が起きていることは、下半身に残留する不可思議な緊張感が雄弁に物語っていた。しかしその結果を直視するのがどうにも恐ろしくて、彼女は目を開けないまま肩を震わせた。

「目を開けなさい、エクシール。……ふふ、中々の仕上がりになっているわよ？」

そう囁きかけてきたのは、アゼルではなくシェムールだった。エクシールはごくりと生唾を飲みつつ、恐る恐る瞼を押し上げた。

「あ、あぁ……こんな、ことが……」

ぞっとして、呻く。見下ろした先には、それはそれは立派な男性器がそそり立っていたのだ。先ほどから感じていた不可思議な緊張感の正体は、これが激しく勃起している感覚だったというわけだ。

正直なところ、その結果は予想できたものではあった。なにせアゼル自身が魔術によってふたなり化しているのだ。他人に施すことも可能だろうというのは想像に難くない。しかし実際に自らの股間から男性器が生えているさまを目の当たりにすると、想像以上の衝撃があった。

（なんてこと……私のあそこに……こんな大きなモノが……）

エクシールの股間にそそり立つ肉棒は、彼女の可憐な容姿とは裏腹に凶悪な面相をしていた。赤黒い竿には幾本もの太い筋が走り、先端では膨れ上がった亀頭が鋭角なカリを作り出している。

「見た目は満点と言ってもいいほどね。あとは『機能』が正常かどうか確かめないと」

シェムールは嗜虐的な笑みを浮かべると、傍らに立つキリエルの背中をそっと押した。そしてその耳元で、こう囁く。

「エクシールの雌肉棒を慰めなさい。エイダムにしていたように、誠心誠意奉仕するのよ？」

「……」

キリエルはその命令に、躊躇うような素振りを見せた。だが——

「あら……まだ調教が足りていないのかしら？」

シェムールが意地の悪い口調でそう言うと、彼女はぶるりと肩を震わせた。

「わ、わかりました……やります」

頷くキリエルの姿からは、普段の気丈な雰囲気は感じられなかった。信じたくはないが、彼女は既に心を折られてしまっているのだろう。

「ごめんね、エクシール。なるべく優しくするから……」

静々とエクシールの前に屈み込んだキリエルは、オレンジ色の瞳に申し訳なさそうな翳《かげ》りを過らせつつ、そそり立つ肉棒にそっと触れた。

「あ、ぅ……だ、ダメです、キリエル……女同士で、こんなこと……！」

小さく細いキリエルの指が絡みついてくると、エクシールのふたなりペニスは早速甘い疼きに苛まれた。

「……ん、匂いはないけど……太くて熱くて……凄く、固い……」

ゆっくりと竿を扱きながら、キリエルが囁く。その声はどこか艶っぽく、有り体に言うならいやらしい響きを持っていた。本人は無自覚なのかもしれないが、『堕天』した影響が出ているだろう。

やがてキリエルはその可憐な唇で亀頭に『挨拶』をして、しかる後に先端をぱくりと咥えてきた。

「あっ……う、うぁ……はぁぁぁ……」

たちまち襲ってきた柔らかな官能に、エクシールはうっとりと吐息した。キリエルの口内は熱く、たっぷりと唾液を含んでいて非情に淫猥な感触だった。

（こ、これが……男の快感……!?）

熱い舌が亀頭を這い回ると、蕩けるような快楽が股間を貫いた。それは未だかつて経験したことのない感覚で、エクシールは全身を小刻みに震わせながら息を呑んだ。

「ん……先っぽ気持ちいい……？」

キリエルは一度ペニスから口を離し、唾液に塗れた亀頭を指で撫で回したあと、再び先端に吸い付いた。そしてそのまま、なんの躊躇もなく喉奥までペニスを咥え込む。

「ひっ……キ、キリエル……ああ、そんな……ああうっ」

ペニス全体を包み込む温かさと、それと相反するような鮮烈な快感に、エクシールはただただ翻弄された。

継彦との導魔で身に付けたであろうキリエルの口淫の技術は、非常に達者なものだった。竿の根元は窄められた唇の淫らな締め付けを味わい、裏筋は舌のざらつきをめいっぱい堪能し、亀頭は狭い喉に扱き上げられる。そしてなにより――

（ああ、キリエル……そんな……そんな顔でこっちを見てはダメ……）

こちらを見上げてくるキリエルの顔には、嗜虐的な色が浮かび上がっていた。その表情は黒く染まってしまった衣装と相まって、どこか艶めかしい。

その悩ましい上目遣いに見つめられていると、なにかぞくぞくとした感覚が背筋を這い上った。

「だ、だめ……こんなのだめです、離れてっ」

「あら、そのわりには随分、腰が前に出ているようだけれど？」

声はアゼルのものだった。彼女は無意識に暴れようとしていたエクシールの体を押さえつけながら、

「素直になりなさい、エクシール。あなたは仲間にフェラチオさせて悦ぶ変態なのよ」

「……ち、違います！　私はそんな……ひゃうっ⁉」

抗弁は途中で断ち切られた。キリエルの奉仕が激しさを増したためだ。彼女は顔そのものを前後させ、淫らな口内摩擦で以ってエクシールの肉棒を追い詰めにかかっていた。

「あ……くぅぅぅぅっ！　だめっ。お願いキリエル、止まってぇぇぇ！」

がくがくと腰を震わせて、蒼の神騎は情けなく懇願した。ペニスを伝って叩き込まれる快感は女のそれとはまったく違い、我慢の仕方がまるでわからなかった。

（うあああああっ……出る……なにか、込み上げて……もう、もう……我慢できない……ッ！）

湧き上がる『射精』の欲求に、エクシールの顔が蕩ける。知らず唇が半開きになり、口の端からはとろりとした唾液が零れ始めていた。そしてその一滴が、ぽたりと彼女の乳房を濡らした瞬間。

「はひっ……ひぐ……くぅぅぅぅんっ。もう、だめ……ッ！　ああ、射精《で》る！　射精《で》るぅぅぅぅぅッ！」

切羽詰まった声を上げると同時、エクシールの肉棒がどくんどくんと大きく脈打った。

びゅっ、びゅるるるるっ！　ぴゅうっ、ぴゅぴゅっ、びゅううぅぅぅぅぅぅッ！

制御不能の大痙攣に見舞われたふたなりペニスは、キリエルの温かな口内で派手な射精を開始した。

「ひぅ、ふぅぅぅ、う⁉　きゃひぃ、ひぃぃぃいっ⁉」

あられもない嬌声を繰り返すたび、一度も使われたことのない新品の鈴口をこじ開けて、どろりとした精が勢いよく飛び出していく。

「あああぁ、かはっ、はぁぁぁあんっ！　嫌……嫌ぁっ。止まって、止まってぇぇぇえっ！」

女性の身で経験することなどあり得ないはずの射精快感に、エクシールは髪を振り乱して悶えた。そしてその苦悶に追い打ちをかけるように、キリエルが行動を開始する。

ずちゅっ、じゅるるるるっ。卑猥な水音を立てながら、紅の神騎は頬張ったままの肉棒の先端を、激しく吸い始めた。

「くひぃぃぃぃぃんっ。そ、そんな……はぁぁぁんっ！　吸わないで……また、出ちゃうぅぅ……！」

自ら放出するのとは別に加わった『吸い出される刺激』に、エクシールはいよいよ半狂乱となって身悶えした。汗で卑猥な光沢を帯びた乳房を大いに揺らし、腰をかくかくと情けなく震わせながら、ひたすらに喘ぎ続ける。

「出る……ずっと、出てる……！　こ、こんなの……気持ちよすぎる……ッ！」

「ん……気持ちいい？　そう……エクシールは、ここがいいんだね……」

キリエルは微笑むと、さらにペニスを貪ってきた。時折口を離しては手で激しく扱き、かと思えばまた喉まで咥え込んで優しい刺激を与えてくる。

「あああああぁあっ！　もう、休ませて……あぁっ。また射精……するぅっ」

快感が終わらない。射精という強烈な官能の頂点から、いつまでも降りることができない。永遠に続くと錯覚するような連続絶頂の沼に、エクシールはずぶずぶと沈み込んでいった……。

◇

「あ……ぁぅ……う、うぅぅぅぅ……」

初体験の射精絶頂を立て続けに刻み込まれたエクシールは、荒い息を吐いてぐったりとしていた。美しい青の髪は汗でしっとりと濡れ、ふるふると揺れる豊乳の頂点には昂りの強さを示すかのように、乳首が硬くしこっている。

「随分と派手にイったわね。キリエルの口はそんなによかったかしら？　だとすれば、少し妬けるわね」

アゼルが背後で面白がるように言うのに、エクシールは苛立ちを募らせた。だが強烈な快感を受け止めた直後で上手く舌が回らず、反論することはできない。

「ふふ……あれだけ射精したというのに、まだ萎えていないの？　大した淫乱ぶりね、エクシール」

「……勝手な、ことを……」

掠れた声で、どうにかそれだけを言い返す。するとアゼルはくすりと笑って、

「まだ意地を張るのね。なら……こういうのはどうかしら？」

する……。褐色の堕天使王はエクシールの勃起ペニスを緩く握ると、ひどく緩慢に上下

させた。

「う……くぅぅ……！」

もどかしい刺激はたちまちのうちに、エクシールの昂りを再燃させた。

「あ……あぁぁぁ……」

ふたなりペニスはどんどん勃起を強め、やがてびくんびくんとしゃくりあげ始め、エクシールの下腹を小突くようになった。

だがそれだけだった。それ以上の刺激は決して与えられない。少なくとも射精することは絶対にできないよう、絶妙にコントロールされた手淫だった。

（はあぁぁぁぁ……っ。これでは生殺し、です……）

それが焦らし責めだということはわかっていた。わかっていたが、徐々に性感への期待が高まっていくことを、エクシールは止められなかった。これまではむしろ無理矢理に与えられていたものが、一転してもどかしい刺激しかなくなるという状況は、彼女に飢餓感を抱かせるには十分なものだった。

「射精したい？」

耳元で囁かれる、魅力的な誘い。エクシールは反射的に頷きかけて、寸前で踏みとどまった。

だがそれを、アゼルは責めなかった——まるで既に結果は決まっているとばかりに、余裕の態度でもどかしい愛撫を再開する。

「あ……う、くっ……」

ひくひく、びくんっ。鈴口が小刻みに開いて我慢汁を垂れ流し、竿が跳ねて下腹を打つ。そんなことが何度も何度も繰り返された。

（ん、んんうっ、あ……っ。だ、だめ……こんなこと、続けられたら……）

くいっ、くいっ。いつしかエクシールは、決定的な刺激を求めて、虚空に向かって腰を突き上げるようになった。そのたびに上下に揺れる充血した肉槍の先端には、焦れに焦れた先走りの液体が滲み、まるですすり泣きの涙のようになっている。

「そろそろ素直になったらどうかしら？　言葉を発する必要はないのよ。ただ頷くだけでいいわ」

再び囁かれる、悪魔の如き甘い誘惑。白状すれば、もうその誘いに乗ってしまいたかった。

無理矢理に与えられる快感に歯を食い縛るのも辛かったが、寸止めの責め苦もまた地獄のようだ。

しかしそれでも、蒼の神騎は首を縦に振らなかった。顔は既に雌のそれに相応しい蕩け方をし、肌は真っ赤になって張り詰め、触れられてもいない乳首はギンギンに勃起。そして追い詰められた肉槍はひどく充血したままずっと脈打っている——そんな状態でも、辛うじて残った意地にしがみつき、異様な快楽を拒絶し続けた。

ただし——それが本当に、ただただ意固地になっているだけなのだということは、アゼルやシェムールには筒抜けだった。

「――シェムール」

「はい」

アゼルの目配せを受けたシェムールは、自らが躾けた雌犬――キリエルに歩み寄り、なにやら耳打ちした。

「……っ」

シェムールの指示を聞き終えたキリエルは、頬を赤くして俯いた。またなにか、屈辱的な要求をされたのかもしれない。

だが今度は反抗的な態度に出ることもなく、キリエルは『飼い主』の命令に従った。『堕天』するほどの仕打ちを受けた彼女は、もうシェムールの言葉には逆らえないのだろう。

ともあれキリエルは玉座の前に跪くと、仰向けに寝転がって脚を開いてみせた。あまりにも明け透けな、男を誘う卑猥な体勢……。

（……キ、キリエル……なんて格好を……ああでも……キリエルのあそこ、もうぐしょぐしょに濡れて……なんて、気持ちよさそうなの……）

考えてはいけない。それはわかっていたが、妄想は止められなかった。そしてそのタイミングで――

「ほら、お仲間が待ちかねているわよ」

アゼルが面白がるように言い、抱えるようにして動きを封じていたエクシールの体を解放した。

「あ……ああ……」

こつ、こつ……。

足が勝手に、二歩ほど前に進んだ。股間ではは ち切れんばかりに勃起したふたなりペニスが、ゆさゆさと大きく揺れている。

こつ、こつ……。

また二歩前に進んだ。キリエルはもうすぐそこだ。大股開きの卑猥な格好を強制され、恥ずかしそうに顔を背けている、愛らしくもいやらしい花が、すぐそこで咲き誇っている……。

「ひ……卑怯です……こんな、こんなやり方……!」

大きな胸を持ち上げるようにして腕組みし、余裕たっぷりの態度でこちらを眺めているシェムールに、精いっぱいの罵倒をぶつける。だが褐色の悪女は薄く笑うのみで、ただの一言も発さない。

もうわかっているのだ。エクシールが射精の欲求に屈しかけているということは。散々に焦らされたあと、なにも言わずに提示された極上の餌——キリエルを前にして、もはや我慢などできないのだということを、この悪辣な堕天使は承知しているのだ。

「はっ……はぁ……はあ、あぁぁっ……」

荒い息を吐きながら、冷たい床に背中を預けているキリエルに覆い被さる。

がりがりと音を立てて、理性が削れていく。一秒ごとに正気が薄れ、射精したいという欲求にすり替わっていく。

そして――止めの一撃は、他ならぬキリエルからもたらされた。

「いいよ」

はにかんで、紅の神騎は囁いてきた。

「辛いよね。射精したくてたまらないよね？　だったらいいよ……使って。私の穴、エクシールの好きなように……」

言いながら、彼女はそっとエクシールの肉棒に触れ、自らの雌穴へと導いた。

ぬちゅ……。卑猥な水音。ほんの小さなものであるはずなのに、やけにはっきりと耳に届いた。

「来て……♥」

「……っ！」

ぱちん、となにかが弾ける音がした。

「キリ、エル……！」

名を呼びながら、蒼の神騎は体ごとぶつかるようにして、キリエルの濡れた穴を深々と貫いた。そしてその直後――

「ひあああああんっ！　あう、ひぃぃぃんっ！　き、気持ちいい……気持ち、よすぎる……ッ！」

先に悩ましく喘いだのは貫かれたキリエルではなく、エクシールの方だった。

キリエルの膣内《なか》はとてつもない名器だった。小柄ゆえに穴の規模は小さめだが、肉棒を受け入れると柔軟に伸びて侵入者に絡みつく。肉体そのものが鍛え抜かれているため締まりも申し分なく、ずっぽりと根元まで咥え込んだ巨根のあらゆる部分に密着しては、淫らな収縮で以って歓迎する。

「あんっ♥　いいよ、気持ちいいっ♥　エクシールの雌チンポ、奥まできてるぅ♥」

かつての気丈な姿からは想像もできないほど淫らな喘ぎが、キリエルの可憐な唇から発せられた。その声に含まれる艶の多さが、ただでさえ昂っているエクシールの心をさらに蕩かしていく。

「あふ、くぅぅぅぅぅっ！　だ、め……もう、射精《で》る……！」

事前に焦らされていたエクシールは、早くも限界を感じて呻いた。するとキリエルはどこか妖しい笑みを浮かべて、

「いいよ、そのまま膣内射精《なかだし》して♥　エクシールなら……私、いいよ♥」

それは本来、男を篭絡するための毒だったのだろうが——雄の快楽に取り込まれているエクシールにも、しっかりと効いていた。

「キリエル……ああっ、キリエル！」

繰り返し口走りながら。蒼の神騎は激しく腰を打ち付けると同時、小さくも淫らな雌穴の奥に、盛大に射精した。

どぷどぷ、びゅううううっ！　びゅっ、びゅるるるるるる！　ぴゅっぴゅっ、びゅううッ！

「はぁぁぁぁぁぁんッ！　あう、くぅぁぁぁぁぁ、あんッ！　はひ、ひぃぃぃぃ……ッ！」

大汗で顔を濡らし、だらだらと涎を零しながら、エクシールは膣内射精《なかだし》の快感に酔いしれた。熱くうねる雌穴に肉棒の全てを受け入れてもらいながらの射精は、ペニスだけでなく下半身全体に伝播する、格別な快感だった。

「ん……いっぱい出たね、エクシール♥」

ぐったりとキリエルに覆い被さっていると、耳元で甘く囁かれた。と同時に膣内がきゅっきゅと蠢き、射精直後の敏感なペニスを刺激する。

「あっあっ……」

エクシールはその追い打ちに、アナルをきゅうと締め付けながら喘いだ。これ以上挿入を続けていたら、気が変になりそうだった。

だから彼女は、腰を引いて挿入を解こうとした。だがその時にはキリエルの美脚が腰に絡みついていて、挿入をやめることはできなくなっていた。

「キ、キリエル……？」

「ダメだよ、エクシール。だってまだ……私が満足してないんだから」

蠱惑的に囁くと、彼女は目の前にぶら下がっているエクシールの乳房に口を寄せ、固くしこった乳首に吸い付いた。

「あ……っ⁉　だ、だめぇ……いま、そんなに吸ったら……！」

不意打ちで得た『女としての快楽』に、蒼の神騎は身悶えした。熱く柔らかい舌が、勃起して敏感になった乳首をねっとりと舐めしゃぶる。と同時に膣内で卑猥な蠕動《ぜんどう》が起きて、萎えかけたペニスを激しく叱咤した。

するとたちまちふたなりペニスが復活し、再びキリエルの雌穴をぎちぎちに満たした。

「あはっ♥　元気になった♥　……ねえ、エクシール。まだできるでしょ？　いっぱいパンパンして？」

——ああ。その淫らな誘いを拒絶できるものが、いったいどれだけいるだろうか。

「あ、う……あ、あああああああああっ！」

エクシールはキリエルの細い腰を掴むと、肉体が欲するままに抽挿し始めた。

「あっ♥　そう、そこっ♥　そこが気持ちいいの！　もっと……もっと突いてぇ♥　あんっ、ふあぁぁぁ……♥　イク……♥　私、イクぅ……♥」

間もなくキリエルが絶頂を極めた。だが魔悦の宴はまだまだ終わらない。

「あふ、ふあああぁぁぁッ！　イク、射《で》精る……ッ！　はひ、ひぃぃぃぃッ⁉　腰が、あぁっ！　止まらないぃぃぃっ！」

何度も射精し、ペニスを萎えさせたエクシールだったが、そのたびに卑猥な言葉を囁かれ、乳房を愛撫され、あるいはキスをされて勃起を取り戻すことを強要された。

「あはっ♥　エクシールが悪いんだよ？　おちんちんが大人しくなれば、えっちなことされなくて済むのに……何回イっても勃起するんだもん♥」

『快楽』によって堕天させられた影響だろうか。絶頂が重なるごとに、キリエルの言葉は元の彼女からかけ離れていった。

「そ、そんなこと……言われて、もぉ……だって、ああっ、キリエルが、キリエルの、おまんこがぁ……気持ち、よすぎて……ッ！」

やがてエクシールは腰砕けとなり、へこへこと情けない動きで抽挿するようになった。射精も勢いよくというよりも、お漏らしのようなものになる。

だがそうなっても、ペニスだけは立派に勃起していた。そしてそうであるならば、キリエルの搾精が終わることはない――

「ほらっ、ほらっ♥　早漏のエクシールの代わりに私が動いてあげる♥」

意図的に強められた膣内の締まりに合わせて、堕ちた神騎が腰を突き上げる。ガニ股でペニスを迎えに行くようなその動きはともすれば下品にも見えるものだったが、可憐な美少女が行うと不思議な美しさも感じさせた。

「んふっ、ふぅ、おおおおおおっ。あひっ、ひぎ……はおお、お……ッ！　お、おほぉ、おおおぉぉぉぉぉぉんッ！」

エクシールが漏らす嬌声は、やがて艶を失って、もっと原始的なものに変じ始めた。追い詰められた獣を思わせる、取り繕いようのない剥き出しの咆哮《ほうこう》に……。

「イ、イク……イク、イクイクイクイク……ッ！　あお、おおおぉぉぉんッ！　イグ、イ、イ、イ……ッ。イっくぅぅぅぅぅぅぅッ！」
最後の最後には、エクシールは射精を行うことなく、ただ雌チンポを震わせて絶頂を極めた。精液が尽き果てたあとにのみ訪れる、錯覚によるドライオーガズム。

「んうぅ……う……イ、クぅ……」

やがて彼女は疲れ果て、意識を失った。それでも股間のふたなりペニスは、しばらくの間勃起したままだった――

◇

「……あ、う……」

しばしして、彼女は呻きながら体を起こした。

(私、気絶して……？)

短時間とはいえ気を失っていたことで、少しだけ記憶に混濁が見られた。が、それは背後からかかった声により、即座に正されることになる。

「中々見ごたえのある余興だったわよ、エクシール。まさか仲間の膣で、気絶するまで射精するなんてね」

振り返ると、玉座にゆったりと腰かけたアゼルと目が合った。その口角は愉悦によって、邪悪な角度に吊り上がっている。

(ああ、そうです……私は、欲望に呑まれてキリエルを……)

鮮明に蘇る狂宴の記憶に、麗しい神騎は恥じ入って顔を伏せた。そしてその時、ふとあることに気づく。

(あ……ペニスが、ない……)

自身の股間から、偽りの男性器がなくなっていた。それどころかクリトリスが肥大化してすらいない。彼女の陰核は元通りの大きさになり、包皮の中で大人しくしている。

「あの魔術は一過性のものよ。体内の魔力や聖力を精液に変換して放出するから、それらを全て失ったら存在意義を失い、自然に消えるの」

どうということのない調子で説明して、アゼルは肩などすくめてみせた。

(……言われてみれば、いざという時のために残しておいた魔力すらなくなっています……)

未だ脱出を諦めきってはいないエクシールは、もしもチャンスが巡ってきた時……たとえば『アッサルの弓』から放たれた『矢』が到着した際、走って逃げ出せる程度の魔力を隠し持っていた。度重なる陵辱によって意識を失おうと決して表には出さなかった虎の子で、アゼルに気取らせないよう細心の注意を払っていたのだが、それが綺麗さっぱり消えてなくなっている。

(まさか、これを見越してあの責めを……?)

いずれにしろ、最悪に近かった状況がさらに悪くなったのは間違いのないことだった。

継彦が救出のために動いてくれても、呼応した動きが一切取れないのでは成功率がぐっと下がる。

「さて……つまらない話はここまでにして。その様子だと、調教は順調に進んでいるようね。……とはいえ、まだ心が折れてはいないようだけれど」

言って、アゼルは頬杖を突いた。それから、ふっと微笑する。

「まあ、いいわ。せっかく用意した次の手――次の余興が無駄にならなかったと思えば、それほど残念でもない」

「次の余興……？　これ以上、なにをするというのです……」

既に一生分の屈辱と恥辱を受けているエクシールは、流石に疲労を隠せない様子で呟いた。するとアゼルは無言で、エクシールの背後を指差す。

猛烈に嫌な予感がした。だが振り向かないわけにもいかず、緩慢な動作で背後を窺う。

「……あ、ああ……！　キリエル……!?」

そこにいたのは、先ほど欲望の迸りを叩きつけてしまった相手である、堕ちた紅の神騎だった。しかもその姿は、黒く染まった衣装のことなど吹き飛ぶくらい、異様なものに変貌していた。

後ろに回した手をシェムールに押さえつけられた状態で仁王立ちしている彼女の股間には、つい先ほどまでエクシールを苛んでいたモノ――偽りの男根が、雄々しくそそり立っていた。

「中々のモノでしょう？　さっきのあなたと同じように、生やしてから一度射精させて、その上で焦らしてあるわ。……この先は、言わなくてもわかるわね？」

褐色の堕天使王が愉悦混じりの声でそう言うと同時に、キリエルが歩き出した。押し留めていたシェムールが手を離し、その背を押したからだ。

「はぁ……♥　ねえ、エクシール……いいよね？」

こつ、こつ……。刻むような明確な足音とともに、堕ちた神騎が歩み寄ってくる。

「……エクシールだって、私のおまんこでたくさん気持ちよくなったんだから……いいよね？」

熱っぽく潤んだ瞳でこちらを見据えながら、キリエルが覆い被さってくる。エクシールは咄嗟に股を閉じ、迫りくる矮躯を押し返そうとしたが、

「無理だよ。疲れ切ってるいまのエクシールじゃ、私は止められない……」

キリエルはこちらの膝頭を掴んで強引に股を開かせると、激しく勃起したペニスの先端、パンパンに膨らんだ亀頭を秘所に押し当ててきた。

「先に謝っておくね……ごめん、エクシール。私、こうなっちゃうと、もう……」

「キ、キリエル……お願い、待って！　こんな大きいの、いま入れられたら……！」

切なる懇願。だが、キリエルは力なく笑って――

「だーめ♥」

その愛らしくも淫らな一言は、彼女が目の前の肉欲に屈したことを、はっきりと示していた。そしてそれと同時に、圧倒的な存在感を持つ巨根が、ずぶりとエクシールの雌穴を穿つ……。

「ああうっ！　あう、くぅぅぅぅぅッ。お、大きい、深いぃぃぃ……」

下腹部全体が押し潰されるかのような圧迫感に、美しき神騎は愁眉を寄せて呻いた。その声は苦悶を色濃く反映しているが、等量の艶をも内包している。

「エクシールのここ、ぐしょぐしょだね。一気に全部入っちゃった……♥」

股間同士がぴたりと密着するほどの深い結合を完成させてから、キリエルがうっとりと囁いてくる。

「う……く、うぅ……！」

降りかかる恥ずかしい言葉に、エクシールはなにも言い返すことができなかった。挿入が異様にスムーズであったことは、極太の肉槍をめいっぱいまで突き込まれている彼女自身こそが、最もよくわかっていたからだ。

——本当に、なんの引っかかりもなかった。アゼルに丸一日犯されていたという下地はあったが、最後に犯されてからはそれなりの時間が——膣が乾くには十分すぎるほどの時間が、経過しているはずだった。なのにエクシールの雌穴は、これほどの巨根を一息に呑み込んでしまった。

「……偽物のペニスでキリエルを犯しながら、濡らしていたのよね？」

と、シェムールにそう言われた瞬間。

どくんとひとつ、心臓が跳ねた。

「ち……違い、ます……」

咄嗟に否定し、顔を背ける——それが無意味なことだとわかっていても。

じっとりと。これまでの責め苦で掻いた汗とは別に、嫌な湿り気が背中を濡らし始めていた。

自覚していて、だが隠したかった事実を言い当てられた。隅へ隅へと追い込まれているような感覚が、エクシールの心をじわじわと締め上げていく。

「期待していたのでしょう？　男の快感に酔いしれながら、キリエルの膣内《なか》に射精しながら……自分もこうされたい、膣内射精《なかだし》されてアクメしたいと、期待していたのでしょう？」

悪辣な堕天使は、下僕をいたぶる女王様《ドミナ》の如き言葉責めを展開した。と同時に、キリエルがゆっくりと腰を引く。

「あ、あ、ああ……」

ずるる……極太のふたなりペニスが抜け出ていくと、見事に突っ張ったカリ首が膣内を引っ掻く。エクシールは脱力感に襲われ、蕩けた喘ぎを漏らした。

「す、ごい……エクシールの膣内《なか》、とろとろで、でも締まって……」

甘い囁きと同時、返す刀で突き入れられた亀頭が、みっちりと詰まった淫肉壁をぐりぐりと抉った。

「う、うぅぅ……っ」

ずぷ、ずぷ……卑猥な水音と共に繰り返されるねっとりとしたスローストロークに、エクシールは熱く吐息した。制御不能な官能が徐々に膨らんで、下半身全体を痺れさせる。

「んん……はぁ、あ……ひぃっ」

と、亀頭がある一点——Gスポットを嬲った瞬間、蒼の神騎が漏らす喘ぎが、一際艶を増した。

「……ここが、エクシールの弱いところ？」

呟きのあと、紅の神騎は狙いを定めるようにエクシールの腰を抱え直し、激しく抽挿し始めた。

「ひあああああっ、あう、くぅぅぅぅぅんッ！　だ、だめ……そこ、ああッ！　そこはぁぁぁぁ！」

ごりゅ、ごりゅごりゅごりゅっ！　執拗かつ的確に弱点を責められて、エクシールは絶叫した。

Gスポット。継彦との導魔で開発され、アゼルの調教によって掘り下げられた完熟の性感帯だ。ここを責められてしまうと、彼女はもうなにもできなくなってしまう。

「ご、ごめんね……でも、こうするとすごく締まって、気持ちよくて……腰が止まらない、のぉ♥　エ、エクシールも、気持ちいい……でしょ？」

「は、ぁん……ッ！　き、気持ちよく、なんか……こんなの全然、気持ちよくなんかありませ、ひぎぃッ!?　あ、あ、くあぁぁぁぁぁんッ！」

絞り出した否定の言葉は、怒涛のように押し寄せる快感の波に呑み込まれ、ぶつ切りになって消えてしまった。

「そっかぁ……私の偽物おちんちん、声が裏返るほど気持ちいいんだぁ……♥」

美乳を揺らして喘ぎ狂う蒼い天使を見下ろして、キリエルはぶるりと肩を震わせた。淫らに変形した衣装から覗く小ぶりな乳房の先端では、桜色の乳首がギンギンに勃ち上がっている。

これが『堕天』の結果だ。一度肉欲に火がついてしまうと、キリエルはキリエルでなくなってしまう。敵に従う屈辱は消え、仲間を思いやる心は影を潜め、己の欲を果たすことだけが至上の目的になってしまう――

「んんっ……♥　わ、私も気持ちいいよ……あっ♥　ん、ふぅ……エクシールのおまんこ、すごい……♥　突くたびにイってるみたいに震えて、ぎゅんぎゅん締まってくるぅ♥」

「嫌ぁ……い、言わないでっ。そんな恥ずかしい、ことぉ……！」

自らの女性器がどのような淫猥さかなど、聞いたところで羞恥しか生まなかった。エクシールは赤子のようにいやいやをして、真っ赤になった顔を両手で覆った。

「あ……♥　もう……イきそう♥　イク、イク♥　エクシールのおまんこじゅぷじゅぷ突きながら、雌チンポアクメ来ちゃうぅぅ♥」

どくどく、どくんっ！　びゅうう、びゅるる！

一際卑猥な喘ぎと無遠慮な白濁とが、ほとんど同時に迸った。

「ひあぁあぁあぁあッ！　あ、あつい……！　熱いのが、お腹にぃいぃ……ッ！　イ、イク……ッ！　キリエルに犯されて、キリエルに射精されてぇ……！　だめ、耐えて、耐え……あああああぁッ！　む、りぃぃぃッ！　イク、イクぅぅぅぅッ！」

何度味わっても慣れない膣内射精《なかだし》の衝撃と、それに重なる半ば強制的な絶頂に、制御不能の声が漏れる。だが彼女の地獄は、まだまだ始まったばかりだ。

「あ……♥　すごい……気持ちよすぎて、イったばかりなのにまた勃起しちゃう……♥」

射精快感の虜となったキリエルは、大きなアクメを極めたばかりで一切抵抗できないエクシールを強引に抱き起こし、騎乗位の体勢を取らせて再び腰を使い始めた。

「ひっ、ひぅ、うううぅぅ……あッ！　お、降ろしてぇ……もうだめ、もうイキたくない……ッ！」

自身が連続絶頂の入り口に立たされていると察したエクシールは、恐怖すら感じて情けない声を漏らした。しかしキリエルは止まらない。止まってはくれない……。

「ふ、深いぃぃぃ……ずっと、奥に当たって、ひぎっ。うぅ、あ……あっあっあっ……ああッ！」

両腕を体の前でクロスさせた状態で固定されたエクシールは、豊かな乳房をさらに強調するような体勢を強いられていた。そしてその不自然な姿勢のまま、延々と卑猥なロデオを演じさせられる。

「イク、うあ、またイク……ッ！　ひっ……イ、イってるのに、イってるのにまたぁ……ッ!?」

と、奥を突かれたまま逃れようのない魔悦に苛まれ、立て続けに三度の絶頂を味わったところで、エクシールは意識が遠くなるのを感じた。

ふらりと上体が後ろに倒れる。気絶しかけているのだ。快感が飽和して、脳が感覚をシャットアウトしようとしている。

（ああ、でも……いまはむしろ、好都合かもしれません……）

敵の目の前、しかも陵辱の最中に意識を手放すというのは、非常に恐ろしいことだったが——このまま絶頂地獄に留まるよりは、いくらかマシに思えた。ゆえにエクシールは、遠のく意識を繋ぎ止めることをいったん放棄して——

「あら。まだおねむの時間には早いでしょう？」

——そっと背中を支えられた感覚に、びくりと肩を戦慄かせた。

「あ、あぁ……」

声が震える。気絶という逃避すら許されなかった現実に、ごく単純に恐怖して。だが背後の絶対的陵辱者は、怯えすくむ時間すら与えてはくれなかった。

「あまりにいい声で啼くものだから、少し中てられてしまったわ。でも前の穴は塞がっているし……どうしようかしらね？」

つぅ……背中に当てられていた手が、焦らすような速度で下へと降りていき、尻の割れ目を経て秘するべき穴に辿り着く。

「改めての愛撫は……いらないようね。まるでこうされるのを待っていたかのよう」

肛門を撫でる指の感触が、熱くて硬い、ペニスのそれへと入れ替わった。

「待っ……」

なにをされるのか察して、声を上げかけた時にはもう遅かった。

ぐぐ……っ、ずぷぅ……ッ！　侵入者を拒もうとした括約筋は、雄々しき肉槍の一撃によって容易くこじ開けられた。

「ひ、ぎ……！　ひあぁあぁあぁッ！　あぐ、かはっ……あうぅぅぅぅッ！」

結腸まで深々と貫かれた神騎の、悲鳴とも嬌声ともいえない絶叫が、広い王座の間にこだました。

「ふふ……根元まで入ったわね。ふたつの穴を同時に犯される気分はどう？」

ぐり、ぐり……。アゼルがねちっこく腰を使うと、腹を内側から捏ね回されるような、とてつもない違和感が走った。

「んうぅッ！　んおぉぉぉんッ！」

たまらずエクシールは、獣の遠吠えのような声を上げた。

夥《おびただ》しい量の汗が、蒼の神騎の麗しい美貌をじっとりと濡らす。その目はかっと見開かれ、全身が痙攣するのに合わせて豊かな乳房がぶるぶると揺れる。

「さあ、そろそろこの余興もクライマックスよ。壊れてしまわないよう、気をしっかりと持つのね」

無慈悲に告げて、アゼルは乱暴な抽挿を始めた。アナルの締め付けを味わうというよりは、ただただエクシールを苦悶させるための動き。

「あ、は……♥　擦れてる……おちんちんが感じてる……♥　エクシールがお尻で感じてる衝撃が、全部裏筋にぶつかってるぅ♥」

アゼルの乱入によって動きを止めていたキリエルも、ペニスに新たな刺激を受けたことで、射精欲求を大いにそそられたらしかった。改めてエクシールの太腿に手をかけ、ずんずんと激しく腰を使う。

斜め後ろから体重をかけて打ち込まれる肛虐と、雌穴を真下から突き上げる衝撃。それらはまるで綿密に打ち合わせでもしたかのように、一定のリズムを刻んでエクシールを苛んだ。

「くぅあああぁぁぁっ！　あっあっあっ、あああぁぁぁぁぁんッ！　くひっ、くぅぅぅ、んんッ！　イ、くぅ……！」

ずぅんと重い官能が、アナルを中心にして全身へと伝播していく。と同時に針で刺すような快感が、下腹部を何度も何度も貫いた。するともう我慢などできなくなって、気高き神騎ははしたなく失禁した。

「イグ、ぅぅぅ、あッ！　ああ、漏れて、漏らしながらぁっ。お漏らししながらイってるぅぅぅ、うッ！　くはあぁぁぁんっ！」

涙と汗、そして涎によって、エクシールの美貌はいやらしく飾り立てられていた。いよいよ限界。それがよく伝わる、追い詰められた雌奴隷の貌《かお》だった。

「んんっ、いい締まり……さあ、射精するわよ。受け止めなさい、エクシール！」

「ううっ♥　私も……だめっ。おっきい……おっきいアクメ来ちゃうぅぅぅぅ♥」

やがて堕天使王と堕ちたる神騎が射精した。まったくの同時にだ。

どぷどぷどぷどぷっ！　蒼の神騎の二穴に、濃厚な雄汁が容赦なく注がれていく。

「ふぅ……今度もよかったわよ、エクシール……」

呟きながら、アゼルが肉棒を肛門から引き抜く。と同時に、エクシールは横向きに倒れ込んだ。

その拍子に、キリエルとの結合も解かれた。すると栓が二本とも抜けた形になり、犯され抜いてぽっかりと口を開けたふたつの淫穴から、泡立った精液がどろりと顔を出した。

「かふっ、はっ……はあっ……」

「はあ……っ。あ、ひぅ……」

息も絶え絶えなエクシールの隣で、キリエルもまた荒い息を吐いていた。激しい肉欲に突き動かされての無理なセックスは、責め手側だった彼女の体力をも著しく削ったらしい。

「中々愉しい余興だったわ。……それにしても、もう随分時間が経っているわね。少なくとも丸一日と半日は経過しているわ。なのに……エイダムの影はどこにもない。これはどういうことかしらね？」

連続アクメによって思考力の低下しているエクシールに向かって、アゼルはそう告げた。

「……なにが、言いたいのです……」

精いっぱいの答えを返すと、アゼルはにぃと唇を歪めた。

「意地を捨てるべき時が来た、ということよ。あなたはその有様で、相棒は堕天して肉欲の虜。エイダムは待てど暮らせど助けを寄越さない。丸一日と半日もあれば、なにかアクションがあってもおかしくはないはずなのに……ね」

「……」

エクシールは口を閉ざした。自身が疲弊しきり、とても戦える状態ではないのは事実だったし、キリエルの堕天が想像以上に進行しているのもまた事実だ。そして継彦のアクションがまるで見えないというのも、動かしがたい事実であった。

「……この際はっきり言ってあげるわ。あなたはもう捨てられているのよ。状況が詰んでいることを、エイダムは悟っている。だから動かない。もう諦めているのよ」

饒舌な言葉は、後ろに向かうほど甘い響きを帯びていき、やがてアゼルの口調ではなくなっていった。これは天使長だった頃の……アズエルと名乗っていた時の声音だ。恐らくシェムールの入れ知恵だろう。激しい陵辱の直後に優しく接することで、こちらの心を少しでも揺さぶろうとしている。

「悪いことは言わないわ。私と共にありなさい。そうすればあなたと……少し譲歩して、その紛い物までは掬い上げてもいい。無意味な意地を張って全滅するより、たったふたりでも生き残る方が遥かに生産的……そうは思わない？」

そこでアゼルは、瞳を一瞬翳らせた。どうやらエクシールだけは救いたいという願いそのものは、ただの嘘でもないらしい。

それは恐らく、アゼルという人物に残っている最後の良心と言えるものなのだろう。それはなんとなくわかった。

だが――

「…………お断りします」

相手の言葉を最後まできっちりと聞いて――そしてその意図を正しく理解した上で、彼女はそうはっきりと返事した。

「……ええ。状況が最悪であることは、私も承知しています。勝ちの目が限りなくゼロに近いということも。あなたの提案に飛びつくのが一番楽で、もしかしたら最良の結果に繋がるかもしれない、ということも。ですが……」

息を整えながら、彼女は決然と続きを口にした。

「……その声で堕落に誘われてしまったら。継彦のことを引き合いに出されてしまったら。私は決して頷けないんです。諦められないんです。どんな仕打ちを受けるとしても、そこだけは譲るわけにはいかないから……」

加えて言えば、『アッサルの弓』という切札がまだ残っているという打算もあった。だがそれを悟らせるわけにはいかないので、舌に乗せる言葉は慎重に選んだ。

「……………そう」

アゼルはため息と一緒に、それだけを呟いた。それからすぅと目を細めて、

「シェムール」

「はい」

「ダインを呼べ。……私は少々、甘かったようだ。余興のついでで堕とせるほど、エクシールは弱くない。……一度徹底的に痛めつけ、女に生まれてきたことを後悔させる必要がある」

「かしこまりました。では……」

褐色の毒婦は頷くと、ぱちんと指を鳴らしてみせた。するとその周囲に、一体、また一体と、長身痩躯の怪物が出現する。まるでこの命令を予期していたかのような、素早い対応だった。

「行け、下僕ども。ふたりを徹底的に犯し抜け」

『ダイッ！』

玉座に腰かけたアゼルが鋭く命じると、仮面で顔を隠した忠実なる下僕たちは、ただひとつ許されている声で一斉に返事をし、不気味なほど整然とした動きでエクシールたちに殺到した。

「……っ、放してっ！」

あちこちから伸びてくる白い腕を、必死になって振り払う。が、やはりなにというほどの抵抗にはならず、あえなく組み伏せられてしまった。

「んぶっ。うぐ、んふぅっ！」

と、くぐもった声がすぐ近くから聞こえた。もがきながらちらちらと視線を向けると、エクシール同様ダインたちに取り囲まれているキリエルが、早速イラマチオされているのが見えた。

「んぅ、んぐぅっ。むぐぅぅぅ」

巨根を咥え込んだ喉奥から、苦しげな声が漏れ出ている。だが苦しそうなだけではなく、彼女の声には不思議な艶が一定量滲んでいた。

「……！　キリエル！　気をしっかり持って！」

はっと気づいて、声を上げた。

紅の神騎は可憐な唇を極太ペニスに犯されながら、頬を紅潮させていた。息苦しさに混じった被虐の快感に酔いしれ始めていた。『堕天』の影響で、肉欲に溺れてしまう速度が極端に早まっている。

「キリエル！　お願い、私の声を――んぐっ⁉」

焦って再び上げた声は、横合いから忍び寄っていたダインの肉棒によって封殺されてしまった。エクシールの身にも、イラマチオという名の陵辱が降りかかったのだ。

喉奥まで深々と突き刺さったダインのペニスには、不思議なことに匂いがなかった。堕天使に奉仕するためだけに生み出された存在だからだろうか。

――ある意味において、エクシールの考えは当たっていた。この場にいるダインはエクシールたちを犯し抜くために用意された、特別性の個体だった。戦闘能力を削る代わりに無尽蔵の精力を与えられ、何度でも女を犯せるよう設えられていた。

「んん……んぶ、ごほっ」

しばししして、ダインが無造作に腰を引いた。と同時に白い男根を脈打たせ、どろどろの精をエクシールの美貌に浴びせかけてくる。

「うあっ……！」

頬をぺったりと汚す白濁の熱さに、知らず呻く。だがそれに気を取られている暇はなかった。

背後にいた個体が両方の腿裏に手を差し入れ、エクシールの体を軽々と持ち上げる。そして次の瞬間――

「ひっ……！　う、あぁぁぁぁぁぁッ！」

(こ、このペニス……長いっ。本当に奥まで……子宮口まで届いて……ッ⁉)

ずんっ！　と一息に雌穴を満たされ、エクシールは悶絶した。それを見やって、シェムールが愉快そうに笑う。

「この下僕たちはぱっと見のシルエットこそ統一しているけれど、ペニスにだけは個性を与えているの。ふふ……長いペニスは気持ちいいかしら？」

「ふ、ふざけ……んぐっ⁉」

エクシールはなにか言い返してやろうと口を開いたが、全方位から押し付けられるペニスに文字通りの口封じをされてしまう。

「んぶっ、あひぃっ！　は、激しい……あっあっあっ！　んふぅ、こほっ……あううぅぅぅ、あッ！」

ずちゅずちゅずちゅ！　容赦ない突き上げに膣内《なか》を蹂躙され、代わる代わる押し付けられる様々な形状のペニスが口内を汚してくる。

「はっ、くはぁぁぁぁぁんっ！　あ、あああああ……ッ！」

激しい抽挿が窒息しそうなほどの快感を生み、物理的に口を塞がれて本当に窒息しそうになる。そんなことが何度も繰り返されると、エクシールの思考はひどく鈍いものになっていった。脱出のために体力を残さねばならないことや、視界の端で同じように犯されているキリエルへの気遣い。そうした忘れてはならないことが、どんどん漂白されていく。

（ああ、頭がくらくらして……どこを見ても、ペニスばかり……！）

エクシールは周囲を取り囲むアソートのペニスに、無意識に手を伸ばした。そして一度逞しい肉槍を握ってしまえば、哀しい女の性がその手を突き動かす。

「く、うぅぅぅぅっ！　あひっ、ひぃぃぃぃんッ！」

背面騎乗位で犯されながら、代わる代わる視界に映るペニスを両手で扱き、唇に押し付けられた亀頭をぱくりと咥え込んでいると、複数の肉棒が同時にひくひくと痙攣し、一斉に熱い精を吐き出し始めた。

「う、あ……っ」

膣内に、顔に、口に、胸に。腹に、背中に、尻に——あらゆる場所に浴びせられる白濁の熱さに、エクシールは打ち震えた。

「はあああああんっ♥　そこ、だめぇ♥　イク、イっちゃううううっ♥」

と、鼻にかかった甘い声が、エクシールの耳朶《じだ》を震わせた。キリエルは後背位で犯されて、早くもアクメを極めたようだった。

「ゆ、許して……♥　これ以上されたら、らぁっ♥　んひっ、イクっ。だめってわかっててもぉ♥　おちんちん詰め込まれると、なにもできないぃぃぃ♥」

「キ、キリエル……！」

紅の神騎は快感をどうにか拒絶しようとして、しかしそれに失敗していた。やはり一度『堕天』してしまうと、肉欲に流されるのを止めることはできないようだ。

「ダイッ！」

と、キリエルの痴態に向いていた意識が、ダインの一声で自身の苦境へと引き戻された。

膣内射精《なかだし》を終えた個体が、萎えかけたペニスを抜いてその場を離れる。だがすぐに次の個体がその身を滑り込ませ、まだひくひくと蠢いているエクシールの雌穴に、激しく怒張した肉槍を突き立てた。

「あぐっ……くあああああんっ！　はひっ、ひぃぃぃ……ッ！　膣内《なか》が、削れる……！?」

新たに侵入してきたペニスは、先ほどのものと比べると短いが、そのぶん別の特徴があった。ペニスのいたるところに大きな突起があり、抽挿されるたびに膣壁がごりごりと抉られるのだ。

「抜いて、抜いてぇッ！　壊れる、ああっ！　こんなの、だめぇ……！　イク、イク……ッ」

ランダムに生えた突起がもたらす鋭い性感は、エクシールの我慢を容易く貫いて、小刻みなアクメを叩き込んできた。そしてそれに追い打ちをかけるように、亀頭が奥をぐりぃっ！　と圧迫する。

「おひぃっ⁉　おお、んおおおおおおおおおッ‼」

ぷしっ。しゃあああぁぁぁぁぁ……。

ボディーブローのような重く深い絶頂感に押し出され、小水が尿道口を突き破って放物線を描く。実に派手な放尿だった。しかしエクシールは、それが恥ずかしいことだと認識できずにいた。

度重なる陵辱で熟れきっていた肢体に、本格的な欲情の火が灯る。屈辱と恐怖すら被虐の快感に変換してしまう、連続絶頂の時間が訪れていた。

「あう、くひぃぃんっ。イクっ、イクぅぅぅッ！　ああやめて、おっぱいまでいじめないでぇ……ッ！」

背後から抱きすくめられ、ぐにぐにと乱暴に乳房を揉まれただけで、痺れるような甘い疼きが全身を駆け巡った。

（だめ……っ。もう、限界です……これ以上イカされたら耐えられない……私まで、堕ちてしまう……！　継彦……ごめんなさい。私……あなたを待ちきれないかも、しれません

……）

と――彼女がいよいよ限界を感じ、視線をふらふらと上へ差し向けた、まさにその時。

ピシ……。なにもない中空に、歪《いびつ》なヒビが入った。

（――あ、あれは……まさか！）

はっとして、彼女は内心で叫んだ。

（――『アッサルの弓』！）

直感した瞬間、エクシールは最後の力を振り絞って立ち上がり、前へと――キリエルの下へと跳んだ。寸前まで為すがままだったせいだろう。ダインたちは油断していたようで、その行動が咎《とが》められることはなかった。なんにしろエクシールは、キリエルの矮躯に飛びつくと、そのまま床を滑るようにしてダインの包囲から抜けた。

「エ、エクシール？」

困惑するキリエルの言葉は無視して、再び上を見上げる。するとちょうどそのタイミングで、ヒビの入っていた空間がパリンと弾け、その奥から赤銅色の矢が姿を見せた。

（継彦……！　やはり手を打ってくれていたのですね。これで――）

「――これで態勢を立て直せる、とでも考えているのかしら？」

「え？」

と、エクシールが呆けたような声を漏らした瞬間。

パシンと軽い音を立てて、ようやく到来した希望の『矢』が、アゼルに掴み取られた。

「な――」

――なぜ。なぜ玉座にいたアゼルがここに？　いかに最強の堕天使といえど、矢の到来は見てから反応できるものではなかったはずだ。

「忘れたの？　私は元々天使長という立場にいたのよ。この道具についても当然知っているし、警戒もしている。……ダインたちに責め苦を任せたのは、このためでもあった。この無粋な玩具が現れた時、すぐさま対応できるようにね」

つまらなさそうに言いながら、アゼルは掌の中の矢をいとも容易くへし折り、その場に捨てた。

「あ、ああ……そんな……」

垣間見えた希望が地に落ち、絶望へと変わる。その瞬間を目の当たりにして、エクシールは声を震わせた。

「ああ、それと。言い忘れていたのだけれど」

と――褐色の堕天使王は、ふっと微笑してみせた。それから意地の悪い調子で、こう告げる――

「覚えているかしら。私があなたの住処に、この姿を投影してメッセージを送った日のことを。……実はね、エクシール。あの術式、シェムールの進言を受けて……いまも動かしているの」

「……え？　あ、ま……さか……」

「そう、そのまさかよ。この数時間、王座の間であなたたちが晒した痴態は、全てエイダムに届いている。ご自慢の神騎が互いに犯し合うさまも、ダインに輪姦されて雌の顔を見せていたさまも、全てね……」

ひゅっ、という音が聞こえた。腕の中から。キリエルが喉を引きつらせた音だった。恐る恐る顔を見ると、彼女は死にそうなほど顔色を悪くしていた。『堕天』したとはいえ、彼女にとって継彦は特別な人間だ。彼にだけは嫌われたくないというのは、決して変わらぬ彼女の本心だろう。

そしてそれはエクシールとて同様だ。

これまで晒してきた痴態がいかに情けなく、継彦に顔向けできないものであるかは、彼女たち自身が一番理解している。だからこそふたりはいまこの瞬間……陵辱の最中よりも遥かに深く、絶望していた。

「ふふ……いい顔よ。でもまだ足りないわ。……言ったでしょう？　後悔は長くしなさいって」

ぱちん。アゼルの指が鳴り、ダインたちがぞろぞろと近寄ってくる。これまでも、そしてこれからもふたりを陵辱する冷徹な強姦魔たちが、無言のままに迫ってくる。

「い、嫌……」

「来ないで……」

呻くふたりのその声には、完全に心が折れてしまった女の絶望が、色濃く滲んでいた

――――

（……チェックメイト、かもしれないな）

◇

――神騎たちが絶望的な心地に浸っているのと同時刻。ベゼルもまた、諦観の境地に至っていた。

『嫌……いやぁっ！　もう来ないで、許して……！』

リビングに置かれたテレビの画面には、電源もついていないのに、映像が映し出されていた。ご丁寧に音声まで完備して、ふたりの神騎が敵に……それも雑魚の部類に入る下僕兵に陵辱されるさまを、延々と伝えてきている。

「…………」

そしてその様子を、ふたりの主であり想い人でもある継彦が、無言で見つめていた。その顔は険しく顰められていて、膝に置かれた拳は爪が食い込むほど強く握り締められている……。

（この策……生まれつき最強であるアゼルが弄《ろう》するものではないな。……シェムールか）

『アッサルの弓』という希望に気づいていながらあえて泳がせ、土壇場で目の前から消し去ることで強い絶望を抱かせる。と同時に継彦の意気をも挫く――一石二鳥かつ悪辣な手。こんな策を思いつくのは、他者を陥れ裏切り続けてきたあの女狐以外にあり得ない。

（エイダム……いいや。継彦様はことのほか強靭な精神を持っている。私はかつて、それ

に敗れた。だがこれは……いかに継彦様とて耐えられまい）

そう思い、主の険しい横顔から視線を逸らす。と、その直後――

「ベゼル」

すっと、継彦が立ち上がった。そして彼は、なんの脈絡もなくこう告げる。

「魔将どもを隔離部屋から出せ。それと、お前にも働いてもらうぞ」

「……は？　継彦様、いったいなにをされるおつもりで……？」

意味がわからず、呻くように訊き返す。すると継彦――未完成な魔王は、

「決まってるだろ。打って出るんだよ。この俺自ら、お前ら悪魔を率いてな。安心しろ。気が触れたわけじゃない――勝算はある」

そう言って、にぃと唇の端を歪めてみせた。

……余談だが。その股間は、なぜかもっこりと盛り上がっていた。

最終話　超昂神騎

じゅぷじゅぷ……ぐちゅッ！

卑猥な水音を立て、はち切れんばかりに怒張した肉槍が、エクシールの雌穴を深々と貫いた。

「んん……っ、んぶ、ふぅぅぅんっ！」

膨れ上がった亀頭が膣の最奥をノックすると、苦しげな息遣いが漏れ、王座の間の空気を震わせた。

「ん、う……うぅ、んふぅぅっ！」

声はなく、ただくぐもった息だけが漏れる。だがそれは、蒼の神騎が我慢強く口を閉ざし、嬌声を呑み込んだからではない。彼女の可憐な唇にも無粋な肉棒がみっちりと詰め込まれ、声を封じているのだ。

(息が……できない……っ。苦、しい……苦しい……のに！　どうしてこんなに……っ)

喉奥まで食い込んだダインのペニスで窒息しかけながら、それでも込み上げる猛烈な抽挿快感に酔いしれる。その節操のない肉体《からだ》の反応に、エクシールは困惑した。

「んんっ!?　ん、うぅぅ……ううっ！」

と、エクシールは喉の奥だけで、苦悶の喘ぎを弾けさせた。口内に詰まった肉棒がひくひくと脈打ち、熱い白濁を喉奥に迸らせたのだ。しかも膣を穿つ動きも激しさを増していて、鮮烈な絶頂の波が全身を駆け巡り始める。

（だめです……耐えられないっ。嫌……もうこんなの嫌……！）

望まぬ快感を拒絶しようとした彼女だったが、その肉体は既に制御不能に陥っていた。

（イク……ああ、イってしまう……！　無理、もう無理……！）

びくん、びくん。疲れ切った四肢を力なく戦慄かせ、軽く白目を剥いてしまいながら、エクシールは絶頂を極めた。と同時にダインたちも果て、汚らわしい肉棒から濃厚な雄汁を噴出させる。口内と膣内の両方を真っ白に染め上げてなお余った白濁は、唾液や淫蜜と混じって卑猥に泡立ちながら、王座の間の床へぼたぼたと落ちていく。

「んぐっ、かはぁ……っ。あ、あ、あ、ああ……ッ！」

もう数えきれないほど追いやられた官能の頂点。しかし慣れることはなく、また飽きることもない。何度味わっても甘美であり――そして屈辱的だった。

（ああ……イってしまった……精液、喉に詰まらせながら……精液で溺れかけながら、私……また……）

喉奥から返ってくる精液の生臭さで頭がくらくらし、だらしなく開いた股を閉じることもできない。素面であれば悲鳴のひとつでも上げたであろう痴態だが、いまはそれを気にする余裕すらなかった。

（こんな恥辱が……いつまで続くの？）

靄《もや》がかかった思考で、ぼんやりと考える。この輪姦が始まってから、どのくらい経ったのだろう。休む間もなく犯され続けて、どのくらいになるのだろう。一日、いや半日？　それともまだ一時間しか経っていないのだろうか？　時間の感覚はとっくに希薄化していて、正しい判断は下せそうにない。

「んぶぅっ……ん、ふぅぅ……かはっ」

と、絶頂の余韻に身震いするエクシールのすぐ隣から、苦悶の息遣いが聞こえた。同じ境遇にある——つまり何十体ものダインに輪姦され続け、全身を精液塗れにされているキリエルだ。

「こほっ……あ、くぅぅ……！　ダメ……そこ、ああっ！　イクッ！　うあ、イクぅぅぅ！」

イラマチオから解放された紅の神騎は、四つん這いの姿勢をさらに縮こまらせ、亀のように丸まりながら激しく喘いだ。膣内射精《なかだし》されているのか、イったあとも小刻みに尻を震わせ、腰をくねらせている。

「お願い……もう、許して……」

やがてキリエルは、力なく呟きながらゆっくりと顔を上げた。

そうして見えたキリエルの横顔は、同性であるエクシールですら息を呑むほどの色気を纏っていた。『もう許して』という台詞には、およそ似つかわしくない淫らな顔つき。

「キリエル……」

名を呼ぶと、オレンジ色の瞳と視線が絡んだ。するとキリエルははっと我に返ったように表情を引き締め、しかし次の瞬間には気まずげに顔を背けてしまった。

「ごめん、エクシール……私、もう……」

駄目かもしれない――あとに続く言葉は声にはならなかったが、口はそのように動いていた。

（キリエル……）

もう一度、今度は心の中だけで名を呼ぶ。シェムールの調教によって『堕天』させられ、破廉恥極まりない衣装に身を包んでいる彼女は、エクシールよりもさらに追い詰められているようだった。既に一度心を折られているせいか、快感への順応が早い。あの顔つきを見るに、完全に『悪』へと堕ちてしまう一歩手前というところか。

『堕天』と一口に言っても、その度合いはケースバイケースだ。元の人格に戻れる可能性がないわけではない。実際キリエルは以前、一度堕天してから元の姿に戻るという経験をしているし、あのアゼルですら時折元の人格……アズエルの片鱗を覗かせることがある。しかしいまのキリエルは、元に戻れなくなる、そのぎりぎりのラインにいるように思えた。

このままではまずい。それはわかっていた。だがエクシールは、彼女を引き止められずにいた。

これまでなら迷わず声を上げた。快楽に負けてはいけない、まだ頑張れると励ますことができた。

しかし、いまはそれができない。なぜならエクシール自身の心も、不可逆の破滅を迎える直前だったからだ。

(力が出ない……もう、なにをされてもイってしまう……なにひとつ、耐えることができないなんて……私は、こんなにも情けない女だったのですか?)

目の前で唯一の希望──『アッサルの矢』を砕かれてしまった事実は、ことのほかエクシールの心を打ちのめしていた。

これではもう戦えない。エクシールは気高き神騎だが、その下には『女』の部分が確かにある。その部位はひどく脆く、そして柔らかいのだ。度重なる恥辱を耐え抜ける強度など望むべくもなかった。

ゆえに言葉がない。自分自身が揺らぎ、いつ堕落してもおかしくない状況では、なにを言っても説得力などありはしないのだから……。

「──皮肉だな」

と、犯され抜いた肢体をぐったりと放り出し、絶頂の余熱に打ち震えるふたりの神騎に呼びかける声があった。

「ひ、にく……?」

涼やかでありながら邪悪でもあるその声につられて、蒼の神騎はのろのろと顔を上げた。

王座の間の最奥。王だけが腰かけることを許される至高の玉座に、その女はいた。アゼル。麗しい褐色の肌を持つ堕天使の王。あらゆる生物の頂点に立つ最強の捕食者──

「他に言いようもあるまい。お前たちは強靭な肉体と精神を持つがゆえに、そのような責め苦を耐え忍んでしまっている。人間の女がそれだけ犯されれば肉体がもたず、並の神騎であれば屈辱に耐えかねて、完全に堕天しているところだ」

そこまで言って、堕天使の王は頬杖を突いた。それからあとを続ける。

「正直、侮っていた――そちらの紛い物も含めてな。もっと容易く篭絡できると踏んでいた。切札を失い、絶望の中で犯し尽くされながら……それでもまだ尻尾を振らない。見上げた忠犬根性だ」

「…………」

無言でアゼルを見上げた。いままさに自分自身の弱さを思い知っていたエクシールにとって、堕天使王の言葉はそれこそ皮肉だった。

「嘲る意図はない――と言っても無駄だろうな」

アゼルは頬杖をやめると、傍に控えていた美しき悪女……シェムールに視線を向けた。

「責めが手ぬるい。もっと激しい余興を用意しろ」

「よろしいのですか？　これ以上となると、壊してしまう可能性もありますが……」

「二度は言わん。やれ」

「は。ではそのように……」

端的な命令に、シェムールは恭しく頷いた。しかしその顔には、既に嗜虐的な笑みが張り付いている。

「……っ。これ以上……なにを……？」

「ふふ……そう怖がらなくてもいいわ。むしろ喜んでもいいくらいよ。なぜなら……これまで以上の快楽を、その身に刻むことができるのだから」

悪女は瞳に愉悦を湛えて、両腕をぱっと開いた。すると彼女の背後に、いくつかの大きな人影が忽然と姿を現した。

（あれは……ダイン？　いえ、それにしては大きすぎます……！）

現れた人影は、シルエットこそダインに似ていたが、体格が一回りは大きかった。

違うのは体格だけではなかった。いやむしろ、より明確な違いはこちらの方だろう。股間に備えているモノが、いまも周囲を取り囲んでいる個体とはまったく違っていた。

それは例えるなら二股の槍。既に激しく勃起した肉棒が縦に二本並んでいる。しかも一本のサイズが体格同様、これまでのダインよりも一回りは大きい。

「貴女たちを責め抜くために特別に設えたの。膣とアナルを同時に犯せるようにね」

シェムールが唇を歪めながら指を鳴らすと、双頭ペニスを持つ新たなダインたちが静かに歩み寄ってきた。

「ひっ……」

喉を引きつらせて、エクシールは迫る陵辱者から少しでも遠ざかろうともがいた。しかしいまさらその程度の抵抗をしたところで、なんの意味もなかった。

「ダイッ」

「は、放して……！」

あっさりと押さえつけられ、無防備な開脚を強いられる。キリエルも同様だ。エクシールの隣に引きずられてきて、無理矢理に脚を開かされている。

蒼と紅。グラマーとスレンダー。対照的な印象を持つ、しかしどちらも極上に美しい天使が揃ってM字開脚を強いられているさまは、それはそれは淫靡なものだった。しかも両者ともに度重なる恥辱を味わったあとなので、その肢体にははち切れんばかりの淫欲が溜め込まれている。

肌は紅潮して強張り、乳房の先端では充血した乳頭がつんと前を向いている。そして魅惑的な逆三角形を描く鼠径部《そけいぶ》の下では、淫蜜で濡れそぼった秘所とアナルとが、目前に迫った陵辱を恐れるかのようにひくひくと蠢いている……。

「エ……エクシール……」

怯えた声が耳朶を叩く。だが応えることはできない。眼前に突き付けられた二股ペニスの凶悪な面構えに射すくめられ、喉が凍り付いてしまっている。

(せ、せめて……)

胸中で呟きながらキリエルの手を取り、強く握った。だが――

「美しい友情ね。でも駄目。ダイン、その手を引き離しなさい」

この悪辣な堕天使は、ほんの小さな心の支えも許してくれないようだった。

「……っ。キリエル……」

「エク、シール……」

ダインに腕を掴まれ、繋いだ手を引き離される。すると一気に孤独感が増した。こんなにも近くにいるのに、吐息が互いの顔にかかりそうな距離にいるのに、直に体温を感じることができない。仲間の存在を確信できない。そんな些細なことが、なによりもふたりの心を打ちのめした。

そして――その時は、前触れもなく訪れた。

「う、あ……っ!?」

キリエルの唇が震え、続いて瞳が揺れる。怖れていたモノが、その体に触れた証。

「あ、あああ……入って、きた……大きいのが、あそこと、お尻に……ああダメ、やっぱりダメ！　同時になんて……っ!?」

一足先に挿入を開始された紅の神騎は、整った顔を苦悶と快楽で歪ませながら、熱く吐息してその身を震わせた。

「キリエ……うっ」

名を呼ぼうとしたその矢先。ついにエクシールにもその時が訪れた。

ぴと……。

ほぼ同時に。秘所とアナルに、硬く熱いモノが押し当てられた。

（お、大きい……！　こんなモノが同時に入ってきたら、私……ッ）

間近に迫った二穴責めの恐怖に、無駄だと知りつつ身を捩る。しかし両腕は掴み上げられ、万歳のような姿勢を強要されたままぴくりとも動かせない。

「あぐ……あああああああああああっ！　だめぇ……そんなに、したらッ！」

と、悲鳴じみた声が上がった。だがそれはエクシールのものではない。既に挿入が完了し、抽挿され始めているキリエルのものだった。

「膣内《なか》で、膣内《なか》でぇ……！　おちんちん同士が、擦れて！　お腹の中、無茶苦茶にされてる……ッ」

かっと目を見開き、紅の神騎は四肢を戦慄かせた。彼女の二穴はめいっぱいにこじ開けられていて、ともすればそのまま裂けてしまいそうですらあった。

「安心なさい。苦しいのは最初のうちだけよ。あれだけ激しく輪姦され続けても壊れなかった穴だもの……すぐに慣れるわ」

まったくの他人事――そういう温度の言葉だった。シェムールはすぐ傍で腕組みし、薄ら笑いを浮かべている。そのことに対し、憤りがないわけでもなかったが――

「他人《ひと》の心配をしている暇はないわよ」

シェムールが囁くと、双頭ペニスを持つダインがじわりじわりと腰を進めてきた。膣口とアナルにかかる圧力が強まり、入り口が少しずつこじ開けられていくのがわかる。

「う……あ……っ」

食い縛った歯の隙間から呻きが漏れる。どちらか片方だけでもたいへんな圧迫感で、とても全てを受け入れられるとは思えない。

「無理……こんな大きいの、同時になんて……入らない……！」

増大する圧迫感と不快感に声を上げるが、ダインは一切力を緩めず、淡々と腰を押し込んできた。

ずぷぷ……ぐちゅんっ！

最後の一押しが終わると、絶対に受け入れきれないと思っていた二本の極太ペニスが、見事に根元まで挿入された。

「あぐ……ッ！　うあ、あああああ……」

体の内側から、途方もない圧迫感が生み出される。暴れ出したくなったが、それはできなかった。

膣内、直腸ともに肉棒がギチギチに詰まっていて、ほんの些細な動きですら新たな苦悶に取って代わるのだ。エクシールにできるのはただ歯を食い縛り、災禍が通り過ぎるのを待つことだけだった。

「ふふ……入らない、なんて言っていた割には、すんなりと受け入れたわね」

「……ッ！」

黙れ、と叫ぶことすら煩わしかった。そんな余裕はなかったと言い換えてもいい。ふたつの穴を無遠慮に貫いている肉棒はぴくぴくと不快な脈動をきたしており、その刺激が常にエクシールの神経を逆なでしてくる。

「膣はともかく、後ろの穴は多少の傷がつくかと思ったのだけれど……それもないわね。

うふふ……想像以上の淫乱に育ったわね、神騎エクシール。この調子なら、甘い声で乱れるのも時間の問題かしら？」

「き、気持ちよくなんか……なりません。こんな、苦しいだけのことで……！」

反射的に言い返す。そうだ——気持ちよくなどない。二穴を満たすペニスは不必要に大きく、与えてくるのは吐き気を催す苦しさと、頭が沸騰しそうな恥辱だけだ。

「どうかしら。少なくともお友達の方は、強がる余裕すらないようだけれど」

「え？」

シェムールの言葉に、エクシールははっとした。そしてそれと同時に……。

「あ、うぅ……あ、はぁん……」

甘い声が耳朶をくすぐる。先んじて犯され始めていたキリエルの、どこか鼻にかかったような声。

「くぅ……あっ。あっあっ、うん、あっ……！」

ぐちゅ、ずちゅ……ずるるる、ずちゅんっ！

リズミカルな抽挿に押し出されたキリエルの声は、少しずつ陶酔の響きを帯びていた。いや、もはやこれは嬌声だ。苦悶の成分は既に大半が抜け落ち、快楽を享受する甘美なものにすり替わっている。

そしてなにより——

「見ないで……こんな顔、見ないで……」

ダインに腕を拘束されていて、隠すこともできずに晒されているキリエルの顔には、はっきりとした性の昂りが浮かび上がっていた。シェムールの言うように、強がる余裕など微塵もなさそうだ。

「わかってる……こんなのおかしい……苦しいはずなのに、辛いだけのはずなのに……でも……！」

つぅ、と涙を零しながら、キリエルは紅潮した顔を振り乱した。

「気持ちいい……ひどいことをされてるって、わかってるのに……それでも気持ちいいの……！　私はもう、おかしくなってる！　私は、わたし、はぁ……ッ！　あぐ、うあああああああっ！」

ずちゅん！

一際大きな、そして卑猥な水音が、言葉を無理矢理に断ち切った。

「だめ、ああっ、奥……だめぇっ♥　ひぅ、くひぃっ……イ、くぅ……♥」

がくがくがくがく！　全身を痙攣させ、キリエルは果てた。その顔は完全に蕩け切り、色に酔った雌《おんな》のそれに成り果てている。

本当にもう限界なのだろう。だがそれを心配している余裕は、エクシールにはなかった。

ぬぷぬぷ……ぐちゅんっ！

「くあああああっ！　あう、くぅぅぅぅ、あっ！」

ついにエクシールの身にも、二穴犯しの責め苦が迫った。既に根元まで挿入されていた二股ペニスが、ふたつの穴をゆっくりと出入りする。

「ひあああああっ！　やめて、動かないで……！」

膣は異様な圧迫感に蹂躙され、アナルはペニスが抜け出るたびに屈辱的な排泄感を与えてくる。

ぐちゅぐちゅ、ぐちゅんっ！　ずるる……ぬぷっ！　ぬる、ずちゅ……ずちゅうっ！

「あっ！　くぅ、うん……はあぁぁぁッ！　そんな、激しい……！　あぐ、くぅぅぅぅぅんッ！」

ダインは容赦なく、だが正確に腰を使った。元より性欲など持たない冷徹な陵辱者には、己の快楽など二の次なのだ。彼らの目的は主の命令を遂行すること、即ちエクシールを辱め、屈服させる一助となることだけなのだ。

それが怖い。どんなに泣き叫ぼうと絶対にやめないとわかっている陵辱は、下衆な言葉を投げつけられ、見下されながら犯されることよりも、余程恐ろしいものに思えた。

「あ、はぁ……あっ」

と、しばし抽挿を受け止めていたエクシールの声が、わずかに上ずった。

（い、いまの声は……）

自らの喉から飛び出た声音に、内心どきりとする。いまの声には甘さがあった。まるで感じ始めてしまったかのような、女の艶があった。

「──感じたわね？」

女狐が目ざとく指摘してくる。エクシールは口を閉ざし、顔を背けることでせめてもの抵抗を試みた。

「ふふ……可愛いこと。そんな真っ赤な顔で目を潤ませて顔を背けても、なんの意味もないわよ。気持ちよくなってきたのでしょう？　明らかにキャパシティを超えた責め苦に、順応してきたのでしょう？　もう諦めなさいエクシール。キリエルのようにね」

「……」

ただ黙った。これ以上口を開いたら、その拍子に余計なことを言ってしまいそうだった。

だが——そんなエクシールの最後の抵抗も、結局は虚しく空振りすることになる。

「だんまり？　そう、そんなに嫌なのね。なら望み通り、やめてあげようかしら？」

「え？」

一瞬言われた意味がわからず、訊き返す。しかしその時には、ダインがゆっくりと腰を引き、二股のペニスを引き抜いていた。そして次の瞬間——

どくん……どくん……。

「あ……え……？」

大きく心臓が脈打ち、下腹部が切ない疼きを発する。お腹の奥から大量に分泌された愛液が、注ぎ込まれていた精液を押し出しながら股間をどろどろに汚していく。そしてなにより——

（欲しい……ああ、なぜ……？　膣が、アナルが寂しい……ペニスが、欲しくてたまらない……！）

　湧き上がるはしたない感情。恥ずべき淫欲。衝動にも似た激しい感覚に、蒼の神騎は困惑した。

「……っ。シェムール……あなた、私の体になにか……！」

　この悪女のことだ。きっとまたなにか悪だくみをしたに違いない。そう思って問う。だが褐色の女狐は、ゆっくりと否定の仕草をした。

「あら、人聞きが悪いわね。私はなにもしていないわ。少なくとも現時点では、あなたの肉体には一切干渉していない。……だから、ね」

　シェムールは屈み込んで目線を合わせると、いっそ気色が悪いほど優しい声で、こう囁いてきた。

「……その体の疼きは、全部あなたのものよ。ペニスが欲しくてたまらない……そんな声が聞こえそうなほど、ふたつの穴をひくひくさせているのも。いまは触られてもいない乳首を充血させているのも。全て……あなた自身の欲望のせいなのよ」

「……う、嘘です」

「嘘？　本当にそう思うの？　思い返してみなさい。この数日間、あなたが受けてきた調教を。あれだけ激しく、執拗にいじめ抜かれたそのいやらしい肉が、いまも清廉な神騎のものだとでも？」

「う……あ、ああ……」

なにも言い返せず、エクシールは肩を震わせた。

本当はわかっていた。自分の体がもう、以前とは変わってしまっていること。強勒である・・・・・がゆえに責め苦を耐え抜き、そしてそれに合わせて順応し続けていたことに――気づいていた。

気づいていて、無視していた。気づかない振りをしていた。けれど――

「うあ、ああ……ああああぁぁぁぁ……」

欲しい。ペニスが。熱い精液が。

抑えられない。淫らな感情が。肉の疼きが。

(耐えて……耐え、ないと……もうどうにもならないとしても、自分から快楽に身を沈めることだけは、絶対に……駄目……！)

言い聞かせる。何度も何度も。だがそんなエクシールの視界の端に、あるものが映り込んだ。

「あは、あっ♥　イク……ん、んんッ♥　気持ちいい♥　おまんこも、お尻もぉ♥　気持ちよくてたまらないぃぃぃ♥」

延々と二穴を穿たれ、乱れ咲いている少女――キリエル。その姿があまりにも艶やかで、気持ちよさそうで。見せつけられると、どうしようもなく羨ましくて。

「――さあ、言いなさい。その口で、その声で。望むものを……はっきりと！」

「あ、ああ……うあああああああああっ！」

蒼の神騎はライトブルーの瞳に涙を湛えながら、ぐちゃぐちゃにかき乱された胸中を叫んだ。

「欲しい！　私も、ペニスが……ペニスが欲しい……！　もう耐えられない……だってずっと、ずっと犯されていた！　この穴はずっと塞がれていた！　なのにいまは、なにもない……なにもないのは寂しいの！　熱くて、太いのが詰まっていないと……私、駄目なのっ！」

「──はい、よくできました」

にやり──悪女が意地悪く笑う。それと同時に、物言わぬ白の陵辱者が、エクシールの腰をがっちりと掴み、いきり立つ二股の肉槍を蕩けたふたつの穴にねじ込んだ。

「──あ、はぁッ♥」

ずんっ！　一息に奥まで貫かれた雌穴は、その瞬間にかつてない疼きを発し、エクシールの脳を桃色に染め上げた。

「あ♥　あ♥　あ♥　あ♥　あ──♥　……あは♥」

繰り返される母音。そのたびに小さくアクメを極め、同時にぴゅっぴゅと潮を吹いた。

「こんなの……こんなの無理に、決まってますっ！　だって、気持ちいい♥　こんなにも、気持ちいいぃぃぃ♥　おまんこ、きゅんきゅんして♥　お尻の穴、ちりちり痺れてぇ♥　突かれるたびに、イってるのにぃ♥　我慢なんて、できないぃぃぃぃッ♥」

ぐちゅっ、ずちゅっ！　ずるる、ずちゅん！

勢いよく叩き込まれる二本のペニスは、彼女の腹の中のみならず、頭の中までも掻き回した。

「あー、あー！　イクぅ♥　イクイクイクイクイクぅ♥　ずっとイク♥　イク♥　イクッ♥」

大股開きでかくかくと腰を振りながら、エクシールはひたすらにアクメを繰り返した。これまでも絶頂を極めることは何度もあったが、それとは甘美さが段違いだ。快楽を肯定して、その上で自由にイク。そのことが、なによりも素晴らしいものだとすら思える。

「突いて♥　もっと突いてください♥　私の穴、壊れるまで……死んでしまうくらい、突いてください♥」

――もうどうしようもなかった。調教は昨日今日始まったものではない。この数日間、ずっと彼女を苛んできた。

耐えてきた。ずっと耐えてきた。だからこそ堕ちる時は一瞬で、地の底まで墜落してしまう。

「ダイッ！」

白き陵辱者が吼える。と同時に二股の肉槍が連動して脈打ち、エクシールの腹の中に熱い白濁をぶちまけた。

「んひぃ――♥　イクっ♥　射精されてイク♥　穢れた精子注がれてイクぅッ♥」

腸と膣を同時に犯す圧倒的な熱量に、蒼の神騎は全身を戦慄かせた。それは危険なほどの痙攣だったが、ダインが陵辱の手を止めることはなかった。

「あ……」

脱力した体を無理矢理に抱き起こされた。そのまま背面騎乗位の形を取る。だが挿入はされなかった。ぎりぎりのところで腰を持ち上げられ、焦らされる。

「あ、ああ……なぜ？　もっと、もっと犯して……」

空虚となった二穴がジンジンと疼き、エクシールは腰を淫らにくねらせた。

「うふふ……まるで発情期の動物ね、エクシール。いいわ。生意気に抵抗を続けるよりずっと素敵な顔よ」

嘲るようなシェムールの声に、ふと顔を上げる。悪女は愉しそうに笑っていた。その隣では、玉座に腰かけたアゼルが冷たい瞳をこちらに向け、じっと視線を注いでいる。

（ああ……見られています。こんなにもはしたない姿を……ああ、なのに。もう恥ずかしいとすら思えない……視線が……見られているという感覚が……快感に変わっていく……！）

ぞくぞくぞくっ。背筋を這い上る被虐の魔悦に、エクシールは身悶えした。そしてそれと同時に、お預けされていた挿入が再開される。

「あ、はあぁ……♥　ま、またお腹がいっぱいにぃ……♥　しかも、さっきより深いなんてぇ♥」

自重が加わる騎乗位という体位ゆえか、既にダインのペニスの形を覚えてしまったゆえか。今度の挿入は先ほどよりもさらに深いものになっていた。

「ああっ♥　あはっ♥　ああ、あああああああッ！」

正真正銘、みっちり根元までペニスを受け入れた状態だと、少し腰を揺すられただけでも大きな刺激が加わり、とてつもない快感が込み上げてきた。

「イクッ……♥　ああ、だめぇ♥　出る……押し出されて、出てしまいます♥」

ぷぴゅ、しゃあああああ……。

怒涛のような快感の波に呑まれた直後、熱い液体が股間から噴き出した。潮ではなく尿だった。勢いはあまりない。膀胱に残っていた水分が、抽挿の刺激で無理矢理に押し出されていた。

はしたないお漏らし。だがやはり、前ほどの屈辱は感じない。むしろ新たな快感の呼び水になり得る、程よい刺激ですらあった。

「んひっ♥　お、おっぱい……おっぱいだめぇ♥」

放尿絶頂の余韻も冷めやらぬうちに、彼女はかっと目を見開いた。突かれるたびにぶるぶると揺れていた乳房を揉みしだかれ、勃起の止まらない乳首を抓り上げられたのだ。

「ああっ♥　そんな乱暴に……ああ、でも……でもっ。無茶苦茶にされるの、気持ちいいっ♥」

汗で卑猥にテカった乳房を鷲掴みにされ、ごつい指で勃起乳首をぐりぐりと潰されて、エクシールは仰け反った。彼女はイっていた。乳房を玩具のように弄ばれていながら、痛みも感じずただ快感を享受していた。

「あ……っ♥」

被虐の快感に酔いしれていると、ダインが身を起こし、エクシールを前に突き飛ばした。挿入が一時的に解かれる。

「ああ……♥」

尻を上げた犬のような四つん這いになりながら、エクシールは甘い声で呻いた。これからなにが起こるのかを想像してだ。

後背位《バック》。正常位や騎乗位よりも、男性側は動きやすい。つまりより激しい抽挿が、この先には待っている。

きっとこの体は、ペニスを扱くための道具として扱われる。少しばかり大きいオナホールとして酷使される。それはひどく屈辱的な想像だったが、同時に甘美な官能をも想起させた。

つぷ……ずちゅんっ。逞しい二股ペニスが、改めてふたつの雌穴を満たした。その何物にも代えがたい充足感に、蒼の神騎は熱く吐息した。

「来た……♥　おちんちんが……♥　私に、止めを刺しに来ましたぁ♥」

美しい顔が汗と涙、そして涎でぐしょぐしょになる。そして次の瞬間——

「くあああああん♥　は、激しいぃぃ♥」

ぐちゅ、ずちゅんっ！　ずるる、ぐちゅぐちゅぐちゅっ！

泡立った淫蜜がいやらしい水音を立てた。その間にはパンパンパン！　という肉同士が打ち合う音も挟まっている。

「あぐっ♥　あはっ、あああああああああんっ♥　すごい、すごいぃ♥　こんな、ああ、こんなぁ♥」

喘ぎが弾けた。喉が枯れんばかりの絶叫でありながら、決して色気は失わない美しい嬌声が、王座の間に響き渡っていく。

「イク、イクイクイクイクイクッ♥　イったままイク♥　ずっとイってるのぉ♥」

際限なく高まる官能に合わせ、汗だくの媚肉ががくがくと痙攣した。首、腕、背中、腰、尻、脚――反り返った肉体の全てが、いやらしく躍動し続ける。

「イク――♥　またイクッ♥　アクメで……アクメで溺れてしまいます♥　あぁ、ああーっ♥♥」

どこまでも淫らに、だが美しく。蒼の神騎は官能の神髄へと沈み込んでいった――

◇

しばしして――

「あ……う……」

「こほっ……んぅ……」

極まった痴態を演じ続けていたふたりの神騎は、隣り合って座らされていた。その身は内も外もダインの白濁で染め上げられ、完全に穢され切っている。

「……終わりだな」

その言葉に、エクシールはなにも言い返せなかった。キリエルも同様だ。彼女は座り込んで俯いたまま一言も発しない。その瞳からは、一切の光が失われている。

終わり――そう、終わりだ。自分もキリエルも心の内側まで犯され尽くして、誇りの一片まで奪い取られてしまった。

つぅ、と。光を失ったライトブルーの瞳から、涙が一滴零れる。だがそれを、エクシールは拭わなかった。もはやその程度のことすら億劫に感じる。

(……ごめんさい、継彦)

力なく、彼女は呟いた。

(ごめんなさい。私、あなたを待てなかった……)

もう一度、受け取る者などいない謝罪を呟く。諦めの言葉。抵抗の終わり。彼女たちの敗北――その象徴。だがその時。

声を聞いた。

「いいや、まだだ」

なんでもない声。綺麗でもなければしゃがれてもいない。どこにでもあるような、どこにでもいるような、そんな男の声。

「っ！　この声は――」

シェムールが表情を引き締め、あたりを見回す。と同時に、小さな呻きが聞こえた。

「あ、ああ……」

その声は、果たして誰のものだったか。自分か、それともキリエルか。わからない。けれどそんなことはどうでもよかった。

顔を上げ、振り返った先——ダインの群れの向こう側に、ひとりの男がいた。見慣れたシルエット。ぱっと見る限りではどうということのない少年にすぎないが……エクシールとキリエルにとっては唯一無二の、かけがえのない人。

「継彦……！」

「センパイ……！」

ふたりの神騎はそれぞれの呼び方で、噛みしめるようにして——その男へと呼びかけた。

◇

「ようやくお出ましか、エイダム」

アゼルが冷たい声で言うのを、継彦は聞いていた。

（玉座から立ち上がるどころか、組んでる足を解きもしない……か。まあ、ほとんど勝ちは確定してるようなもんだ。焦る意味はないってことか）

内心呟きながら、白き雑兵越しに見える、エクシールとキリエルを意識する。

彼女らの様子は勝手に送り込まれてくる映像で確認していたが、実際に見るとより凄惨《せいさん》な状態だった。体中に精液を浴び、汗に塗れて座り込む姿からは、正義のヒロインの面影は見て取れない。

（……落ち着け。まだ戦いは終わってない。こいつは借りだ。熨斗《のし》をつけて返せばいい――）

ざわめく胸中を深呼吸で鎮めて、彼はゆっくりと一歩を踏み出した。

「随分遅かったな。もう来ないかと思ったが？」

「道が混んでたのさ。これでも全速力で駆けつけたんだが……待たせたのなら悪い」

「口だけは達者だな。だがそのよく回る舌でなにができる？　ご自慢の神騎はそのザマで、貴様自身には私を倒すどころか触れる力すらない」

アゼルは言いながら、ふたりの神騎を取り囲んでいる無数のダインを指差した。

「――それどころか、貴様はふたりに駆け寄ることすらままならない。自明のことをあえて言うが……王手詰《チェックメイト》みだ、エイダム。もう諦めろ」

玉座から立ち上がることすらせず、アゼルは完全勝利を宣言した。だが継彦はさして表情を変えず、ただ肩をすくめてみせる。

「……ま、そうだな。盤面は壊滅的だ。自陣の駒は綺麗さっぱり除かれて、残るはキングたるこの俺のみ。はは、確かにな。チェスなら完全に打つ手なしだ。だが――」

絶望的な現状を、あえて自ら口にする。しかし継彦は、にやりとして続けた。

「――こいつがチェスじゃなく、将棋ならどうだろうな？」

「……？　なにを言って――」

アゼルが眉を寄せたその瞬間、継彦は駆け出した。すると当然、ダインたちは行く手を阻もうとする。

「継彦！」

壁のように立ちふさがるダインたちの向こうから、エクシールの切羽詰まった声が聞こえる。継彦はそれに応えるように、すっと右手を掲げてみせて——

「こいつが問いかけの答えだ——将棋なら、倒した駒を自由に使える。こんな風にな！」

叫び、腕を振り下ろす。するとその瞬間、よっつの影が忽然と姿を現し、彼とふたりの神騎を隔てていたダインたちを吹き飛ばして包囲に穴を空けた。

「——なに⁉」

流石のアゼルも、この展開には声を荒らげた。それに内心にやりとしながら、ふたりの傍へと駆け寄る。

「悪い、少し遅れた」

「……！　いえ、いいんです。あなたが来てくれた……それだけで十分です」

「……うん。いまはそれでいい……」

疲れ切った声でふたりが呟く。それに頷き返していると、

「あのさぁ、エイダム。感動の再会はあとにしてくれない？」

気だるげな声が背中を叩いた。するとキリエルがはっとした表情になる。

「え……ダイアン⁉」

そう。そこにいたのは褐色の美少年の姿を取った悪魔——『怠惰《たいだ》』の魔将ダイアンだっ

た。

「わかってるさ。ていうかお前、小言を言いに来る振りしてサボるなよ。ちゃんと働け」

「うるさいな。『怠惰』の魔将が勤勉になるわけないだろ」

彼はぶつくさ言っていたが、結局は手近なダインに躍りかかっていった。

「な、なぜ彼がここに……？　いえ、彼だけではありませんね……」

エクシールは呟いて、周囲を見回していた。

何十体ものダインを相手に大立ち回りを演じているのは、ダイアンだけではなかった。

「ふ――こやつらにはコレクションに加える価値すらない！　雑兵どもよ！　小生の剛腕の前にひれ伏すがいい！」

鈍く輝く鋼の義手を派手に振り回しているのは、片眼鏡の老悪魔――『強欲《ごうよく》』の魔将ワーズリー。

「はぁ……憂鬱《ゆううつ》だわ。見渡す限り不細工の群れだなんて。ザインもたいがいだったけど、ダインも大して変わらないのね」

愚痴を零しつつも的確にダインの数を減らしているのは、青い肌と端整な顔立ち、男でありながら女性的な言葉を操るという個性の塊のような伊達悪魔。『傲慢《ごうまん》』の魔将ハウト。

「うぐぐ……まずい。魔王様ぁ、こいつら骨っぽくて味がしないだよぉ」

ダインをひっつかみ、頭から食い殺しているのは、異様なまでの巨体であり肥満体の美食家《グルメ》悪魔。『暴食《ぼうしょく》』の魔将オベレットだ。

いずれもかつてエクシールらと戦った強敵であり、敗れたあとは条件付きで生存を許されていた悪魔たちだった。それがいまは、当のエクシールたちを守るようにして戦っている。

「継彦、これはいったい……？」

蒼の神騎は困惑し、呟いた。だがその問いに答えたのは継彦ではなかった。

「……なるほど、将棋か。言い得て妙だな」

乱戦状態に陥った王座の間を睥睨して――褐色の堕天使王は静かに告げる。

「説得、取引、懇願、脅迫――なんらかの手段を用いて協力を取り付けたか。だがひとつ解せない。ダインはしょせん使い捨ての雑魚だが、それでもこの数だ。出涸《でが》らしの悪魔如きに遅れを取るとも思えん」

「失礼しちゃうわね！　誰が出涸らしよ!?」

ナルシストであるハウトが出涸らし扱いに激しく憤っていたが、アゼルはきっぱりと無視した。赤い瞳に冷徹な光を湛えて、鋭く問う。

「エイダム。貴様……なにをした？」

「知りたいか？　なら教えてやるよ」

継彦はにやりとして、大きく深呼吸した。そしてその身に宿っている力を――極めて邪悪な魔力を全開にする。

「――な、に？」

かつん――というのは、アゼルが玉座から立ち上がり、ブーツの踵が床を擦った音だった。

「なんだ……なんだそれは！　そのような魔力、いったいどこから……!?」

これまでほとんど動揺を見せなかった堕天使の王が、本気で困惑していた。

「ようやくでかい尻を上げたな、クソBBA《ババア》。ちっとは溜飲が下がったぜ」

「黙れ小僧が！　っ、そうか……魔将どもが妙に力をつけているのは、その魔力が原因か！」

「ご名答。奴らはなにせ悪魔だからな。邪気の混じった魔力はなによりのご馳走だ」

言って、周囲を見やる。乱戦は既に終わっていた。数十体はいたダインの群れは、たった四人の魔将によって全て叩き伏せられていた。

それを確認して。継彦はぱっと後ろに跳び退き、鋭く囁く。

「魔力を補給する。手を！」

「え？　あ、はい！」

「ええと、うん」

ふたりの神騎は状況の目まぐるしい変化に目を白黒させていたが、ひとまず指示には素直に従った。

「悪い。ちょっと苦しい思いをすることになる。……いいか。キーワードは『受け入れる』だ。それがたとえ、自分とは相容れないほどドス黒い力だったとしても……力は力だ。ただの力だ。自分が進みたい方向へ向かうための単なる推進力にすぎない。それを忘れないでくれ——」

それだけを早口で告げて、繋いだ手から魔力を——邪気に塗れたドス黒い魔力を、ふた
りの体に注ぎ込んだ。

「あ、ぐ……！　つ、継彦⁉　駄目です、こんな邪悪な魔力……！」

「私たちじゃ……受け止めきれない……！」

蒼と紅の神騎はたちまち苦悶の声を上げた。当然だ。悪魔がご馳走と呼ぶような穢れた
魔力は、人間や神騎にとっては毒にも等しい。これでは魔力を補給するどころか、穢れに
引っ張られて『堕天』してしまう可能性すらあった。

「……馬鹿が。ここまで来て自爆するつもりか？」

堕天使王の嘲りに、継彦は顔を上げた。

「そう思うなら黙って見てろよ。なんなら玉座に座り直してもいいんだぜ？」

「……」

アゼルはなにも言わなかった。言わなかったが、行動は迅速だった。

ずだんっ！　という激しい踏み出しの音とともに、凄まじい勢いで躍りかかってくる。

捨て置けないと判断したらしい。が——

「させん！」

アゼルの突撃は、ワーズリーの剛腕によって阻まれていた。そのまま四魔将全員で襲い

かかり、その動きを封じにかかる。

「負け犬の分際で邪魔な！　……シェムール！」

焦れたアゼルが部下の名を呼ぶ。だが返事はなかった。なぜなら。

「――っ。姿が見えないとは思っていたが……ここで貴様か、ベゼル！」

そう。継彦に仕える悪魔のひとり――最後の詰めのために気配を消して潜んでいた男《ベゼル》が、シェムールの右腕を捻り上げ、首に鋭い爪を突き付けていた。

「く……っ。元妻に随分手荒い真似をするのね」

「黙れ、女狐。そう何度もつまらん邪魔はさせんぞ」

状況は混迷を極めていたが、同時に膠着してもいた。アゼルと魔将たちの間には大きな力の差があったが、莫大な魔力でブーストされていることと足止めのみに注力している関係上、容易く蹴散らすという展開にはなっていない。

「……っ！　答えろ、エイダム！　その分不相応な魔力、いったいどこから引き出した！」

戦いながら、堕天使の王がイライラと叫ぶ。継彦はそれに、にやりと笑ってみせた。

「どこもなにも、これは俺自身から湧き出てる、正真正銘俺の魔力だよ。つまりは導魔の産物さ。わかるか？　ふたりを嬲りものにするさまを見せて、俺を絶望させようとした……あの行為自体が良くなかったんだ。なぜなら――」

彼は言葉を切ると、なぜか誇らしげな顔でこう言い放った。

「……この俺、央堂継彦は！　魔王にしてエロゲーの申し子！　当然、寝取られゲーも履修済みだ！」

――沈黙。重く分厚い、物理的な威力すら持っていそうな……そんな沈黙。

誰も――誰もなにも言えなかった。時が凍ったようにすら思えた。もちろんそんなものは錯覚だが、事実だったとしても不思議ではないくらいの大沈黙が、王座の間に横たわっていた。

「…………………は？」

ようやく。

たった一音だけを、アゼルが呻いた。それしかできなかった。四魔将と戦う手すらぴたりと止まっている。まるで意味がわからないという顔だった。だが――

「ま……まさか」

「いくらセンパイでも、そんなこと……」

ひと月以上ともに戦ってきたエクシールと、元より彼のエロゲーに対する造詣《ぞうけい》の深さを知っているキリエルは、彼が言わんとしていることに気づいた。それが幸福なことかどうかは別にして、気づいてしまった。

――継彦の魔力の源泉は、七つの大罪になぞらえた魔力片を集めたいまもなお『色欲』だ。性的に興奮すればするほど魔力を発する。つまり――

「ちょっと胃のあたりがぎゅうっとなったが、それはそれで大人の味！　しっかり鬱勃起を堪能したさ！　ただし永久にお前のものにしてやるつもりはない！　寝取られたなら寝取り返す！　お前を倒したあとでじっくりとな！」

　――この男は。見せつけられた陵辱によって、いたく興奮したのだ。自分やキリエルが必死に快楽と戦っているさまを見て、この上なく昂ったのだ。

　魔力が穢れているわけだ――愛する女が寝取られるさまを見て、悔しくて泣きそうになりながら、怒りでどうにかなりそうでありながら、それはそれとして股間だけは盛り上げていたというのだから！

「………センパイ………」

　キリエルも、流石に呆れているようだ。しかしエクシールは、呆れることすらできなかった。

「……ま」

　喉が引きつる。言いたいことが、叫びたい衝動があるのにろくに動いてくれない。その苛立ちの方が、全身を苛む魔力の奔流よりもつらくなってきた。

「ま――」

　その一音が、しゃっくりのように繰り返される。息がし辛くて苦しいが、繰り返すごとに陵辱の記憶が薄れていくのを感じた。あれほどの屈辱と恥辱がどうでもいいと思えるほどの感情が、いまのエクシールには渦巻いている。

「ま――」

　ああ、邪魔だ。体を駆け巡る邪気を帯びた魔力。これがあると苦しくて叫べない。

なら仕方ない。危険だが取り込んで、この感情を発露するために使おう――普段なら絶対にしない、短絡的な思考だった。だがエクシールは迷わずそうした。天使とは思えない、なんとも人間らしい判断。

「ま――」

魔力の邪気が薄らいできた。受け入れると決めたからか。まあいい。そんなことはどうでもいいのだ。いましなければならないのは――ようやく動きそうな喉を使って、この言葉を叫ぶことのみ！

「――魔王的ですっっっっ!!」

怒りの絶叫が完成した瞬間、エクシールの体が眩い光を放った。その光は陵辱によって付着した汚れの一切を弾き飛ばし、エクシールの肉体を清廉な乙女へと回帰させた。

それだけではなかった。数日にわたる責め苦がもたらした疲労すら、体の奥から込み上げる莫大な魔力によって相殺されている。

「……受け入れる、か。はあ……そうだね。センパイとの付き合いは、それなしでは続けられないもんね。諦めが肝心……そう言ったのは私だし」

同じだけの魔力を受け取り、扱いきれずに苦悶の表情を浮かべていたキリエルは、嘆息交じりにそう呟いた。それから大きく息を吸い、エクシールに倣《なら》って思いの丈をぶちまける。

「ええと……センパイのアホー！」

口を衝いて出たのは半ば子供の悪口だった。だが偽らざる本音だったし、言いたいことの全てを総括するとそういうことになるのも間違いない。

ともあれ感情の迸りは彼女の中の暗いものを残さず掻き出した。すると彼女もまた眩い光に包まれ、その身を汚していたもの全てと、堕落の象徴たる黒い戦闘装束を振り払った。

『…………』

ふたりは裸体のまま、一度継彦を半眼で見やった。だが、

「――よくやった、ふたりとも。新しい力への覚醒は済んだみたいだな」

言われて――エクシールはようやく気づいた。邪気混じりの魔力が生んでいた苦痛が消えている。まったく消えている。陵辱によって消えかけていた理性も戻ってきた。

まだ戦える――そのことに思い至った瞬間、エクシールはキリエルと顔を見合わせた。

「……言いたいことはたくさんありますけど」

「……うん。まずは、だね」

頷き合い――ふたりはそれを口にする。

『エクスアムド！　ビートヴァルキュリエ――』

光が溢れ、見る間に少女たちの姿を覆い隠した。そして――

「――エクシール！」

「――キリエル！」

少女たちが己が名を叫ぶと、光がぱっと弾けて消えた。

――蒼と紅。互いを引き立て合うようなふたつの色が、そこには在った。

引き裂かれ、失われた神騎の戦闘装束。元より勇壮で美麗だったそれらが、装いを変えて顕現している。その美しき神騎たちを目の当たりにして――

「……超昂神騎《ちょうこうしんき》」

継彦が呟く。彼が言い出した『超昂戦士』という称号の変化形。

不思議としっくりくる響きだった。だからというわけでもないが、ふたりの少女は顔を見合わせてくすりと笑うと、さっと並び立った。

「我、超昂神騎エクシール！」

「我、超昂神騎キリエル！」

『――天地に代わりて誅滅します！』

凛とした名乗りに続き、強い言葉が異口同音に発せられる。最後の戦いに挑むに相応しい、勇壮なる正義の宣言――

「……馬鹿馬鹿しい。なにが超昂神騎だ」

と……アゼルが冷然と告げた。足止めを買って出ていた魔将たちは、いつの間にか全員打ちのめされ、地に伏している。彼らも強大な悪魔ではあるのだが、流石に堕天使王が相手では分が悪かった。

「さあ……今度こそ決着だ。ふたりとも、武器を！」

「はい！　――神剣ソル・クラウンよ！」

直った。

「うん！　――神双刃ハヤテ・カムイよ！」

ふたりの超昂神騎は力強く頷くと、それぞれの神武を顕現させ、同時にアゼルへと向き直った。

◇

戦いは、ごく静かに幕を開けた。

「……動きませんね」

王座の間の真ん中で、エクシールは囁いた。キリエルと並び立ち、アゼルと正面から向き合って十数秒経つが、堕天使王は立ち尽くしたままぴくりとも動かない。

「そうだね。……こっちから仕掛ける？」

ハヤテ・カムイを握り直しながら、キリエルが囁き返してくる。エクシールはそれに『そうですね』と応じかけて、直前で言葉を飲み込んだ。

「――なぜだ？」

ぬらり、と。真紅の瞳だけを動かして、アゼルがこちらを見つめてくる。

「……お前たちが立ち直った。確かにそれは想定外のことだ。超昂などという得体の知れぬ現象によって、かつてより強力になったことも。だがそれでも、私が負ける道理はない。聖力、魔力。共に最高純度かつ最大のものを手中にしている私が負けるはずがない。……だというのに」

独り言のように呟きながら、彼女は自らのうなじに指を這わせた。

「痺れるような、灼けるような……そんな感覚だ。これはなんだ？　敗北の予感か……あるいは恐怖か。いずれにしろ……ひどく不愉快だ」

その呟きが終わるか否か。その刹那《せつな》。

ごうっ！　と激しい風が、王座の間に吹き荒れた。同時にアゼルの体が燐光を纏い、その背から生えた漆黒の翼が大きく広がる。

「……！　なんて力……！」

思わず息を呑んだ。恐らくはこれが、アゼルの本気なのだろう。一度目の戦いでは見ることすらできなかった完全な戦闘態勢。ただ向き合っているだけでも寿命が縮みそうな、圧倒的強者の威厳。

「終わらせる。エクシールだけはなどと、そんな感傷はもう必要ない。悉《ことごと》く……消え失せるがいい！」

「――来る！」

そう叫んだ時には、アゼルの姿は視界のどこにもなかった――が、エクシールは慌てることなく息をひとつ吐き、振り向きながらソル・クラウンを掲げた。

「――っ!?　なぜ――！」

首を狙った手刀を完全に防がれ、褐色の堕天使王が目を見開きながら後ろに跳び退く。なぜ死角からの攻撃を防げたのか。思わず漏れたであろう問いの答えは簡単だった。こちらの視線を切った以上、最も致命打を打ち込みやすい場所から攻撃がくると読むのは自然なことだ。

「逃がさない！」

後退したアゼルを追って、キリエルがハヤテ・カムイを矢継ぎ早に繰り出す。

「ちぃ、この程度――！」

世界最高の性能を誇る褐色の肢体が躍動し、迫る刃を次々にかわした。あるいは聖力と魔力でコーティングした両腕を盾とし、致命的な太刀筋を強引に叩き落す。

「流石は堕天使王……！」

目で追うのがやっとの高速戦闘に舌を巻いていると、思わず賛辞が口を衝いて出る。『超昂』状態にあるキリエルの最速攻撃をこれほどまでに凌ぐのは、彼女くらいのものだろう。エクシール自身、いまのキリエルと戦えばまず勝てないのではないか、とすら思う。

（……でも。それほどの力を持ちながら、それを破滅的なことにしか使えないあなたは……やはり間違っているのです！）

揺るぎない確信とともに神剣を強く握り、エクシールは攻勢に加わった。

「ぬ……ぐあっ」

神速の連撃の合間に一撃必殺の一振りが挟まり、警戒が散り散りになったアゼルは、徐々に押されて苦しげな顔を見せるようになった。

このまま押せば倒せる。そう思った瞬間。

「私を……舐めるなッ！」

怒号とともに、アゼルの持つふたつの力が急速に膨れ上がった。聖力と魔力。相反する力が急速に混じり合おうとし、だが結局は溶け合わずに激しく反発する。

結果、凄まじい爆発が起きた。遠くでは巻き添えを食ったらしい魔将たちが、吹き飛ばされないようオベレットを盾にして、しかし結局吹き飛ばされているのが見える。

（これが——あの時の力！　凄まじいエネルギー……でも！　いまの私なら！）

キリエルの前へと躍り出たエクシールは、ソル・クラウンに莫大な魔力を注ぎ、全霊で以って振り下ろした。

——この爆発はただの現象ではない。衝撃波の隅々にまでアゼルの『力』がしみ込んでいる、ならば同質か、あるいは同等の『力』による斬撃をぶつければ——

「はああああああああああ——ッ！」

バシュンッ！　振り下ろされた極大の斬撃は、ほんの一瞬だけ爆発とせめぎ合ったあと、全てを斬り裂いて虚空を薙《な》いだ。あとにはなにもない。荒れ狂う暴風も、視界を汚す砂塵も、綺麗さっぱり消え去っている。

「——！　馬鹿な……！」

『淀み』が全て斬り裂かれ、この上なくクリアになった視界の真ん中で。アゼルが驚愕に目を見開いている。そしてその目前には、既に双刃を振り被っているキリエルの姿がある——

「——もらった！」

紅の神騎が両手を閃かせる。会心の二振り。だがアゼルも然《さ》る者で、両腕を盾にして致命の刃を凌いでみせた。

「ぐ……っ！」

しかし咄嗟のことで『力』を上手く纏えなかったのか、衝撃までは殺せなかったようだ。アゼルはバランスを崩し、無防備な姿を晒していた。

その隙を逃す手はない。

「――アゼル、覚悟！」

滑らかに踏み込み、躊躇いなく剣を振り上げる。あとは仇敵《きゅうてき》の体を斬り伏せるだけ。状況はそこまで整っていた。だが。

『良い戦いでした、エクシール。あなたは私の誇りです――』

不意に温かで柔らかい声が脳裏を過った。アゼルと同質で、ただし正逆の。

そう、これは――アズエルの声だ。

「……ッ！　やあああああああああ――ッ！」

逡巡《しゅんじゅん》は一瞬のこと。エクシールは手首をわずかに返しながら、神剣を振り抜いた。煌《きら》めく白銀の刃は吸い込まれるようにしてアゼルの胴を捉え――しかし斬り裂くことはなかった。

「かはっ……くあああぁぁぁ……ッ！」

剣の腹で強《したた》かに胴を抜かれた褐色の堕天使は、肺の奥の空気まで絞り出すようにして呻き声を上げ、しかるのちにその場に崩れ落ちた。

「なぜ……なぜだ……！　なぜ私が……!?」

ひゅー、ひゅー。隙間風のような吐息の合間に、アゼルが信じがたいという声音で言葉を挟む。

「なぜ私が負けるのか……ですか？　わかりません。私たちにだって、どうしてこんな力が出せたかなんてわからないんです。でも……ひとつだけ確かなことがあります。私たちは、生きなければいけないんです。大切な人と生きていきたいんです。……できれば、アズエル様とも……」

剣を下ろし、祈るように呟く。するとその肩に、温かなものが触れた。

「……ふたりとも、よくやった。あとは任せろ」

継彦が穏やかな顔で言う。その横顔にこくりと頷いて、エクシールは一歩下がった。

「……使い古された台詞だけどな。結局何事にも、表と裏があるんだよ。コインみたいにな」

跪いているアゼルに視線を合わせるように屈み込みながら、継彦はぽつりぽつりと言葉を紡いだ。

「聞いたろ？　俺があんな馬鹿魔力を得られた理由。我ながらひどいもんだと思うよ。人間の持つ欲望の中でもかなり特殊というか、ひねくれた『色欲』の発露だった。だがあんなものでも、扱い方次第で大きな力になる。『裏』の力も『表』の意志で使えば、正しい方向に向かうことができる」

「……私が間違ったというのか。そんなはずはない。人間に欲望など……不要なのだ」

「いいや、お前は間違ったのさ」

継彦はぴしゃりと言い切った。だがその口調は、まるで子供を叱るかのように優しかった。

「ただし間違ったのはお前だけじゃない。誰もが間違えた。間違えたまま進んで、ここまで来てしまった。もちろん俺も間違えたよ。なにせお前に対して、『無茶苦茶しやがったクソBBA』としか思ってなかったんだから」

彼はそんなことを言って、苦笑した。

「お前はかつて人類に失望した。そうさせる事件があった。俺はそれを知っていて、なのにお前のことはまるで考えなかった。ただ敵として扱った。憎んだ。それこそがお前の嫌う、浅慮《せんりょ》で欲望に忠実な人間の姿だってのにな」

継彦はアゼルの頬を両手でそっと挟み込んだ。彼女は不思議と抵抗せず、黙って受け入れていた。

「人間は馬鹿だけどよ。ひとつだけいい発明をしてるんだ」

じっとアゼルの瞳を見つめて、継彦は小さく頭を下げた。そして告げる。

「――ごめんな、アゼル。お前のことをわかろうとしなくて」

それはとても簡単なこと。子供でもできる当たり前のこと。『間違った時はごめんなさい』

――ただそれだけのこと。

「……あ」

吐息のような呻きを漏らして、アゼルは強張っていた体の力を抜いた。強情な気配も霧散する。

「私は……どうすればいい？」

迷子のように頼りない声で、褐色の堕天使が呟く。継彦はそれに、小さく微笑してみせた。

「わからないなら、こっちから提案するさ。……お前のことをもっと教えてくれ。知るための時間をくれ。そしてお前も俺を知ってくれ。自分で言うのもなんだが、俺は実に人間らしい人間だ。清濁《せいだく》併せ呑んでいて、簡単にどっちにでも転ぶだろう。モデルケースとしてはいい物件のはずだ。……つまりさ、もう一度チャンスをくれないか？　って話だ」

「チャンス？」

訝しげに眉を寄せたアゼルに、継彦は頷いた。

「俺はさ。人類はまだ進化の途中なんだと思ってる。いずれはもう少しまともな生き物になれると信じてる。それをお前にも信じて欲しい。ただすぐに人類全部を信じるのはきついと思う。だからまずは、俺を信じてくれ」

「……貴様を信じる、か。……およそ最悪の人選のように思えるが、気のせいか？」

と――力なくそう呟いたアゼルの顔からは、堕天使の王たる威厳が完全に削げ落ちていた。

「気のせいさ、たぶん」

言いながら手を差し出す。アゼルは少しだけ躊躇ってから、おずおずと握手に応じた。

「約束成立、だな。……おっと、そうだ。とりあえず『魔王の半身』は返してくれ。安心しろ。取り戻したあとのことは考えてる。悪いようにはしないさ」

「ああ、そうだな……」

頷いて、アゼルは手を前に差し出した。すると掌の上に、黒く渦巻く『力』の塊が現出する。

そして十数秒後――『堕天使アゼル』はこの世から消え去り、あとには艶やかな黒髪と雪のように白い肌の清らかな天使――アズエルだけが残された。

「アズエル様……！」

「エクシール……ごめんなさいね。あなたには迷惑ばかりかけてしまったわ。キリエルも……本当にごめんなさい」

「おいこら。なんで肝心の俺には謝罪がない――ま、いいか」

文句を言いかけた継彦も、敬愛する上司の帰還を喜ぶエクシールの顔を見ると毒気を抜かれて肩をすくめるしかなくなっていた。

「エイダ……継彦。これを」

やがてエクシールから視線を外したアズエルが、掌の上の『魔王の半身』を差し出した。

「ああ、そうだな。……えらく遠回りしたが。こいつもようやく、収まるべきところに収まって――」

と、『魔王の半身』を受け取るべく、継彦が手を伸ばした――その瞬間だった。

「――継彦様！　右です！」

声が聞こえた。ベゼルの焦りきった声。だがその声が持つ警告の意味を脳が理解する頃には、アズエルの掌の上にあった『魔王の半身』は、何者かの手によって奪い去られていた。

「……させないわ。こんな終わりは認めない――」

その何者かが、低い声で呻いている。

シェムールだった。なぜか右腕の肘から先がなくなっている。だがそれは問題ではなかった。問題なのは左手に握っている、黒く凝った魔力の方だ――

「……ッ！　申し訳ありません、継彦様」

ベゼルが駆け寄ってくる。その手には女の腕が握られていて――それで察した。

「あの女狐、拘束されてる右腕をぶった切って脱出しやがったのか！　ああくそ、変なところで思い切りよくなりやがって！」

喚くが、それで状況が変わるわけでもない。いや、そうしている間にも、刻々と悪くなりはするか。

「収まるべきところに収まる？　そんなわけないでしょう――これは人間如きに預けるに

は勿体ない代物よ。有効活用できる私――新たな神となるこの私にこそ、相応しい力だわ」

「……神？」

キリエルと並んで戦闘態勢を取っているエクシールが、訝しげに呟く。するとシェムールは、自らの血で汚れた美貌をぐにゃりと歪めてみせた。

「そう――神よ。アマツに並び立つほどの力を持てるなら、それは神に他ならない。巨大な器で聖力と魔力を併せ持ったアゼル様や、あなたたちのその力……『超昂』だったかしら？　それもいい線ではあるけれど、しょせんは高度に精製された魔力でしかない。けれど私は違う。誰とも違う高みに登り得る。『融合』――私という存在と完全に融け合わせることで、この力は真の価値を発揮する！」

悪女は叫び、左手で握った『魔王の半身』を自らの肉体に押し込んだ。すると膨大な『力』がシェムールを取り巻き始め、数秒もしないうちに周囲の空間ごと弾けた。

纏っていた衣服が消し飛び、完全な裸体となったシェムール。だがその美しい肢体には、なにかとてつもない変態の兆しが見えていて――

「ア、アアアアァァァァ……ッ！」

それは悲鳴であり、咆哮であり、絶叫であり――そして嬌声でもあった。

「――神に――私こそが――アマツさえ超えて――禍《まが》つ、神に――！」

「……こいつはまずい！　退避は――無理か！」

なにかもが間に合わないまま、それは起きた。

赤い光が瞬き、視界が一瞬奪われる。そして次に目を開いた時——彼らはまったく別の場所にいた。

◇

「——くぅ⁉」

先ほどまでいた王座の間とは似ても似つかぬ場所——ひび割れた黒い大地が延々と続く奇妙な空間に放り出されたエクシールは、思わず呻いていた。

「ここは……⁉　いえ、それよりも他の皆は⁉」

自分以外の人影がないことに気づき、周囲を見回す。すると——

「ああくそ！　なんだってんだ、いきなり！」

背後から声がした。振り向くと継彦がいた。無事のようだ。隣にはキリエルもいる。

「継彦！　キリエルも！　良かった、無事だったんですね！」

「ああ。どうも強制的に転移させられたみたいだな」

「うん。ただ、具体的にどこなのかはちょっとわからないかな。あれ？　天使長様とベゼルは？」

言われて気づく。アズエルとベゼルの姿はどこにもなかった。また魔将も見当たらない。

「……たぶん、強制転移の対象から外れたんだ。シェムールの意志だろう。決着をつけたい者だけを呼んだ。——違うか？　偉そうに上から見てやがる、お空の堕天使さんよ！」

と、継彦がいきなり叫んで、ぱっと上空を仰ぎ見た。つられて空を見上げる。

するとそこには、確かにシェムールが――いや、シェムールだったモノがいた。

『巨大』

一言で評するならそれが最も適切だろう。何十倍、あるいは何百倍に届くほどに質量を増した巨人の姿で、彼女はこちらを見下ろしている。

「堕天使？　ふふ――違う。もう違うのよ。私はマガツ神。神騎、悪魔、堕天使――この世に存在する『力ある者』の要素を全てを内包し、地上に君臨する唯一無二の絶対者……」

陶酔したように、偽りの神マガツが言う。なにもかもが変わり果てた異形の魔神には、シェムールという悪女の面影はほとんど残っていない。

腕は歪《いびつ》に変形し、美しかった褐色の肢体は病的な青白さを帯びている。顔は――ある種美しいと言えなくもないが、狂人のように充血した目や三日月のように裂けた口元が、それが決してまともな生命体ではないということを、ことさらに主張していた。

「……流石にでかいな。でかすぎて敵としてのスケール感がいまいち掴めねえが……」

ちら、と。継彦が視線を送ってくる。キリエルにも同様の視線が飛んだ。

『やれるか？』――そう訊ねる視線だということは、いちいち確認せずともわかった。

「……」

無言のまま、エクシールはソル・クラウンを握り直し、一歩前に出た。するとまったく同時に、キリエルもまた進み出てくる。

「相手は神……たとえ偽りでも、そう名乗るに相応しい力を持つ者」

「でも、こっちだって超昂神騎だ。しかもふたりもいる。……負けはしないよ」

「……そうか」

若き魔王は万感を込めて頷くと、この上なく頼もしい戦乙女たちの肩を一度だけ叩いた。

「これが本当に、最後の戦いだ。——行ってこい！」

「はい！」

「うん！」

元の世界から隔離された歪《いびつ》で孤独な空の下、美しき神騎たちは力強く頷き、純白の翼を広げて飛翔した。そして——

「愚かな——力の差がわからぬか！」

マガツは超越者の優越感を滲ませて咆哮し、禍々しく巨大な腕を真横に薙いだ。

キィィィィィィィィン……ッ！

奇怪な音を立て、空が引き裂かれる。と同時に漆黒の大地に入っていたヒビが、その余波だけでミシミシと広がった。尋常ならざる怪物が放つ一撃はただの物理攻撃には収まらず、その一挙手一投足に破滅的な意味を含んでいる。

「あはは——あーっはっはっは！　見なさい、この力を——ただのひと薙ぎが空を裂き、大地を穿つ！　これこそが万物を統べる、神の——！」

「——神の、なんだって？」

昂りきった偽神の精神に氷柱を突き刺すような、そんな声だった。キリエルは攻撃をかわした一瞬あとの行動で、マガツの肩の上に移動していたのだ。

「貴様、いつの間に――」

神の体に触れたその不敬に、マガツは激昂した。が、キリエルはそれにも冷たく応じた。

「確かに凄い力だ。恐ろしいとも思うよ。でも――お前に比べれば、アゼルの方がずっと手強かった」

とんっ。マガツが不敬者を誅するべく動き出す前に、紅の神騎はその身を宙に躍らせた。

「――早く。速く。疾《はや》く」

呪文のように呟きながら、ハヤテ・カムイを聖鎧の脚部パーツに固定。その力を全て、『速度』へと変換する。

「ふぅぅぅ――」

一呼吸する合間に、彼女は黒き大地へと着地した。そして――

ぞんっ！

赤い閃光が一条、戦場を走り抜けたかと思うと、マガツの巨大な右腕がズタズタになっていた。

「ぎぃあああ……⁉　お、おのれぇ――！」

血走った目でキリエルを探すマガツ。しかしその時には、彼女はもう『次』の行動に移っていた。

「――焔竜《えんりゅう》の火炎よ。我が前に立つ者全て――灼き尽くせ！」

赤い光が瞬く。今度はマガツの左腕に幾本もの傷が走った。

「――神撃！」

光が瞬く。瞬く。瞬く。そのたびにマガツの腕が斬り裂かれ、穿たれ、その存在を綻ばせていく。

そして――

「サラマンダァァァァ！　ストラァァァァイクッ！」

バシュウッ！　紅蓮の輝きが一際激しく瞬くと、無双の力を得たはずのマガツの両腕が、根元から斬り落とされた。

「ぐ、ぎぃいいいいいッ!?　そんな、馬鹿な……！　腕が……なによりも硬く、強いはずの……！　私の、腕がぁ……！　なぜ……ありえない、こんなこと、ありえるはずが――!?」

絶叫。憤怒と憎悪、ありえない現実を疑うがゆえの困惑がないまぜになった、心からの絶叫。

その最中に。マガツは見た。

「ソル・クラウンよ――」

――上。誰よりも高みにいた彼女の、さらに上。

「――我と汝の全てを解き放て――」

清廉なる白銀の戦乙女が、煌々《こうこう》と輝いている――

「おのれ――おのれおのれおのれ！　私を、この私を見下ろすなど！　誰が許したぁぁぁぁぁ！」

屈辱は憤怒に転じ、憤怒は激しい憎悪となった。そして彼女の憎悪は現実にも侵食し、漆黒の炎となって蒼の神騎へと向かう。だが――

「――神撃！」

エクシールは躊躇いなく、真っすぐにマガツを目指して飛翔した。途中で漆黒の炎と正面からぶつかりながら、しかし燃え尽きることなく突っ切って。

「なぜ――なぜ止まらない――！」

マガツはもう一度炎を放とうとしていた。だがその行動は、あるものを見たことでぴたりと停止する。

「き、さま……」

やはり、上。全てを見下ろすべき彼女を睥睨している誰かが、エクシールの他にもいた。

その誰かは、こう呟いていた。

「――言ったよね。よそ見してると死ぬってさ」

「キリ、エル――貴様ァァァァァァッ！」

限度を超えた憤怒が、マガツの行動を全てキャンセルさせた。攻撃、防御、回避。なにひとつできはしない。

そうして。プライドに拘泥《こうでい》したがゆえに無防備になった偽りの神に、白銀の裁きが下る――

「ジャッジメント――」

まず一撃。脳天から股間までを真っすぐ走る渾身の一振り。そしてもう一撃――

「――パニッシャァァァァァァァッ！」

続けざまに放たれた横一文字の斬撃が、先の一撃と交わりながら振り抜かれた。

「ぎ、あ……⁉　あ、ああ……アアアアアアアァァァァァァァッ⁉　崩れる、消える……！　神が、この私が……なぜぇぇぇぇぇっ⁉」

眩い十字の裁きを中心に、邪悪な神の体が崩れ去っていく。それを地面に降り立ちながら見据えて、エクシールは告げた。

「……『超昂』とは即ち進化と成長の力。人間だけが持つ……欲望の一側面。いえ、こう言うべきかもしれませんね。前に進むための力、と」

「その力を、あんたは取り込まなかった。人間を見下していたから。神騎、悪魔、堕天使――どれも人間とは比べ物にならないくらい強力な存在だけど……前に進もうとする意志だけは、人間には及ばない」

「前に進むための、だと……？　……私は、立ち止まったから……負け、た……？」

自問だけを残して、巨大な偽りの神はボロボロとその身を崩していく。その肉片に混じって、黒い魔力塊がふわふわと姿を現した。

「……お前は強かったよ。でもそれだけだった。力を得て、勝って。そんなことで満足だったんだろう。でも俺たちには明日がある。生き抜くべき未来がある。……理屈を並べることもできるけどよ。実のところ、たったそれだけのことだったたんだよ」

『魔王の半身』を手中に収めながら。

若き魔王は静かに呟き、力に溺れた者の末路を想った。

◇

堕天使との戦いが終わりを迎えてから、一週間ほど経ったあと——

「……まあなんというか、人間ってホント凄いな」

継彦がそんなことを呟くのに、エリスはくすりと微笑んだ。

「そうですね」

頷いて、周囲を見やる。といってもなにか変わったものがあるわけではない。犬の散歩に出てきたおじいさんや通勤中のサラリーマン、きゃーきゃーと騒ぎながら登校する小学生の集団など、どこででも見られる光景が広がっているだけだ。

もっとも、だからこそ『凄い』わけだが。

「あれだけの騒ぎだったのに、いまはもうこの調子です。かく言う私たちも、こうして学校に向かっているわけですし」

そう。早い話、世界は驚くべきスピードで平和を取り戻していた。無論問題がないわけではないいし、解決すべきことがらは多い。特に継彦たちの周囲——一度は天界を裏切った形になるアズエルや、ベゼルたち悪魔の処遇に関しては、いまも落としどころを探って鋭意努力中である。

しかし大筋で見れば、やはり『世界は平和になった』というべきなのだろう。少なくとも街の人々の顔にはかつてのような暗さはないし、エリスたちもこうして普通に登校することができている。

「あ――ところでさ」

と、継彦を挟んで反対側を歩いていたキリカが、明るい調子で呟く。神騎としての彼女は凛々しい雰囲気だったが、制服を纏って登校している現在を見ると、やはり年相応の少女なのだとわかる。

「どうされたんですか、キリカさん」

「えっとさ。いま言うべきかどうかはわからないんだけど……」

「？」

よくわからず首を傾げる。するとキリカは継彦をぴっと指差して、

「ほら、決戦の前に言ってたでしょ？　全部終わったら答えを出すって」

「――あ」

そうだった。エリスとキリカ。どちらを選ぶのかという究極の二択の回答を、この戦いのあとで出すのだと、継彦は確かに言った。

「あー……そういやそうだったな。……くそ。きっちり覚えてやがった」

「ほら。私が言わなかったらうやむやにするつもりだったよ、この人」

言いながら、キリカは立ち止まった。そして手を差し出して、目を瞑る。

「エリスさんも」

促され、彼女の言わんとすることを理解する。確かにこの方法であれば誤魔化しは通じない。

静かに目を閉じ、手を差し出した。

「……素直な気持ちで」

「選んだ方の手を取って」

ふたりして告げると、継彦がたじろぐのが気配で知れた。だがそれも数秒のことで、やがて彼も覚悟を決める。

「……わかった。じゃあ、いくぞ?」

どくん。心臓が高鳴った。そして恐怖した。もし選ばれなかったらと思うと、怖くてたまらない。

しかしその心配は杞憂だった。差し出したエリスの手に、ごつごつとした、だがとても温かい手が触れる。

(良かった……でも、これではキリカさんが……)

嬉しかった。だが同時に、少しだけ哀しかった。あれほど純粋で強いキリカの想いが報われないというのは、一種の悲劇ですらある。

そんなことをぐるぐると考え、どんな顔でいればいいのか悩みつつ、エリスはそっと瞼を開いて――

「……え？」

そんな間の抜けた声を漏らした。なぜなら目を開けた瞬間、継彦に手を握られているキリカの姿が見えたからだ。

そう――継彦は腕をクロスさせて、エリスとキリカ、両方の手を握っていたのだ。

「ちょ……ちょっと待ってください。継彦、これはいったい……」

「そうだよ。センパイ、どういうつもり？」

「――ふ、見ての通りだ」

継彦はふたりの手を離すと、なにやらよくわからないキメポーズを取った。それから

「考えてみれば、だ。俺は魔王――そう、『王』なのだ。であればハーレムが築かれることもそう不思議ではない。即ち！　俺はどちらかを選ぶ必要などない！　飛車角両取りこそが正解！」

どうだこの完璧な結論は⁉　とばかりにドヤ顔をキメる継彦。エリスはそれに、しばし呆気に取られた。隣では同じく呆気に取られていたキリカが、額に手を当てて呻いている。

「…………あー……うん。そっか。センパイだもんね……こういうのもありえる話だった……。でもまあ、うん……仕方ない、か。はぁ……」

ぶつぶつと呟いていたキリカだが、やがて嘆息すると、小さく苦笑した。どうやら色々と諦めることにしたらしい。

「ああもう、この人は――」

エリスはしばし継彦にジト目を向けた。しかし彼はまるで堪えていない。『なにが駄目なんだ？』とばかりに首を傾げている。

そんな彼に、エリスはぴっと指を突き付けた。

仕方ない。なるほど、確かにそうかもしれない。彼の出した結論は、ある意味では一番丸く収まる形だ。エリスとしてもキリカは大切な友人で、その恋が悲恋に終わるのは避けたい。

しかし、だ。それでも言わずにはいられない。

「継彦っ」

息を吸った。大きく。そして彼女は、

「――魔王的ですっ」

そう、むくれた顔で叫んだのだった。

後日談　ああっアズエル様っ

吸い込まれそうなほど美しい空、という言葉があるが——空はいったい、なにを吸い込むのだろう？

ふと湧いて出た自問を胸中で転がしながら、アズエルは空を見上げた。ひたすらに続いている青い空。ぼうっと見続けていると、確かになにかが吸い込まれるような錯覚があった。

ではその『なにか』とは？　再び過ったその問いに、彼女はこんな答えを出した。

「感情……かしらね。嫌な気持ちを、空は吸い上げてくれる——」

だから、というわけではなかったが。自宅であるマンションの屋上に、彼女はいた。本来は安全面を考慮して立ち入り禁止になっているのだが、そもそも彼女は空を飛べる。鍵のかかった扉程度で制止することなどできはしない。

「……嫌な気持ち、ね」

彼女は呟きながら、視線を空から引き剥がした。町を見る。様々な人間が笑い、泣き、怒っている——つまりは生活している場所を。

（自分がなにを嫌がっているのか——それがわからないほど愚かではないつもりだけれど）

声には出さずに呟いて、彼女は嘆息した。ここのところ同じことばかり考えている。だが、答えは未だ片鱗すら見えない。

（あの戦いが終わってから、ずっとこの調子ね。もう三か月になるかしら）

目の前に広がる町を中心とし、世界中に影響を及ぼした大きな戦い——聖魔大戦。その終焉から数えて、おおよそ三か月が経過していた。ちなみに彼女が地上に再び降り立ってから——天使長の立場を神騎ミカフィールに譲り渡し、このマンションに住むようになってからでいえば、一か月ほどが経っている。

（……空を見るようになったのは、こちらに降りてきてからね。つまり丸々一か月、こうしてなにもせずに空ばかり見ているわけだけれど）

無論、本当になにもしてないわけではないが。天使長の座こそ譲った彼女だが、役目を帯びていないわけではない。

魔王・央堂継彦——そのお目付け役（＋同じマンションに住むお姉さん）。それが、アズエルの最新のステータスだった。

——あの戦いで、央堂継彦はエイダムの魔力を全て取り戻した。だが彼は従来の形——『魔族たちの王』としての魔王になることを善しとしなかった。

人の意志力より抽出される、それゆえに不安定な力……魔力。その管理者として、即ち『魔』を統べる『王』として、魔王を名乗ると決めたのだ。

具体的には、魔力を悪事に使う者……はぐれ魔族や堕天使を成敗する、というのが一番の仕事だ。つまり聖魔大戦時と、やることそのものはそれほど変わらない。

変わらないと言えば、エクシールやキリエルもそうだ。彼女らは『魔王』たる継彦を補佐し、魔力が健全に運用されるよう努める役目を負っているが……実際にやっていることはこれまで通り『正義のヒロイン』である。

（……頑張っているわよね、あの娘たち。あんなことがあったあとなのに……）

ふと気持ちが暗くなる。アズエルが思い悩んでいる原因の一端は、実のところ彼女らにあった。

アズエルは『アゼル』として、今回の聖魔大戦の中核にいた。そして最終決戦の最中、エクシールとキリエルを拿捕《だほ》し、激しく辱めた。

そのことが、アズエルの心の奥底に深く突き刺さっていた。堕天していた時のこととはいえ、あの行いは本当にひどいものだった。ふたりはなぜか許してくれているが、それがかえってアズエルの心をちくちくと刺していた。

（……誰も、私を責めない。天使長の座を明け渡した時もそう。本来なら剥奪されてしかるべきところを、私の方から言い出すまで誰も口にしなかった）

つまるところ――犯した罪に対して、罰が不足している。そのアンバランスさが、アズエルの心を曇らせているものの正体だった。

「……そうしていると、人間の女に見えないこともないな」

と――不意に話しかけられて、アズエルは振り返った。そこには青白い……というか完全に青い顔色の男がひとり、ぴんと背筋を伸ばして立っている。

「……ベゼル？」

聞き馴染みはあるが口には馴染んでいない名前を呟いて、アズエルは眉を顰めた。

ベゼル。神騎であるアズエルとは不倶戴天の間柄にある、純粋なる悪魔だった。聖魔大戦のあとも継彦に仕え、彼を通して『人間』というものを知ろうとしているらしい。なのでいまもエリスの部屋に逗留《とうりゅう》し、家事全般を請け負っている。つまりアズエルとは、同じマンションに住むご近所さんでもあるわけだった。

とはいえ、必要がなければ口を利かない相手であるのは間違いなかった。少なくとも考え事の最中に気やすく声をかけられる間柄ではない。

「人間の女に見える……ね、だとすれば、この服のおかげでしょう」

それでも性格上、無視するということができない彼女は、自らの格好を見下ろして呟いた。

彼女はいま、ベージュのタートルネックに黒のロングスカートといういで立ちだった。アクセサリーの類は一切身に着けていない、落ち着いた大人の装いである。

これらは地上に戻って来た時、エリスやキリカに連れられて購入したものだった。他にも数着購入したが、アズエルはこの組み合わせが一番気に入っていた。

「そうか。……ところで、なにを見ていたのだ？」

ベゼルは頷いてから、まったく関係のない質問をしてきた。随分と下手くそな世間話もあったものだ。

相手をするかどうか、少し迷った。だが結局、無視はできなかった。

「……別に。ただ町と……人を見ていただけ。あなたや私に苦しめられた、ね」

それは自虐であると同時に、目の前の男への皮肉でもあった。ベゼルにはかつて魔王の座を簒奪し、この町の人々を蹂躙した過去がある。

（もっとも……相手は悪魔。気にするような神経はないでしょうけれど）

実際、ベゼルが皮肉を気に留めた様子はなかった。そうか、と呟いて頷くのみだ。

「……それで、私になんの用が？　まさか下手くそな世間話をしに来たわけではないでしょう」

「……下手だったか？」

少し気にしたのか、彼は片眉を跳ね上げた。それから嘆息し、言葉を続ける。

「継彦様が、お前に覇気がないのを気にしておられた」

「…………そう」

返事が遅れたのは、継彦に悟られるほど態度に出ていたことを恥じたからだった。彼に知られているのなら、エリスやキリカにも伝わっている可能性がある。それはあまりよろしくない。

「……以後気をつけるわ。少なくともエクシー……エリスやキリカちゃんの前では態度には出さないようにする。それでいいかしら？」

「それを決めるのは私ではない」

「それもそうね」

拘らずに頷いて、アズエルはまた空を見上げた。これ以上は口を利かない。そう雰囲気で告げる。ベゼルはその空気に逆らわなかった。数秒もすると気配が消える。部屋に戻ったのだろう。

「……もう少し、ここにいる必要がありそうね」

この空が胸中に渦巻く不安を吸い込み切るまで、あとどれくらいだろうか。そんな益体もないことを考えながら、彼女はしばしその場に立ち尽くしていた。

◇

「どうだった？」

「駄目ですね」

打てば響くようなその返答を聞いて、継彦は手にしていた雑誌をテーブルに置いた。

「即答か。……どのくらい駄目なんだ？」

「重症かと。以前の彼女であれば、私の姿を見た時点で毒虫を見る目になっていたものですが。いまは……そう。『別に』といった態度でした」

「……なるほど、そりゃよくないな。いちいち喧嘩されるのも面倒だが、まったく意気がないのはより厄介だ」

言って、彼は頬を掻いた。

　アズエルの様子がおかしいことに気づいたのは、ほんの数日前だった。以前は顔を合わせるたびに小言を言われていたのだが、再会してからはその機会が減っていたのだ。最初はそれほど気にならなかったのだが、こうも続くとなにかあるのではないかと思えてくる。

「……小言を言われたいわけじゃないが。言い返してくれないとＢＢＡ呼ばわりもできない。こっちが一方的に悪者になっちまうからな」

「僭越《せんえつ》ですが継彦様。そうでなくともＢＢＡ呼ばわりはすべきでないかと」

「いや、お前が小言言うのかよ。……まあいい。ベゼル。俺の参謀として、なにか具申することはないか？」

　足を組んで問うと、ベゼルはこくりと頷いた。

「具申というより報告ですが……彼女はこう申しておりました。『少なくともエリス様やキリカ様の前では態度に出さないようにする』と。こちらからおふたりの話題を出したわけでもないのに、名指しででした」

「……ふむ」

　ソファに身を預け、じっと黙考する。それはつまり、エリスやキリカには弱みを見せたくないということだ。とするとアズエルの悩みの種はあのふたりに関係している可能性が高い。そしてあのふたりに関して、アズエルが気に病みそうなことと言えば……。

「……なるほど、罪悪感か。生真面目なアズエルらしい悩みだよ」

　呟いて、彼は嘆息した。それから顔を上げ、ベゼルにこう命じる。

「……明日か明後日か。キリカもいるタイミングで、アズエルを呼んでくれ。今後の取り組みについて話があるとか、それらしい理由をつけてな」

「構いませんが……どうされるおつもりで？」

ベゼルの問いに、継彦はにやりと笑ってみせた。

「簡単さ。飴を欲しがるなら飴を。鞭を欲しがるなら鞭をくれてやればいい」

「……荒療治、というわけですか」

ピンときた様子のベゼルに、継彦は笑みを深めた。

「だいぶ察しがよくなったな」

「あなたという人間に慣れただけですよ」

淡々と答えるベゼルの表情には、少しだけ疲れたような色が滲んでいた。

◇

そして後日——

「——というわけで、アズエルには『お仕置き』が必要だと思う」

「はい？」

開口一番に放たれたその言葉に対し、真っ先に反応したのはエリスだった。なにを馬鹿なことを言っているんですかと、その顔にはっきりと書かれている。

「ううん……いまのはちょっと、私にも理解できないかな……」

普段は継彦とツーカーのやり取りをしているキリカも、突然のことに困惑していた。

が、継彦はまるで頓着《とんちゃく》しなかった。その反応は織り込み済みだとばかりに、鷹揚に頷いてみせる。

「要するにバランスの問題だよ。やられっ放しでいいのかって話さ。アズエル……あの時はアゼルだったが。とにかくこのデカパイ神騎は、ふたりに対して手酷い陵辱を行った。これまではなあなあで済ませてきたが、この先も一緒にやっていくなら、このままってわけにもいかないだろ」

継彦の言葉はエリスやキリカに向けられているように見えて、実際にはそうではなかった。その視線はふたりではなく、ソファに座っているアズエルのみに注がれている。

「……つまり、ケジメをつけろと。あなたはそう言いたいのね？」

ややあって、アズエルが静かに告げた。表情は硬い。眼光は鋭く輝き、一直線に継彦を睨み据えていた。

(殺すわよ、ってな視線だな。だが弱い。以前ならわりと本気の殺気が飛んできたが、これはほんの牽制だ。俺の真意を探ってるな。なら……)

絶対零度の視線を正面から受け止めつつ、継彦は言葉を継いだ。

「ああ。俺たちの今後のために必要な措置だ。罪には過不足ない罰が必要。違うか？」

「…………」

アズエルは無言だった。ただ、瞳がわずかに翳るのは見て取れた。罰について考えている目。手ごたえありだった。

「あ、あの……アズエル様？　私たちなら、その……大丈夫ですから」

「うん。センパイのはいつもの病気だし、気にすることはないですよ」

凍り付いた場の空気に、ふたりの少女は慌ててアズエルに駆け寄る。が、彼女はすっと手を掲げて、ふたりを制止した。

「…………そうね。一理あるわ」

『え？』

意外な返答に、少女たちが声をユニゾンさせる。だが彼女らのその困惑は、ひとまず捨て置かれることとなる。

「『お仕置き』と言ったわね。具体的には？」

「罪と無関係な罰じゃ意味がない。目には目を、歯には歯を。陵辱には陵辱を、だ」

告げると、アズエルは長い黒髪をさっとひと撫でした。逡巡の仕草。恐らくは、覚悟を決めるための——

「…………いいわ。それでいきましょう」

やがて彼女はそう言って、立ち上がった。

「そうこなくちゃな。それじゃ、早速俺の部屋に行こうか」

「……ええ」

ふたりはそれだけ打ち合わせると、連れ立ってリビングを出て行った。

「……ええと。いったいどうなってるんでしょう？」

「……さあ。ただ、たぶんろくなことにならないんじゃないかなぁ」

「同感です。……それはそれとして、私たちはどうしましょう？」

と、エリスが呟いた瞬間だった。リビングの扉から、継彦の顔だけがにゅっと出てきて、

「あ、もちろんふたりも来るんだぞ」

それだけ言って、また引っ込んでいった。

「……とりあえず、いこっか」

「……そうですね」

少女たちは困惑でいっぱいの顔を見合わせつつ、のろのろと歩き出した。

◇

「……それで、私はどうすればいいのかしら？」

部屋に着くなり、アズエルはそう訊いた。声には棘があり、表情には強張りがある。『お仕置き』を受け入れると決めたものの、先行きに不安がないわけではない。それが声や表情にも表れている。

「そうだな。まずは服を脱いでもらおうか」

「……わかったわ」

頷いて、アズエルは脱衣を始めた。薄手のタートルネックとロングスカートを脱ぎ捨て、下着にも手をかける。

だがそこで、ふと手が止まった。視線。継彦はもちろん、エリスやキリカもじっとこち

らに注目している。そのことが、狭い室内だと弥《い》が上《や》にも意識に食い込んできた。

(そういえば、私……こんな風に肌を晒すのは初めてだったかしら……)

気づいてしまうと、にわかに緊張感が高まった。ちりちりと羞恥心が焦げつき、心臓が高鳴っていくのがわかる。

「どうした?」

「……なんでもないわ。……そうよ。この程度のこと、なんでもないことだわ……」

自身に言い聞かせるように呟きながら、アズエルはブラジャーを外した。たわわに実った大きな乳房が外気に晒され、ぷるんと揺れる。

「……うわ、すごいおっきい……」

キリカが呟くように言うのに、アズエルは赤面した。彼女に悪気がないのはわかっているが、改めて指摘されるとひどく恥ずかしい。

「おっと、待った」

と、続けてショーツも脱ごうとしたアズエルの手を、継彦の手が制止した。

「下は残しておこう」

「……一応訊くけれど、なぜ?」

「決まってるだろ。最後の一枚はいざって時に脱がす——その方がエロいからだ!」

「………」

断言する継彦の顔を、アズエルは冷ややかに見やった。これを新時代を切り拓く魔王と認めていいものか。いまさらながらに疑問に思う。

「……まあ、いいわ。それで……次は？」

頭を振って意識を切り替える。すると継彦はにやりと笑ってみせた。

「そう焦るなよ。いま道具を用意するから」

「……道具？」

訊き返すと、彼は机の引き出しをごそごそと漁り、黒い布製のなにかを取り出した。そのままくるりと向き直り、差し出してくる。

「これは……？」

「目隠しだ。プレイ――ごほん、導魔のために通販で買っておいたものでな。といっても、結局使わなかったが」

「……それはつまり、私たちに使う気だったということでは……？」

と、これはエリスである。行われるはずだった『目隠しプレイ』について想像したのか、やや頬を赤らめている。キリカは無言で半眼を作り、継彦に湿度の高い視線を浴びせていた。

そのどちらもをきっぱりと無視して、継彦は告げてきた。

「ベッドに上がってこれを着けて、四つん這いになるんだ」

「……ええ」

黒い布――目隠しを受け取り、言われた通りに行動した。

ベッドに上がって眼鏡を外し、気を遣って歩み寄ってくれたエリスに預ける。それから目隠しを身に着けた。視界が塞がれる。意図的な暗闇が、彼女の視覚を完全に封殺していた。

(ただの布を身に着けただけで、本当になにも見えないのね……)

呟きながら、手探りで身を屈めて四つん這いになる。犬のような格好。それはひどく屈辱的だったが、罰を受けるのに相応しい体勢とも言えた。

(……ここから、なにをされるの……？)

どくん、どくん。鼓動が少しずつ大きく、そして速くなっていくのを感じた。『お仕置き』の具体的な内容についてはなにも打ち合わせていないから、目隠しで視界を奪われたいま、この身に降りかかる責め苦を事前に察知することはできない。全ては起こってしまってようやくわかることだ。

どこに、どのような陵辱が加えられるのか。想像だけが先走り、膨らんでいく。

「……ふむ。中々どうして眼福だな」

ふと、継彦が呟いた。彼はなにやら、感心したように続ける。

「自分ではわからないだろうから、実況してやる。お前のおっぱいは重力に引かれて、木の枝に生《な》った果実みたいにぶら下がってる。実に美味そうだし、エロい。それと腹はくびれてるな。流石は神騎。ＢＢＡといえど一流の戦士ってわけだ。おっと、尻も随分エロいな。重量感たっぷりだが全然垂れてない。肌はぴちぴちだ。……ほう。下の毛は結構しっかりだな。下着越しでもはっきり見えるぜ。……いいね。どこを取ってもいやらしいとしか言えない、見事なエロ肉だよ」

「……っ」

屈辱的な状況を客観的に指摘され、アズエルは奥歯を噛んだ。覚悟はしていたはずだが、心が羞恥で赤熱するのを止められない。

「……余計なことは言わなくていいわ。やるならさっさとやりなさい」

「なに言ってんだ。これも罰に含まれてるんだぜ？　つまりは言葉責めだ。……ま、早くいじめてくれって言うなら、そうしてやるのは吝《やぶさ》かじゃないが」

彼がにやりと笑ったのは、見えていなくともわかった。反射的に怒鳴りつけてやりたくなったが、『お仕置き』はまだ始まったばかりだ。ここで堪忍袋の緒を自ら断ち切っているようでは、先が思いやられる。

「さて、それじゃあご要望に応えて、最初の『お仕置き』を始めようか」

継彦が近づいてきた。きしりとベッドが軋む。

（来る……）

また想像が……妄想が羽ばたいた。

果実のようにぶら下がった乳房を揉まれる？　最後に残ったショーツを剥がれ、一番恥ずかしいところを晒される？　あるいは焦らすように、体のあちこちを弄られるのだろうか？　可能性は無限大で、いったいどんな辱めが待っているのか絞り込めない。

「いくぞ。最初の『お仕置き』は――これだ！」

と、彼が威勢よく宣言した次の瞬間。

スパァン！　と景気のいい音が部屋中に鳴り響いた。同時にアズエルの臀部《でんぶ》に、軽い痛みと衝撃が走る。

「きゃあっ⁉」

思わず声を上げる。性的な刺激が来ると身構えていたアズエルにとって、その刺激――尻を平手で引っ叩かれた衝撃は、まったく予想外のものだった。

「な、な……なにをっ」

痛みと衝撃から遅れること数秒。思考に上ってきた激しい羞恥心に、アズエルは声を震わせた。

「くくく……意外だったか？　だが人間界じゃ定番なんだぜ。悪い子を懲らしめるには――『お尻ぺんぺん』が一番だってな！」

楽しげに言って、彼はまたアズエルの尻を平手打ちした。するとまたパァンッ！　という音が鳴り、彼女の尻肉に痛みと屈辱を刻み込んでいく。

「くああっ！　ふ……ふざけないで。こんな子供騙しが罰になるはずが……！」

苦悶の声を上げつつ、アズエルは訴えた。エリスやキリカに対しての仕打ちはもっと陰惨で、かつ性的な陵辱ばかりだった。こんな幼稚な罰で済まされるようなことではなかったはずだ。

「こんなくだらないことはすぐにやめて、真面目にやりなさいっ！」

アズエルの名誉のために特記するが、彼女は別にマゾヒストではなかった。自分からより激しい罰を要求するのは、あくまで彼女の生真面目さに依るものだ。目には目を、歯には歯を。苛烈な陵辱には苛烈な陵辱を。そうでなくては罪を濯げないと、彼女は考えていた。

だが——

「ほほう？　もっと激しく叩いてくれって？」

彼は言いながら、また尻を引っ叩いてきた。三度目の痛みと衝撃。だが今度はそれだけではない。叩かれた場所がジンジンと熱くなり始めている。一度目と二度目の『尻叩き』の余韻が、いまになって牙を剥いたのだ。

「あうっ。ち、違います。この幼稚な罰そのものをやめろと言っているの！　こんなことでは、私の罪は濯げな……きゃうっ！」

言葉は平手の衝撃に断ち切られた。骨までは響かないよう絶妙に加減された、尻肉だけをいたぶるスパンキングの衝撃。

「くくく……『お尻ぺんぺん』を甘く見るなよ。これはこれで立派な責め苦なんだ。それが証拠に、ケツどころか腰全体がびくびくし始めた。情けない格好で尻を叩かれる……言葉にすればそれだけだが、恥ずかしくてたまらないはずだ」

「……っ」

ぴくんと肩を震わせて、アズエルは生唾を飲んだ。確かに彼の言う通りだった。叩かれる痛みそのものは、正直それほど激しいものではない。だが反射的に腰を震わせてしまうと淫らな腰使いになり、それがひどく屈辱的に感じる。

「それに……だ。叩くだけがスパンキングじゃない。こういうこともできるんだぜ」

継彦は実に楽しげに囁いて、尻肉を優しく撫でてきた。すると背筋にぞくぞくっ！　とした痺れが走り、アズエルは熱く吐息した。

「あ、はぁぁぁぁ……っ。い、いまのは……？」

「叩かれたところは敏感になるからな。優しく撫でられるとくすぐったいような、気持ちいいような……そういう感覚になるんだ」

こんな風にな、と言い添えながら、彼はまた尻肉を撫でてきた。今度は指を立てて、もぞもぞとくすぐるように動かしてくる。

「あっ、ああ……ひゃあんっ」

ジンジンと疼く双臀の表面を、言葉にできないむず痒さが駆け回った。すると漏れ出る声が甘くなる。こんなことで喘ぎを漏らしたくなどないのに、どうしても我慢できない。

「次は連続でいくぞ」

「ま、待ちなさ――あうぅぅぅっ」

パンパン、スパァァァァンッ！　尻肉が景気よく音を立てた。だがやはり、痛みそのものは骨までは届かない。無駄に技巧的な尻叩きが、程よい衝撃を尻肉の表面だけに届けていく。

「はあ、はあっ……ひゃうっ⁉　くあ、はぁぁぁぁぁん……」

そして息を吐く間もなく、甘美な撫でさすりの快感に見舞われる。緩急の激しいその刺激に、アズエルはどんどん体温を上昇させていった。

（……おかしい、わ。私の体、なのに……全然言うことを聞いてくれない……！）

じっとりと汗を掻きながら、乱されていく己の肉体に思いを馳せる。悔しいが継彦の手管は本物だ。十分に『罰』になり得るだけの恥辱が、たったこれだけの責めに含まれていた。

「さて。仕込みはこのくらいでいいか。それじゃ本番に入るぞ。……エリス、キリカ。選手交代だ」

『──え？』

と、不意に継彦が告げた言葉に、間の抜けた声がユニゾンした。

「……え？　私たちも……？」

「アズエル様のお尻を……？」

ふたりが困惑したように訊き返す。継彦は即答した。

「ああ。叩いて撫でて揉んでもらう。そりゃそうだろ。これはふたりへの仕打ちに対する報復なんだ。俺はあくまで監督。実際にことを行う選手はふたりの方だ。……さ、アズエルの尻の両サイドに陣取れ。片方ずつ担当して、徹底的にいじめ抜くんだ」

『…………』

ふたりが息を呑むのが、気配で知れた。ふたりとも真面目だから、あまり気が進まないのだろう。

「……い、いいのよ。彼の言う通りに……」

このままでは埒が明かないと、アズエルは自らそう申し出た。すると継彦が、からかうようにこんなことを言う。

「ふたりがまごついていると、アズエルがマゾみたいなことを言わなくちゃいけなくなる。あ、もしかしてそれが狙いか？　ふたりも中々やるな」

「ち、違いますっ。継彦と一緒にしないでください！　……ああもう、わかりました！」

エリスが慌てて否定して、それからやけくそのように呻く。ややあって、ベッドにふたり分の体重が加わった。

「……そ、それでは失礼して……」

「……うん。正直ものすごく気が引けるけど……やるしかなさそうだし……」

そうして、申し訳なさそうな声が聞こえた――その直後。

パァァァァァァンッ！　と。これまでで一番大きく、そして激しいスパンキング音が、部屋中に響き渡った。

「――ひぎぃっ!?」

両方の臀部で弾けた衝撃の強さに、アズエルは悲鳴を上げた。考えてみれば当然のことだった。ふたりは継彦と違ってスパンキングの力加減など知らないから、ただ思い切り平手打ちを繰り出したに違いない。また継彦に叩かれた時は片方ずつだったが、いまは両方同時だ。感じる衝撃は単純に考えて二倍になる。声を出すなという方が無茶な話だろう。

「あの……だ、大丈夫ですか？」

エリスが心配そうに訊いてくる。アズエルはどうにか頷いた。

「し、心配ないわ……つ、続けなさい……」

この責めはまだ始まったばかりだ。簡単に音を上げたら罰にならない。そう自分に言い聞かせる。

「そ、それでは……続けますね？」

エリスは控えめに呟いたが、繰り出す平手はそれに反して非常に力強かった。やはり加減ができていない。それはキリカも同様だった。

「くあっ！　ひう、くうっ！　あぐ、あっ！　はあっ、ああ……っ！」

パンッ！　パンッ！　パンッ！　パンッ！　パンッ！　パンッ！

同時に、あるいは交互に。アズエルの尻は平手を受け続けた。するとどんどん熱さと疼きが増していって、やがて痛みを感じにくくなってくる。

そしてその瞬間。継彦から指示が下った。

「よし、叩くのはそこまで！　次は優しく撫で回せ！」

途端に尻叩きの刺激がやみ、柔らかな女の手が尻肉の上を這い回った。

さわさわ、さわさわ……。

「ひぅっ、うぅぅぅぅ……ああ、だめ……おかしい……なんだか、ヘンな気分に……」

臀部を覆い尽くすもどかしい刺激に、アズエルは全身を震わせた。段々、くすぐったいだけではなくなってきている。なにか奇妙な熱が生まれ始めているのが、自分でもはっきりとわかった。

（……ああ、そんな……い、いけないわ。こんなことで、私……）

きゅっと内股になり、腿をこすり合わせた。まるで粗相を堪える乙女のように。すると背後から、こんな囁きが降りてくる……。

「そろそろ良さそうだな。……下着を残したのは、この時のためだ」

する……と。

彼女の股間を隠していた最後の一枚、純白のショーツがゆっくりとずり下ろされると、仄かな桃色の花びらが開帳された。しかもその花びらは既にぐっしょりと濡れており、かつ脱がされた下着との間に卑猥な糸を張っている。

そのあまりにも淫らな状況を見て、キリカが囁くようにこう言った。

「アズエル様のあそこ、ひくひくしてる……それに、奥からいやらしい蜜がいっぱい……」

言わないで――そんな恥ずかしいこと。言いたかったが、言えなかった。いま口を開いたら、漏れ出るのは言葉ではなく喘ぎだろうと直感していたからだ。

「ねえ、アズエル様。下着にもたくさん、おつゆがしみ込んでるよ。お尻を叩かれて、撫でられて……それだけで感じたの？」

「キ、キリカさん？」

キリカが言葉責めを始めたのに、エリスは困惑したようだった。だが赤の少女は言葉を止めない。

「どうせやらなきゃいけないなら、嫌々やってても仕方ないよ。こういう導魔だと思って、楽しんだ方がきっといい。『罰』を欲しがるアズエル様にとっても、ね」

場の空気に中てられ、少しずつ大胆になってきたキリカの声は、どんどん嗜虐的な艶を増していった。

さわ……。濡れそぼった秘所のすぐ近く。内腿が柔らかに撫でつけられた。

「あ……っ」

切羽詰まった声が漏れる。目隠しのせいでなにも見えないから、あらゆる刺激が不意打ちだった。

「アズエル様のここ、すごくえっちだね。近くを撫でただけで、期待するみたいにぴくぴく反応してる……」

「う、うう……そんなこと、言わないで……」

辱めに打ち震えて、黒髪の美女は熱く吐息した。こんな格好で年下の同性に言葉責めされ、股間を熱くする。なんて情けなく、屈辱的な状況か。そうは思うが、それによって体が火照り、快感が生じているのもまた事実だ。

「いけないなぁ。こんなことで感じるなんて。もう一度お仕置きしなきゃ……」

ちゅ……。左の臀部から卑猥な音が鳴った。キリカが口づけしたのだ。いや、口づけだけではない。熱い舌が尻肉の上を這う感覚と、吸い付かれている感覚が交互に襲ってくる。

「あ、ああ……なにを……？」

豹変《ひょうへん》したキリカの責めにたじたじとなり、アズエルは呻いた。するとキリカは、何度も吸い付いたことで生じた『キスマーク』をつんつんと指で突いて、

「ここに、マークをつけました。アズエル様が一番悶えたポイントです」

――パァンッ！　振り下ろされた平手は、寸分たがわず『キスマーク』を直撃した。

「くあぁぁぁぁんっ！　あ、ああ……だめっ。キリカ、ちゃん……そこは……ああっ！」

思わず制止の言葉を漏らしかけたアズエルだったが、最後まで言い切ることはできなかった。『お仕置き』の執行人になりきったキリカが容赦なく平手を振り上げては桃尻を強かに張り、しかるのちに優しく愛撫し続けたからだ。しかもただ撫でるだけではなく舌で舐めたりキスの雨を降らせたりと、自分なりにアレンジしている。

「……キ、キリカさん。ええと、その……私もっ」

疎外感でも感じたのか。エリスも再び責めに加わってきた。再三繰り返されたセオリー通りに尻を叩いて、尻肉が敏感になった頃に愛撫を加えてくる。

「あひっ、ひぃぃぃっ！　だめ、だめ……っ。ど、どっちかにしてっ。そんなにされたら、ひぃっ。頭の中、ぐちゃぐちゃに……ッ！」

痛みと衝撃、くすぐったさともどかしい性感。屈辱と羞恥、そしてほんのわずかな快感へのときめき――様々な感覚と感情が入り混じり、次第にアズエルは正体をなくしていった。

わからない。いまは痛いのか、それともくすぐったいのか。感覚と感情が混線していく。叩かれた瞬間にすら気持ちいいような錯覚が生まれてくる。

そんな状態が、数分以上続いた。するとぞくぞくっ！　と、恐ろしい衝動が下半身で弾けた。

（こ、これは……まさか……！）

ぞっとして、彼女は全身を震わせた。尿意。彼女を恐れさせたのはそれだった。

純粋な神騎には本来無縁のはずの感覚だった。神騎はそもそも食事を必要としないから、排泄という概念もない。たとえば、この街に降り立った直後のエリスもそうだった。

だがつい先日の騒動で『堕天』し、大量の魔力を受け入れたアズエルの肉体は、純粋な神騎のそれではなくなっていたのだ。

天界で処置を行えば元に戻ることもできた。だが彼女は『人間をより深く知る』ためにあえてそれをせずこの地に舞い戻り――なるべく人間に近い生活を送ってきた。つまりはエリス……エクシールがこの街で辿ったのと同じようなルートで、人間に近い肉体を手に入れていたのだ。

だから彼女は食事もするし、排泄もする。そういう体になっていた。ゆえに尿意を覚えるのも当然ではあった。

（し、しかし……なぜよりによってこのタイミングで……う、くぅぅぅっ。だ、だめよ……我慢しなければ……！）

この『お仕置き』は自分に、様々な無様を強いるだろう。それは仕方のないことだ。それこそが『罰』なのだから。しかし粗相は。粗相だけはいけない。仮にも自分は継彦たちの監視役であり、年長者でもあるのだ。『お尻ぺんぺん』でお漏らしするなど、絶対にあってはならない。

ぎゅうぅぅ。シーツを握り締め、アズエルは必死に耐えた。尿意に苛まれていることそのものを悟られないよう、固く口を噤んだ。

……だが。

「──おや？　なんだか妙なところがひくひくしているなぁ？」

意地の悪い声が真後ろ──つまりは彼女の尿道口を視認できる位置から聞こえた。アズエルはぞっとして、ぶるりと肩を震わせる。

「くくく……安心しろ、アズエル。こういう時のための用意もある」

邪悪な声音で告げて、彼はなにやらごそごそと動いた。それから、

「よーし、準備完了だ。といっても見えないだろうから、言葉で教えてやる。いまお前の股間の下に容器を置いた。可愛らしいバケツだ。これでベッドは汚れない」

「な……っ！　バ、バケツですって？　そ、そんなものに……さ、させる気⁉」

この体勢のまま、バケツに向かって放尿……あまりに屈辱的な未来予想図を思い描いてしまったアズエルは、声を震わせて叫んだ。しかし継彦はにべもない答えを返してくる。

「ああ。だが仕方ないだろう？　お前に責められたエリスは、バケツすらない状態で失禁していた――ぐふっ」

「継彦っ！　いま私まで辱めませんでした⁉」

なにやら後ろでコントのようなやり取りが繰り広げられていたが、アズエルとしてはそれどころではなかった。バケツとはいえ受け止めるものが存在するという事実が、彼女の我慢を少しだけ緩めさせていたのだ。

（い、いけない……このままでは本当に、このまま……っ）

ぴく、ぴくんっ。小刻みに腰が蠢く。込み上げる尿意は暴力的ですらあった。限界が近い。そう自覚する。

そして、その瞬間だった。

ぬろぉ……と。左の臀部が、艶めかしく舐め上げられたのは。

「ひぃいっ。キリカ、ちゃん……っ？　やめ、やめて……力が抜けて、ああ……っ」

必死で訴えるが、キリカは無言で尻肉を弄び続けた。するとそれに合わせて、エリスまでも愛撫を再開してしまう。

「ごめんなさい、アズエル様……でも、いまからトイレに向かっても間に合わないと思います。恥ずかしいでしょうけど、受け入れてしまった方が楽かもしれません……」

丁寧な口調だったが、内容は案外無慈悲だった。

「そ、そんな……ああ、嫌っ。もうだめ、本当にだめぇ……っ」

アズエルはシーツに額を擦りつけながら、がくがくと腰を震わせた。同時にひく、ひくと尿道口が収縮して、いよいよ決壊の時だと告げてくる。

「ああっ、ああ……ああああああああああああっ！」

切ない叫びが上がるのとほぼ同時、アズエルの尿道口が白旗を上げた。ぷしゃあ、じょろろろ……と、バケツに水分が叩きつけられる情けない音が聞こえてくる。

「ああっ！　出る……出る……！　止まらない……ああ、もう嫌ぁっ」

放尿は長引いた。もう出ないと思っても、背後のふたりにいやらしい舌使いで媚尻を舐め回されると、ちょろちょろと残りが絞り出されてしまうのだ。

「う、ああ……こんな、ことって……」

最後の一滴まで放出し終える頃には、アズエルはほとんど絶望的な気分になっていた。

◇

しばししして――

「はあっ、はあ……っ」

汗だくになったアズエルは四つん這いの体勢から解放され、仰向けになっていた。見られながらのバケツ放尿は彼女の羞恥心を限界まで引き出し、その精神を打ちのめしていた。おかげで腰が抜けたようになり、尻を上げていることすらできなくなったのだ。

「ま、次の『お仕置き』はこの状態でも問題ない。このまま続けよう」

「……あなたのその気楽さ、心の底から憎らしいわ……」

低い声で呻く。目隠しは健在なので相手の顔は見えないが、どうせいい笑顔を浮かべているのだろうと想像はついた。

「……それで、次はなに？　もうどうにでもしなさい」

投げやりに告げる。するとその直後、両方の乳房が同時に揉まれた。ただし手の大きさは左右で違う。またぞろエリスとキリカが役割分担しているのか。

「もう察してるかもしれんが、次の『お仕置き』は単純な色責めだ。全身くまなく弄り回す。覚悟はいいか？」

「……好きになさい」

「えらく捨て鉢だな。あれ以上の恥辱はないとタカをくくってるのか？　……ま、その方が『お仕置き』し甲斐があるか。よし、ふたりとも。徹底的にいじめてやれ」

継彦がそう告げると同時に、両方の乳房に温かなものが触れた。唇の感触。まるで挨拶するように、乳房全体をくまなく埋めていく。スパンキングの時とはまったく違う、ただただ優しい刺激だった。

「ん……っ、ああ……う、ん……」

口づけの感触は、途中で卑猥な愛撫のそれへと切り替わった。舌の感触。熱くてぬるぬるしていて、だが少しだけざらついている。それが乳房の根元から、徐々に上へと這い上ってくる。

「んちゅ……れる、ん……」

「ちゅる、ん……は、ちゅ……」

　胸元から聞こえてくる息遣いが、少しずつ激しくなってくる。そしてそれと比例して、乳房を襲う快感も大きくなってきた。

（う、く……この娘たち……すごく、上手い……。いけないわ、どんどん追い詰められて……）

　ぐぐ……ぷくっ。ふたりの舌が乳輪に差し掛かったあたりで、アズエルの乳首ははっきりとした芯を持ち始めた。

「う、あ……」

　乳輪のふちを舌先でくるくると刺激されると、乳首の勃起はより明確なものになり、ジンジンと甘い疼きを放つようになった。

（あう……気持ちいい……これで、先っぽも舐められたら……）

　じっくりと乳輪を愛撫されるうちに、アズエルはそんな淫らな願いを持つようになった。

　だが舌の愛撫はなぜか乳首には至らず、来た道を引き返すようにして乳房の根元に向かってしまう。

「あ、ああ……なぜ……？」

「なぜ？　決まってるだろ、アズエル。これは『お仕置き』なんだ。お前が望むことなんてなにひとつ起こりやしないさ。つまりは焦らし責めだ。本気でおねだりするまで、徹底的に追い詰めるぞ」

継彦が意地の悪い声で言うと、焦らし責めの魔の手が乳房以外にも迫った。内腿やお腹、鼠径部……果ては耳まで。敏感だが決定的な性感帯とは言えない部分が、次々に柔らかく愛撫される。

「はぁ……っ。うく、んんっ。ひぃぃぃぃぃ……っ」

ぞくぞくぞくっ。体中で弾けるもどかしい官能に、アズエルは身悶えした。肌は強張りつつも汗を帯び、かつ赤らんでいる。

（……ああ、だめ……。どうしても反応してしまうわ。見えないから、余計に敏感になって……）

びくん、びくん。アズエルの肢体は絶えず与えられる愛撫に鋭敏に反応し、淫らに跳ねた。そしてそのたびに感度を増し、果たされぬ淫欲を溜め込んでいく。

額には珠の汗が浮かび、口元は微かな涎によって淫猥に彩られている。乳房は舐め回された時の唾液とアズエル自身の汗で卑猥な光沢を帯び、その先端の乳首はすっかり充血し、ギンギンに尖りきっていた。

そして未だ触れられていない股間は、とっくにとろとろになっていた。滾々と湧き出る愛液は膣口や小陰唇はもちろんのこと、恥毛までぐっしょり濡らしている。

「ひぃ、う、くぅぅぅぅ……っ」

決定的な刺激がないまま嬲られ続けるうち、アズエルの声はどんどん甘くなっていった。誰が聞いても嬌声だとわかるほど、明け透けな艶が滲んでいる。

「イキたいか？」

と、継彦が囁きかけてきた。悪魔が人間を誑かすかのような、甘い誘い。

「もっとちゃんと触られたいか？」

かりかりかりかりかり……乳輪が爪を立ててくすぐられる。あと一センチで乳首に届く場所を嬲られる。その絶妙な寸止め加減に、アズエルは身悶えした。

「さ……触って……」

辛抱たまらなくなって、彼女は呻いた。だが継彦は、その答えでは満足しなかった。

「ちゃんとおねだりするんだ。どこをどうされたいか、その口で言うんだ。でないと……」

つつ……と。乳房を愛撫していた舌の感触が、徐々に腋に向かっていった。

「ひっ⁉　だ、だめよ……そんなところ、汚い……」

咄嗟に腕を下ろそうとしたが、もう遅かった。エリスとキリカは躊躇いなく腋の窪みに舌を這わせ、ぺろぺろと舐め上げてくる。

「はあああっ。そこ、嫌ぁ……お願い、やめさせて……っ」

くすぐったさと恥ずかしさが頂点に達し、アズエルは切羽詰まった声を上げた。だが継彦は、やはりにべもない答えを返すのみだ。

「おねだりできたら、ふたりはその通りにしてくれる。指示がないから好きなようにいじめられるんだ。ほら、そろそろ本当に限界だろ？　言って楽になれ」

「く……っ。わ、わかったわよ！　言えば、いいのでしょう……」

腋を舐め上げられ、あるいは吸い付かれて。その刺激に身悶えしながら、アズエルは震える唇を開いた。

「舐めるなら、乳首を……勃起して、敏感になった乳首を舐めてっ」

耳まで真っ赤になりながら、どうにか淫らな要求を口にした。すると腋への愛撫がぴたりと止まった。そして代わりに――

「ああ……う、あ……気持ち、いい……」

ちゅうっ、ちゅるる……ぺろ、ぺろ……。

両方の乳首が同時に咥えられ、温かな唾液に包まれて……その上で柔らかな舌に舐め転がされる。するとたちまち、恐ろしく甘美な官能が乳房全体に広がった。

「んん、くあぁぁぁぁんっ。ああ、嘘……胸だけでこんなに気持ちいいなんて……！」

散々に焦らされたせいか、快感が何倍にも膨らんだように感じられた。ともすればこのまま、胸だけで絶頂してしまいそうなほどに。

だがそうなる前に、別の刺激が彼女の心を奪い去った。乳首の快感を意識するあまり、はしたなく開いていた股の間。とっくに蕩け切っている秘所に、不意打ちの愛撫が加えられたのだ。

「んひっ!?　あ、ああ……そこぉ……」

れろ……と。小陰唇をほんのひと舐めされただけで、とてつもない恍惚が下半身全体を痺れさせた。最も恥ずかしいところを、よりにもよってあの男に……継彦に舐め上げられたという事実を忘れるほどの衝撃だった。

「もっと……」

無意識に、自分でもぞっとするほど甘い声が漏れる。羞恥心を捻じ伏せるだけの期待感が、彼女の心を支配していた。

「もっと舐めて……私の、お……お、おまんこを……」

アズエルがついにその言葉を発すると、継彦は返事もせずに彼女の秘所にしゃぶりついてきた。クンニリングス。男の側にはなんら快楽が発生しない、ただただ女を悦ばせるためだけの愛撫が始まる。

「あ、あ、ああ……！　いい、気持ちいい……っ」

美しき神騎は長い黒髪を振り乱し、その身を蕩かす快感を素直に受け入れた。継彦の舌はまるで別の生き物のように妖しく蠢き、彼女の感じるポイントを次々に嬲り抜いた。

舌の腹でヒダの一枚一枚まで丁寧になめしゃぶり、膣口を舌先で穿る。かと思えば蟻の門渡りに吸い付いて刺激しながら、指でクリトリスをくにくにと揉んだりもする。手を変え品を変えの達者な愛撫は、アズエルの昂りを青天井に高めていった。

「気持ちいい……おまんこ、気持ちいい……っ！　ああっ、だめぇっ。ち、乳首、噛まないで……っ。刺激が強すぎるの……おまんこだけでも、イキそうなのにっ。ああ、だめだめだめっ」

彼女を苛むのはクンニリングスの快感だけではなかった。エリスとキリカによる乳首責めも依然継続中だ。激しく乳房に吸い付いて、競うように愛撫している。

「イ……イク……」

ひくっ、ひくっ。アズエルの肢体が、不規則に跳ね始めた。言葉の通りイキかけているのだ。

「だ、め……ああ、だめぇ……っ。イク、本当にイク。乳首噛まれて、おまんこ舐められて……あ、あああああああっ！」

アズエルはたまらず絶頂を極めると、ぐっと腰を浮かせた。クンニリングスしている継彦を弾き飛ばすような勢いだ。だが彼は弾き飛ばされるどころかその腰をしっかりと抱え込んで、続けて舌を蠢かせた。

「あひっ。ま、待って……イった。イったわ。だからもう、舌を止めてっ」

まだ絶頂の最中にある秘所を執拗に舐め上げられて、アズエルは絶叫した。だが継彦の愛撫は止まらない。それどころか、激しさを増してすらいた。

これまでついでに触れられる程度だったクリトリスの皮を剥かれ、直に舐めしゃぶられた。しかも舌の腹のざらつきを押し付けたり、舌先で連続して弾いたりとやり方を変えながらだ。

「ひぃぃぃぃぃぃぃっ！　も、もういいわっ。お願い、舌を止めてぇぇぇっ」

シーツを強く掴み、全身を強張らせながら懇願する。彼女はまたイっていた。既に絶頂へと突き上げられている体に、爆発的な快感が重ねられて。

「あひっ、ひぃっ！　イク、ああッ！　またイクッ！　そんな、嫌、やめてぇ……っ」

かくかくかくかくかく……危険なほどに腰を痙攣させて、アズエルは激しく喘いだ。だがそれでも、継彦の舌は止まらない。延々と秘所をいじめ続けている。

そして——彼女の苦難はそれだけではなかった。はち切れんばかりに快感を溜め込んだ体に鞭打つ陵辱者は、他にもいるのだ。

「アズエル様……そんなに気持ちいいのなら……」

「私たちが、もっと気持ちよくしてあげるね……」

場の空気に中てられたか、ふたりの美少女が陶酔したような声で告げる。彼女らはアズエルの汗だくの肢体に組み付くと、めいめい好き勝手な愛撫を開始した。

散々舐めしゃぶられて敏感になりきった勃起乳首を捻り上げられながら、耳の穴や腋の窪みに舌をねじ込まれる。もはやアズエルを感じさせるためならなんでもする、といった状態だった。

「あぐ、うううううううっ、あッ！　嫌、だめ、そんな……あああああああッ！　乳首、だめっ。腋も、耳も……なぜこんなに感じて……!?」

口元を汚す涎を拭うこともできないまま、ひたすらに喘ぎ狂う。快感はとうに飽和していて、頭の中は真っ白だった。なにも考えられない。恥ずかしいという気持ちすら希薄になっている。ただただ体中が温かく、そして気持ちいい……。

「イク……イク……また、イク……ッ！　おまんこも乳首も、全部っ！　全部イクゥッ！」

びくびく、びくんっ！　一際大きく、アズエルの体全体が痙攣し、跳ねた。

「イク……イった……何回も、イったぁ……もう、もうだめ……」

やがてアズエルはほとんど白目を剥いて、はしたない大股開きのままぐったりと脱力した。

◇

アズエルが復活するのに、五分ほどを要した。

「……ひどい目に遭ったわ……」

呻きながら、彼女はどうにか体を起こした。するとその頬に、誰かの手が触れる。

「……っ」

反射的に身をすくませる。目隠しをしたままの彼女は、外部からの刺激に対して敏感になっていた。

「あ、その……大丈夫です、アズエル様。目隠しを取るだけですから……」

言葉の通り目隠しが外されると、やや気まずそうなエリスと目が合った。彼女はついと目を逸らしながら、続ける。

「ええと、アズエル様。その……驚かないでくださいね？　私はやめた方がいいと言ったのですが、継彦がやると言って聞かなくて……」

「……？」

意味がわからず首を傾げる。だがエリスが横に体をずらした瞬間、アズエルは彼女の言わんとすることを理解した。

「よう。休憩は終わったみたいだな。次の『お仕置き』の準備はできてるぜ」

そこには継彦がいた。なぜか全裸で。しかも激しくペニスを勃起させている。

「………っ。な……なぜ裸に？」

いきなり見せつけられた逞しいペニスに若干どきどきしつつ、問う。彼は即答した。

「言ったろ。次のお仕置きの準備はできてるって。これがそうだ。確かあの時、エリスに『ご奉仕』させてたよな。だからお前にもしてもらう。まあエリスかキリカに魔術をかけて、またふたなりになってもらう案もあったんだが……」

「つーぐーひーこー？」

「セーンーパーイー？」

「……まあ、こういう反応だ。だから俺が裸だ。理解したか？」

ふたりの美少女に脇腹を抓られながら、彼は肩をすくめた。それから膝立ち歩きでこちらに近寄ってくる。

やがてアズエルの目の前に、そそり立った男の象徴が突き付けられた。

「奉仕……これに、奉仕すればいいのね……？」

「ああ。やり方はわかるか？」

「……ええ」

頷いて、凶悪な面相を見せつけている肉棒に触れる。熱くて硬い。焼けた鉄の棒とまでいうと少々言い過ぎだが、感覚的にはそんなようなものだった。

「……あ。そうだ」

と、ペニスの熱を掌で感じていると、継彦がぽんと手を打った。

「なに？」

「いや……俺としたことが、大事なことを忘れていたと思ってな。エリス。アズエルに眼鏡をかけさせてくれ」

「はい？」

話を振られたエリスは首を傾げていたが、結局は素直に従った。服と一緒に置いてあった眼鏡を取り上げて、アズエルの顔に装着する。

「……よし。これでオーケーだ」

彼は眼鏡をかけた状態のアズエルの顔を見下ろして、満足げに頷いた。

「……眼鏡がどうかしたの？」

「どうもこうも、眼鏡キャラのフェラシーンCGに眼鏡がないのは大問題だろ。シナリオ書きとしてこれだけは譲れん」

「あなたが言うことは、時々本気で意味がわからないわね」

謎の拘りにやや呆れ、嘆息する。だがいつまでもそうしてはいられないので、彼女は頭を振って思考を切り替えた。

（奉仕……手や口でするのよね。うろ覚えだけれど、なんとかなるかしら）

性的な体験に乏しいアズエルは、無論のこと手淫や口淫の経験もなかった。ただ『アゼル』であった時、自らをふたなり化してエリスに奉仕を強要したことはあった。

「ん……」

あの時エリスは——エクシールはどのように動いていたか。思い出しながら亀頭に口づけした。口の中に唾液を溜めながら裏筋を舐めしゃぶり、根元まで唾液を塗していく。それから先端に戻って口を開け、張り詰めた亀頭をぱくりと咥え込む。

「……。なんだ、妙に上手いな……」

ぴくんっ。口の中でペニスが小さく脈動する。感じているのか。どうやら見様見真似が上手くいっているようだ。

（ここから……どうだったかしら。確か、こんな風に……）

記憶をさらに辿りながら、アズエルは奉仕に没頭した。唾液で滑りのよくなった竿を手で扱き、反対の手でふぐりを弄る。同時に亀頭に舌を這わせて舐めしゃぶりつつ、唇でカリを扱きながら顔を前後させた。

「ん、ふ……んちゅ……んんっ」

しばし奉仕を続けていると、鼻から抜ける匂いに生臭さが混じった。先走りの汁が出始めているのか。

「ぐ……ホントに上手いな。もう射精《で》そうだ」

びくびくと肉棒を脈打たせて、継彦が呻くように言う。どうやら射精が近いらしい。

ならばと、アズエルは奉仕の趣を変えた。一度口を離し、ペニスを乳房で挟み込む。そのまま自らの手で乳房を寄せ、淫らな乳圧で以ってペニスを刺激した。いわゆるパイズリの形。当然経験などない。だが体は過不足なく動いた。

あの時、エリスにもこうさせた。ふたなりペニスを乳房で扱かせた。それがとても心地よいものだったと、記憶が訴えている。

それがとてつもなく卑猥な行いだということはわかっていた。わかっていて、それでも行動した。屈辱的な行いだからこそ『罰』になり得る――そんな判断が、心のどこかで行われていたのかもしれない。

「くっ……このエロＢＢＡめ。なんて乳圧だ。めちゃくちゃ柔らかいくせに、しっかり扱いてきやがる……！」

なんにしろ、パイズリ奉仕は継彦のお気に召したようだった。思いがけない快感に追い詰められ、狼狽えてもいる。

正直、してやったりという気分がないでもなかった。こんな淫らな行為で圧倒してやったところでなんの自慢にもならないが、この失礼な魔王をやり込めるのはそれなりに爽快だった。

「……ッ！　射精《で》るぞ……！」

継彦が低く呻くと、アズエルの乳房に押し潰されている肉棒が、びくんびくんと大きく脈打った。と同時に鈴口から、熱い白濁が勢いよく飛び出してくる。

びゅっ、びゅるるっ！　びゅー、びゅるるるるるっ！

「くぅっ……熱っ……胸が、火傷《やけど》してしまいそう……！」

呟く美しき神騎の巨乳の中で、若い獣性がこれでもかと暴れ狂った。一滴残らず射精してやる、という勢いだ。だがペニスがどれだけ暴れても、精液が飛び出てくることはなかった。

ずる……とペニスが引き抜かれると、アズエルの胸の谷間は白い半液体でべたべたになっていた。外には一滴たりとも逃げていない。全ての精液が、アズエルの胸の中に仕舞いこまれている。

だからか。彼女の鼻腔は、胸元から立ち上る雄の匂いでいっぱいになっていた。

「……ああ……これが、精液の匂い……？」

まともに嗅ぐのは初めてだった。ひどい匂いだとも思うし、そう悪くないものだとも思う。そんな矛盾した考えが、くらくらと揺れる頭の中でこだました。

「……アズエル」

不意に名前を呼ばれて顔を上げると、継彦が苦笑しているのが見えた。

「下、見てみな」

「……下？　あ……」

彼の指差す先を見下ろしてみると、元気よく反り返っているペニスが見えた。たったいま射精したばかりだというのに、もう復活したらしい。しかも勃起の具合は、どうも先ほどよりも激しいように見える。

「……まるでケダモノね」

呆れた調子で、継彦の顔を見上げる。すると彼はにやりと笑って、

「そう言うなよ。なんでこんなことになっちまったと思ってるんだ？　お前がそんな、エロい顔してるからだぞ？」

「……顔？」

意味がわからず首を傾げる。自分の顔など見えないし、また見えたとしても卑猥な顔つきなどしているはずがない。

彼女はそう思っていた。だが……。

「アズエル様。これ……」

控えめに割って入ってきたキリカが差し出したものを見て、アズエルははっとした。

それは鏡だった。女性ものの手鏡。男の部屋にあるようなものではないから、事前に用意していたものなのかもしれない。

ともあれ、その鏡に映った自分の顔を見て、アズエルは愕然《がくぜん》とした。

——額には珠の汗。瞳は泣き出す直前のように潤んでいる。目尻はとろんと垂れ下がり、口元にははしたなく涎が付着している。首筋は興奮を示す鮮やかな朱色に染まり、艶やか

な黒髪は汗を帯びてしっとりとし、赤らんだ頬に張り付いている……。

（ああ……嘘。嘘だわ……私がこんな……こんな顔を……？）

鏡に映っていたのは、言い訳のしようもないほど崩れ歪んだ、雌《おんな》の貌だった。

尻を叩かれて失禁し、体中を弄られてアクメを極め、挙句男のモノをしゃぶって自らを昂らせた——浅ましく淫らな、軽蔑すべき雌の貌。

「……ま、ここまで執拗にお膳立てされれば、どうしたって体は出来上がる。自虐する必要はない。それが人間の……欲望を持つ生物の正しい姿だ。ただまあ、それでも自分を許せないっていうなら……」

とす……。気がつけばアズエルは、継彦に優しく押し倒されていた。体は動かない。表情もだ。なにもできないまま、無力な乙女のように縮こまることしかできない。

「——これが最後の『お仕置き』だ、アズエル。このままお前の処女を散らす」

「……処女、を……」

言われてから、そういえば姦淫の経験はなかったのだと思い出した。間の抜けたことだが、そもそも姦淫経験のある神騎の方が珍しいのだ。仕方のないことではあった。

「破瓜の痛みと恥辱なら、禊としては十分だ。……生真面目なのは結構だが、いつまでもアンニュイ決め込まれるとこっちも気を遣う。これで諸々、チャラってことにしようぜ」

「……。あなた、やっぱり気づいて……？」

彼の言わんとすることを理解し、問う。しかし継彦は、その問いには答えなかった。

「……それで、どうする？　こいつを受け入れるか否か。答えを聞こうか？」

くちゅ……。肉棒の先端が秘所に触れる。張り詰めた熱い亀頭が、可憐な花びらに噛みつこうとしている。

「……んんっ」

息を詰まらせながら、アズエルは口をへの字にした。正直、思うところはある。継彦のやり方はあまりにも強引だし、態度が生意気なのも気に入らない。褉だなんだと言っているが、結局セックスがしたかっただけではないか――そんな疑念がないでもない。

だがこの体が彼に屈しかけていることは隠しようのない事実だったし、最強の神騎ではなくひとりの女として、屈してみるのも悪くないと思っている自分がいるのもまた、事実ではあった。

「いいわ……好きになさい。これが『お仕置き』だというのなら、私に拒む理由はありませんから……」

そっぽを向いて、告げる。すると彼は苦笑した。

「ったく、可愛くないBBAだな」

つぷ……亀頭が膣口をこじ開けるのが、気配で知れた。来る。いよいよ来る。誰にも明け渡さなかった場所が、獰猛なペニスに犯されようとしている。

「くぅ、あ……っ！」

増大する圧迫感に、アズエルは仰け反った。美しい喉が晒される。そして――

ぐぐっ……ぐちゅんっ！

「あぐ、あ……ああああああああああああああああっ！」

ペニスが処女膜を押し退け、一息に最奥まで侵入してきた瞬間、黒髪の神騎は全身を戦慄かせた。

「……痛むか？」

その問いに、アズエルは首を横に振った。

強がりではなかった。事実として痛みはそれほどでもない。ただ異物を受け入れる感覚があまりにも衝撃的で、どうしてもじっとしていられなかった。

（こ、こんなことを……このふたりも経験していたの……？）

ことの成り行きを見守っているエリスとキリカを横目で見やり、内心で呻く。最強の神騎といえど、純潔を失った直後に気丈さを保つのは難しかった。

「……ふむ。流石に慣れるまではきつそうだな。少し意識を散らすか」

声もなく身悶えるアズエルをつぶさに観察していた継彦は、親指を舐めて湿らせ、クリトリスにそっと押し当ててきた。くにくにと皮の上から揉まれる。

「う……」

淫らな敏感豆は徐々に甘い疼きを発し、やがてはっきりとした官能を生み出すようになった。

「あ……ん、んん……くぅ……」

漏れ出る声がどんどん上ずっていく。破瓜の痛みはクリトリスの鋭い性感にぼかされて、少しずつ意識の外へと追い出されていった。

「……そろそろいいか？　いや、焦ることもないか。どうせなら、もっと本気で喘がせてやろう。……エリス、キリカ。手伝ってくれ」

『え？』

指示が飛ぶと、少女たちは困惑したように顔を見合わせた。だが――

「そうですね……せっかくの初体験、ですし……」

「どうせなら気持ちよくなって、いい思い出に……」

こくん。ふたりは頷き合うと、じりじりとにじり寄ってきた。そしてその可憐な唇を、アズエルの乳房に寄せる。

「……や、あっ。ちょ、ちょっと、ふたりとも……っ。おっぱい、そんなに舐められたら……ああっ！」

またぞろ乳首に吸い付かれたアズエルは身悶えし、どうにか少女たちを引き剥がそうともがいた。だが膣の奥までペニスを突き込まれている状態では、なにというほどの抵抗にはならなかった。

「う、くぅぅ……だめ、私……先っぽは弱い、の……」

淫情が再び、激しく熱く燃え上がっていく。するとそれを見透かしたように……。

「もうよさそうだな。声がまた、とろっとろになってきたぜ」

継彦がゆっくりと抽挿を始めた。逞しいペニスが膣内の隅々まで味わうように、じっくりと前後する。

「うっ……」

アズエルは甘く呻いて、腰を微かに震わせた。

（い、いま確かに、お腹の中がきゅんとして……嘘。嘘よ。そんなはずないわ。破瓜したばかりで、もう快感を感じるなんて……）

自らの肉体が放つ淫乱な反応に、彼女は大いに戸惑った。だが三人の優しい陵辱者たちは、そんな彼女の心の内などどこ吹く風だ。

「んちゅ……れる……気持ちいいですか、アズエル様……」

勃起を取り戻した乳首はエリスによって延々と舐め回され、甘噛みされ続け……そのたびに鋭い官能を放ち、アズエルを身悶えさせた。

「れろ……ん、ちゅ……ここも結構感じてましたよね、アズエル様……」

キリカは乳首から離れ、腋の窪みに顔を埋めてきていた。敏感なその部分は、舐め上げられると凄絶なくすぐったさを生じさせた。アズエルはそのたびに愁眉を寄せ、甘く喘がされた。

「くくく……破瓜したばかりの女とは思えんなぁ、アズエル。膣内《なか》がよーく締まって、もっと突いてくれってねだってるぜ」

そして継彦――邪悪なる魔王は。無理な抽挿は決してせず、こちらの顔色を見ながら優雅に腰を前後させていた。射精の快感よりも、アズエルを乱れさせることを優先しているのだ。

「あ、あなたたち……三人がかりなのだから、少しは加減を……はぅっ!?」

言葉は途中で途切れた。亀頭が膣内の一点……アズエル自身も知らない弱点を擦りあげたのだ。

「い、いまのは……なに？」

困惑して呻くと、継彦はにやりとした。

「大したことじゃない。人それぞれ、感じるポイントが違うんだよ。お前のはどうやら、ちょっと深めだな。なら……」

と、ペニスの突き込まれる角度が変わった。膣の上側をじんわり押し上げてくる。

「くひぃぃぃぃっ。あうう、うううううっ！」

重く響くような快感が、ずぅん……とお腹の中に染み渡った。これが弱点を突かれるということなのか。

「ひぃぃぃぃっ！　あひっ、ひぃぃぃぃぃんっ！」

全身で弾け続ける快感の連鎖に、アズエルは身も世もなく喘いだ。破瓜のことなど半ば忘れているような状態だった。

「そ、そこだめ……だ、めぇ……っ」

導魔という名の性体験を積み続けていた三人の陵辱者たちは、その鍛え抜かれた手管で以ってアズエルを翻弄し続けた。一分後も、五分後も、十分後も——愛撫の手は一切止まらない。

「あ、はあ……んう、ひぃ……ひぅ、くひぃぃぃぃん……」

いつしかアズエルは、与えられる愛撫に対して喘ぎを返すことしかできなくなっていった。そしてそのあたりで、一度目の限界が訪れる。

「イ……イク……イクぅ……っ」

咥え込んだペニスをぎゅうぎゅうに締め付けながら、彼女はアクメを極めた。膣内で発見された弱点は嬲られるごとに開発され、さらに敏感になり始めている。

「だめ……また、また来る……来て、しまうぅ……」

こりこりと乳首を甘噛みされ続けていると、二度目の限界もすぐに訪れた。この頃には、彼女の体は興奮のあまり、どこもかしこも真っ赤になっていた。

「ひっ……ああ、くぅぅぅんっ。嫌、嫌ぁ……耳、だめぇ……ああっ！　わ、腋も嫌ぁ……」

腋の窪みを立てた指でわしゃわしゃとくすぐられると、じっとしていられなくなって腰が淫らにくねった。するとペニスが膣壁を程よく圧迫して、じんわりとした官能をせり上がらせていく。

「あ、あう……お腹が……あそこが、熱い……」

くいっ、くいっ。やがて彼女は無意識のうちに、腰を上下に振るようになった。ペニスを挑発するような動き。抽挿快感を求めるシグナル。継彦が見逃すはずもない。

「そろそろ良さそうだな」

ずるぅ……と。ペニスがゆっくりと引き抜かれる。だがそれはセックスを終わらせるためではない。返す刀で突き込むため……本格的な抽挿を始めるための助走だった。

「あ、あ、あああぁぁぁ………」

黒髪の美女はか細い声で呻いた。来る。巨大な官能の波が、この体を浚いに来る。そうとわかっているのに逃げられない。腰はもう、継彦にがっちりとホールドされている。

「いくぞ」

ぐちゅ……ずちゅんっ！　ずちゅずちゅ、くちゅ……ぬちゅっ！　ずるるる……ぐちゅぐちゅぐちゅっ！

「はうっ！　くぅあ、きひぃぃぃぃんっ！」

いよいよ始まった激しい抽挿に、アズエルは全身を戦慄かせた。

（き、気持ちいい……悔しい、けれど……！　み、認めるしかないわ……雄々しいペニスに膣内を蹂躙されるのが、たまらなく気持ちいい……ッ！）

急速に体が堕ちていく。快楽に対して従順になっていく。荒れ狂う官能の波は、ついに最強の神騎すらも虜にした。

「あ……♥　くぅ、ああっ♥　イク……♥」

最大限まで甘く蕩けた喘ぎを漏らしながら、アズエルは激しいアクメを極めた。これまでは質が違う絶頂だった。

子宮が浮かび上がるような錯覚があった。細胞のひとつひとつまで燃え上がるような熱量があった。もはやなにも考えられない。なにひとつとして我慢できない。

「イク……イクぅ♥　あああああ――っ♥」

ぷしっ！　尿道口から熱い潮を迸らせながら、アズエルは立て続けのアクメを極めた。その目には涙があった。無論悲しいわけではない。飽和する快感に感情が追いつかなくなっているのだ。

だがそれでも。それでも責めは続いた。継彦は射精を求めて抽挿し続けているし、エリスはそっと忍び寄らせた指でアズエルのアナルをいじめ始めていた。キリカはキリカでクリトリスの皮を剝き、指の腹で直に撫で回している。

「ああ、あああああ――ッ♥♥♥　そんなにしたらぁ♥　壊れる、壊れるぅ♥　イク、またイク♥　イクぅぅぅぅぅ♥」

と、彼女が限界まで体を反らし、危険なほどの痙攣をきたしながらアクメした――その瞬間だった。

どびゅうっ！　びゅる、びゅるるるるっ！

継彦が射精した。膣内射精《なかだし》。無遠慮な灼熱の雄汁が、つい先ほどまで処女だった女の胎を真っ白に染め上げていく――

「――――あっ――――♥」

甘ったるい一音の喘ぎを喉の奥で響かせながら、アズエルはぐったりと脱力した。すると股間からちょろろ……と情けない音がする。

（もうだめ……意識が保てない……イキながら漏らして、気絶するなんて……）

そんなことを考えながら、彼女は恍惚の海に沈み込んでいった。

◇

「……あ、あの。これは少しやり過ぎだったのでは……？」

「そうだね……センパイ、調子に乗りすぎたんじゃない？」

アズエルが気を失ってから、しばしして。エリスとキリカが呟いたその言葉に、継彦はふうむと呻いた。

実際、最後の『お仕置き』は少々ハードすぎたような気がしないでもなかった。まさかアズエルがあそこまで感じやすいとは思っていなかったから、反応の良さに気を良くして調子に乗りすぎたきらいがないでもない。

ただ——継彦の方にも、言い分はあった。

「いや、そうは言ってもな。エリスがアズエルのケツに指入れてたの、俺はちゃんと見てたぜ。キリカも熱心にクリトリスの皮を剥いて撫でてたよな。普通に腰振ってただけの俺より、ふたりの方がえぐかった気がするぞ」

「う……いえ、その。出来心で……」

「あんまり反応がいいものだから、つい……」

ふたりはもごもごと言い訳しつつ、気まずげに視線を逸らした。どうもやり過ぎの自覚はあるらしい。

「ん……」

と——その時だった。ぐったりと脱力していたアズエルが不意に呻き声を上げ、むくりと起き上がったのは。

「あ、アズエル様。お目覚めになられたのですね」

「……ええ。どうにかね……」

眼鏡の位置を調節しながら、黒髪の神騎は気だるげな返事をした。そしてついと視線をずらし、エリスとキリカを視界に収める。

「…………ところで。朦朧としている間に、やり過ぎがどうのという話が聞こえたのだけれど。ふたりとも、その自覚はあるのよね？」

『え？』

蒼と赤の美少女は、揃って頬を引きつらせた。具体的になにが、というものはないのだが、なんとなく危険な香りを察知したらしい。

そんなふたりをひとまず放置して、アズエルはこちらに向き直った。

「エイダ……継彦。確認なのだけれど、これは償いのための『お仕置き』だったのよね」

「ああ。……おっと、これはまさか、そういう展開か？」

なんとなく先行きを察して、継彦はにやりとした。するとアズエルもまた唇を歪めつつ、

「であれば――『やりすぎ』に対して、超過分の報復も認められる……そうは思わない？　少なくともふたり自身は『やりすぎ』を認めているのだし……ね」

すぅ、と。アズエルの瞳に鋭いものが宿るのを、継彦は見逃さなかった。ついでに、こっそり逃げ出そうとしていたふたりの動きもまた、見逃しはしなかった。

「ふたりとも、どこへ行くんだ？」

はっしと手首を掴み、ふたりを寝台に引き込む。それからアズエルと顔を見合わせた。

「そいつは実にいい案だ。何事も公平でなければいけない。特にふたりは『正義のヒロイン』なわけだしな」

「ええ。……そういうわけよ、ふたりとも。覚悟はいいかしら？」

ふたりの顎を捕まえて、くいっと上を向かせながら。アズエルはほんのりと微笑み、そう告げたのだった。

◇

数分後――

（さて、湯は張った。あとはバスタオルだが……む？）

そろそろ必要になるだろうと湯あみの準備をしていたベゼルは、微かに聞こえてくる声に耳を傾けていた。

『ア、アズエル様……そこはお尻の穴……っ。あ、やあっ♥』

『だめっ。アズエル様、いきなりそんな……あああああっ♥』

継彦の部屋から聞こえてくるのは、どこか切ない悲鳴だった。いや、これは嬌声というべきだろうか。

「…………ふむ」

ベゼルはひとり頷いた。どうやら『お仕置き』は無事完遂されたようだが、それにまつわるエトセトラは続行中のようだった。

「ことが終わるのが先か、湯が冷めるのが先か。さて、どうなることやら」

彼はぼそりと呟きつつ、引き出しからバスタオルを二枚取り出し、元々用意していた二枚に重ねた。

あとがき

初めまして。峰崎龍之介です。

『超昂』といえばアリスソフト様の大人気シリーズなのは周知の事実ですが、本作はその最新作である『超昂神騎エクシール』のノベライズになります。最終決戦付近を舞台に、Wヒロインであるエクシールとキリエルがエロい目……失礼。エラい目に遭うさまを思う存分書かせていただきました。

基本的には原作の雰囲気を壊さぬよう……と努めておりましたが、一点だけ完全に原作にはないことをやらせていただきました。そう、書き下ろしです。原作にはなかったアズエル様のHシーンを、『書いても良《よ》かですか……？』とダメ元で言ってみたらOKが出ました。なんでも言ってみるものですね。

編集様、そしてアリスソフト様。望外の機会を与えていただいてありがとうございます。またイラスト担当の孫陽州様。どのイラストも素敵でエロエロでした。あとややこしい構図ばかりにしてごめんなさい。

最後に、いまこの本を開いてくれている読者の皆様にも最大限の感謝を。ありがとうございました！

超昂神騎エクシール
～双翼、魔悦調教～

2018年11月8日　初版発行

【原作】
アリスソフト

【著者】
峰崎龍之介

【発行人】
岡田英健

【編集】
木下利章

【装丁】
マイクロハウス

【印刷所】
図書印刷株式会社

【発行】
株式会社キルタイムコミュニケーション
〒104-0041　東京都中央区新富1-3-7ヨドコウビル
編集部　TEL03-3551-6147／FAX03-3551-6146
販売部　TEL03-3555-3431／FAX03-3551-1208

禁無断転載 ISBN978-4-7992-1185-4　C0293

本書は『二次元ドリームマガジン』Vol.98～Vol.102に
掲載し、書き下ろしを加えて書籍化したものです。
乱丁、落丁本はお取り替えいたします。